安身立命 1

衣落成火 著

羊城晚报出版社
·广州·

图书在版编目（CIP）数据

安身立命．1 / 衣落成火著．— 广州：羊城晚报出版社，2017.10
ISBN 978-7-5543-0491-4

Ⅰ．①安… Ⅱ．①衣… Ⅲ．①长篇小说—中国—当代
Ⅳ．①I247.5

中国版本图书馆CIP数据核字(2017)第236339号

安身立命 1

Anshen Liming 1

策划编辑 朱复融
责任编辑 朱复融
责任技编 张广生
企　　划 贰　玖
装帧设计 小　荠
责任校对 潘子扬
出版发行 羊城晚报出版社
（广州市天河区黄埔大道中309号羊城创意产业园3-13B 邮编：510665）
发行部电话：（020）87133824
出 版 人 吴　江
经　　销 广东新华发行集团股份有限公司
印　　刷 深圳市精彩印联合印务有限公司
规　　格 787毫米×1092毫米 1/16 印张16 字数181.25千
版　　次 2017年10月第1版 2017年10月第1次印刷
书　　号 ISBN 978-7-5543-0491-4
定　　价 42.00元

目录

楔子

大赵国天晋十五年。

正值冬末初春，霜花初消，天气渐暖，凡世家大族，已褪去小袄，换上轻薄的春衫。

安国公府里，下人们行色匆匆，埋头做事，皆少言寡语，不敢出声。

许是倒春寒之故，国公府嫡长子，已然受封的世子爷王谦，于半月前便高烧不止，病卧于榻上。世子屋中仆婢小厮皆因侍奉不周，而今被关押多日，若是世子好不了，恐怕就要陪葬。一时间，满府上下人人自危，俱不安稳。

当家国公夫人的贴身大丫鬟杏红奉命前往照料世子，现下素手纤纤，端了一碗黑乎乎的汤药，快步走进了房中。

床榻上，躺着个面色酡红的青年，十七八岁的年纪，体态修长，相貌俊秀斯文。若是不曾患了这热病，正是翩翩风姿，然而此刻满面病态，整个身子亦瘦了一圈，便显得有些可怜。

杏红走过去，朝左右示意，叫他们将世子扶起喂药。两个仆妇刚刚伸手，世子竟猛然睁眼，用力将她们一推，旋即一手撑住身体，冷汗涔涔，神情惊惶。

“都出去！”

杏红急忙道：“世子请先服了药，这病可放松不得。”

世子急喘了几口气，随后像是终于清醒了些，语气亦平和下来：“将药碗放在一边，待我缓一口气，自服便是。”

听得此言，杏红不敢怠慢，便小步退出。其余仆妇在世子挥手示意之下，也都退出门去——世子打小就不喜多人侍奉，如今这般表现，也是寻常。

待人都离开，王谦方无力仰倒，一手捂住双目，满面惨然。

一梦三年，梦醒……难安。

第一回 前尘旧梦

“凌辱母婢，德行败坏，不可姑息！”

“安国公世子身负陛下厚恩，不思报效，反流连烟花之地，以致酒醉失察，险出冤情，理应褫夺官职，回府自省！”

“妄议朝政，其心可诛！”

“此子心性狂悖，恃才傲物，不堪造就……”

声声斥责，无尽冤屈，然百口莫辩。

“孽子，好生于府中反省，平日无事，莫要再出来了！”

“世子竟是如此无德无行之人，可怜二爷，竟有如此兄长……”

“听闻世子上回办事亦未能成，此次变本加厉，越发显得无能，从前才名虽佳，于实事上竟毫无建树，当真是……”

“你——唉！好自为之！”

又有无数闲言碎语，尽入耳中，如淬毒一般。

王谦梦魇难醒，陡然被人掀了一把，身体登时一颤，倏然大睁双眼。面前药香袅袅，于蒸腾的白气之后，现出一张英俊的人面。

“二……弟？”他喃喃道。

此刻于榻前正有一位身着轻甲的少年，他生得英武不凡，手中却端着一碗汤药，正舀了一勺，送到了王谦的嘴边：“大哥，该喝药了。”

王谦长长地吁了口气，认清了人，却是主动伸手，要将药碗接过来：“二弟应是正在练武，怎么到了我这里来？”

英武少年笑容爽朗：“刚练完武了，便想来探望大哥。孰料来了以后，大哥却仍在梦中。”他稍稍避过王谦的动作，仍是舀了药送过去，“大哥身子不适，便让小弟服侍一回。”

王谦遂不再拒绝，垂目含下一口。

在少年视线之外，他眼中之色，却极是复杂。

世子如何？才貌双全又如何？也不外乎在差事里被人做手脚，一次错，次次错，几番被误导，最终落得个无才无德的评价，被夺取官职，逐出官场。本欲细细梳理不妥之处，再图出路，却是一碗毒药过来，险些小命不保。

王谦忘不得，梦中他捂住腹部痛苦哀号，二弟王冲立于一侧，任他抓起袍服下摆，无声求救，却始终袖手旁观，不发一言。

眼前之人的殷殷关切，却始终抹不去他梦中所见那冷漠眼神。

药喝完，王谦被王冲扶住，慢慢靠在厚厚布枕之上。

王冲语气很是亲近：“今日我得了一匹马，待大哥好了，便邀大哥赛马，如何？”

王谦道：“我骑术素来不及你，同你赛马，可是不公。”

王冲笑道：“到时我让大哥三个马身！”

王谦亦是一笑：“与其赛马，不若同我写两张大字。”

王冲便垮了脸：“若是练字，我宁可出去站两个时辰马步了。”

王谦摇头，正要言语……突然间，他颅中骤然一阵急痛，叫他脸色急变，立刻扬起了脖颈，抽搐起来。

王冲大惊：“大哥，你怎么了？”他连忙扑上去，将痛得几欲翻滚的王谦死死按住，不让他挣扎太过，伤了自身，“哪里疼？莫非又发作了？芙蓉，去叫府医来！快去！”

外头立刻有人匆匆而走，不到半刻时间，又有人匆匆而来。

府医背着药箱，迅速来到床头：“二爷莫要放开世子，待老夫为世子行针。”

王冲怒道：“你可有把握？若是我大哥有什么好歹，唯你是问！”

府医忙道：“虽此症老夫暂时无法根治，但若是止痛，却是可行。”

王冲便说：“那便快些行针！”

府医当即不再多言，取出银针，在王谦头上几处穴位刺入，缓缓研磨。不多时，王谦的神情便平缓许多，那挣扎之力度，也渐渐减轻。

随即他又道：“老夫再去开一服药来。”

王冲摆摆手：“速去。”一边又在王谦耳边急速道，“大哥，你可好些了？还痛么？”

王谦的呼吸慢慢平静，他汗涔涔地睁开眼，虚弱笑道：“有劳二弟……”

王冲小心翼翼给他拉起锦被，言道：“大哥说什么客气话？你我乃是嫡亲的兄弟，正该由我来照顾你。”

王谦不复多言，缓缓平复起来。

当年王谦父亲还是安国公世子时，其父早逝，继承国公爵位后，手中兵权不稳，又要身代父职，往边国行战事，因担忧与边国战事不利，故而同督管钱粮的户部尚书联姻，娶其嫡女，修两家之好。婚后安国公赴战场，其新夫人怀有身孕，于家中养胎治家。然而因府中家奴作祟，内务混乱，新夫人竭力整治，因此病倒，使其子早产。是时，养于嫡母名下，与新夫人素来交好的庶妹奉父命前来照顾，方叫新夫人顺利生下长子，母子平安，可惜新夫人由此身体败坏，苦撑一载后，溘然而逝。

先皇有感安国公征战有功，将其长子封为世子，又因其长子年幼，国公夫人临终托孤于其妹，便破格允其妹照料世子。安国公征战有利，屡建奇功，户部尚书不欲断绝两家姻亲，因此有意将庶妹定于安国公。庶妹一心照顾世子，苦等安国公两年之久，待安国公归来，见长子伶俐，十分感激，便将其风光大娶，奉为继夫人。一载后，继夫人生有一子，为国公府二爷。

王谦与其二弟受府中培养，凭各自资质，自幼时起便一文一武，相辅相成，各显悟性，外人无不钦羡安国公教子有方。又因先夫人临终托孤，继夫人贤惠端庄，待世子犹若亲子，亦叫人赞颂户部尚书家教极佳。

然梦中却言，一切皆是虚假，真相俱被粉饰。

直至梦境最后，王谦方知当年安国公有意联姻户部尚书是真，看中的却是如今的继夫人，且两人早已暗中来往，郎情妾意。然而继夫人身份不足，他便匆匆迎娶嫡长女，征战时放任奴仆作乱，暗害夫人，此后继夫人入驻，更将夫人性命掌握于手，一切顺理成章。

所谓世子，不过是为两人之子王冲做个挡箭牌，使其厌武而学文，亦是为来日安国公可将兵权交予王冲之手。

接连多日，梦魇不断，又间或头疼欲裂，无数情景似真似幻，叫他难以安枕。

王谦不知梦中是真是幻，但心中却已多生疑虑，同原本深信之血亲之间，亦不由生出了许多隔阂。

他只盼，随时日久长，可知他梦中一切皆为他多思罢了。

王冲陪了王谦有半个时辰之久，见王谦似有疲乏，方才离去。王谦阖眼小睡，这一不留神，便是晌午过去。

醒来时，王谦起身用了一碗粥，便走出了房门。

门外有仆婢看顾院落，见王谦出门，就有一名婢子急忙上前：“世子爷，您怎么起来了？若有吩咐，唤一声即是。”

王谦道："唤书砚来。"

婢子不敢多言，立刻过去找人。

不多久，就有个面貌伶俐的小厮小跑而来，朝王谦行礼："世子爷，您叫我？"

王谦道："你与我出去走走。"

书砚忙道："世子爷如今身子不适，还是莫要……"然而话未说完，已被王谦目光所制止。

王谦温和道："今日难得天色不错，我只在附近走一走，不碍事。若是只在榻上，不见一见日光，怕是更不舒坦了。"

书砚又说："那小人先去请示夫人……"

王谦微微皱眉。

若是从前，他必然以为此乃继母关怀，而今因梦中之事，他却疑虑继母要处处掌控于他了。

于是他便说道："母亲掌管家务，正是忙碌之时。区区小事，不必前去打扰。"说话间，他已举步朝门外行去，竟不再理会书砚。

书砚无奈，只得迅速叫一名婢子前去通报，自己则快步跟上，不敢离王谦左右。

两人很快出了门，来到街上。

任王谦心中有百般纠结，这街道之上，仍是人来人往，叫卖声与笑闹声不绝，显出一派安居乐业的景象。然而王谦所留意的，却非是这般繁华景象，而是那街角几片褴褛衣衫——似乎有些格格不入。

王谦慢慢在街边行走，书砚紧跟其后，护他小心避开人群，颇为紧张。王谦却走得随意，瞧一瞧诸多商铺，又看一看清雅书斋画坊，不知不觉间，就走到了一条巷道前。他不经意瞥过巷中，却见几道人影在其中闪动，更有数声斥骂传来。

他心里一动，扬声道："你们在做什么？"

那些人影骂骂咧咧地回头，却见一位锦衣玉带的贵公子站在那处，身后还有小厮跟随，顿时不敢出声，恨恨地再往地上那人踢了一脚后，就匆匆蹿出离开了。

墙角那一直被踢打、只护住头脸之人，却仍是一动不动。

王谦看去，见这人虽是外观狼狈，却是长手长脚，身形高大，其虽半蹲于墙角，却并非瑟缩，亦不显猥琐……显然非是惫懒无用之辈。可如此人物，又为何并不反抗，任由方才那些无赖、乞丐欺侮？

他心中好奇，竟不同以往那般避忌，走了过去。

书砚见状，心中焦急，忙阻止道："此人来历不明，脏污不堪，世子千金之躯，怎能——"

但王谦并不曾理会，书砚上前数步，意欲阻拦，却也因有所顾忌，才刚刚伸出手去，王谦已凑到那人近前，询问起来。

"你还好吗？可伤得厉害？"

那人默默抬眼，面上许多灰尘，叫人看不清真容，只有那一双眼，明若晨星，纯如稚子："我很饿。"

说话间，其腹内猛然发出一声咕噜，像是在应和一般。

王谦哑然，伸手将他扶起："也罢，你可要随我去吃些东西？"

那人顺势站起身来，呐呐说道："多谢。"

书砚见状，眉头拧起，还欲再度劝阻："世子……"

王谦却看了他一眼，眼中有淡淡威严："书砚，去买几个肉包子来。"

书砚心里悚然一惊，当下不敢再多言，答应一声，快步离开了这一条巷子。

而后，王谦又同那人攀谈起来："我看你孔武有力，怎么落得如此境地？"

那人一手捂住肚子，说道："师父说我出师了，赶我下山，银子用完了。"他有些悻悻，"师父说，不能恃强凌弱，就没还手。"

王谦听得，不由一怔，旋即失笑。

方才一幕，想是那些地痞乞丐意欲抢他，孰料此人也是精穷，气愤之下，便来打他。他却因地痞乞丐之弱而遵从师命，不肯还击……着实木讷。

不过，王谦却不由对此人生出几分好感，心里陡然生出个念头，不禁问道："你拳脚功夫不错？"

那人点点头："还行。"

王谦又问："不知你可有去处？"

那人回答："没吧。"

王谦便微微一笑："你可愿做我的随从，保护于我？"

这时候，书砚已经快步回来，他捧着一个大纸包，里面足有十几个白胖的大肉包子，王谦接过纸包，放到了那人的手里。

那人抓起一个，就大口吞咽起来，他的声音含含糊糊地传来：“要每天都能吃饱，我就干了……”

王谦自梦醒后，心情还是头一次这样愉悦。

他就温和说道：“别的不说，有我一口吃的，便也有你一口。”

短短时间里，那人已经狼吞虎咽地吃下了七八个包子。他一边吃一边点头：“那就说定了，明天我还要吃肉包子！”

王谦道：“放心，放心。”

很快那人把包子吃完，剩下的纸袋往旁边一扔，抹把嘴：“好了，我跟你走。”

王谦就温声细语地跟他说话，要将他带回国公府去。此人形态狼狈不堪，这般走在街上必然不妥，王谦便也不闲走了。

书砚这才知道，原来世子爷要把这乞丐带回去，他当然是想劝阻的，可是想起刚刚世子爷的威严，几度欲言又止，没能说出口。他只能在心里哀叹，回去后得速速将此事报给夫人了。

到了国公府里，王谦并不顾有许多仆婢张望疑惑，他将那人带回自己的居所，安排一个仆妇，带他前去沐浴。

随后，王谦坐在书桌前，双手握拳，暗暗一叹。

这府中上下，俱在继夫人掌握之中，他更无一位心腹。今日带回此人，虽是一时心血来潮，但未尝不是因为……在他心中，纵使是无意遇上的一位来历不明之辈，亦比继夫人可信得多。

不多时，有道人影出现在王谦身前，投下一片阴影。

王谦一惊，抬起头来，便见到一位相貌英俊的青年，正面无表情地站在对面。他身形一顿，认出那双黢黑的眼眸，就露出个笑容来：“竟是一表人才。”又朝对面木椅指了指，“坐吧。”

英俊青年木讷坐下，开口道：“还没吃饱。”

王谦忍俊不禁，朝外吩咐：“去做一桌荤食来。”

外面有人答应，青年眼睛微亮。

王谦又问："你既要做我的随从，便是自己人了，不知你叫什么名字，来自何处？"

英俊青年正襟危坐："我叫倪苍，是青山门下弟子。"

王谦略思忖，微微摇头："青山门……是何处？"

倪苍板着脸道："师父住在青山上，我们的门派叫作青山门。"

王谦哑然。

随后，王谦又问那青山的具体所在，倪苍却说不太清，倪苍自打下山之后便四处行走，不知不觉走到这帝京之地，但若问要如何回去，他因饿了许久，浑浑噩噩，确是想不起来了。

王谦闻言，瞧出此人天性单纯，不像诳言，便不再追问。恰此时，那一桌荤食也准备妥当，陆陆续续被送了上来。

王谦便笑了笑："吃吧。"

倪苍仍是神情死板，却是出手如电，抓起一个鸡腿，便大快朵颐起来。

这一顿吃了一个时辰，倪苍方才刚刚饱足，他仰面打了个饱嗝，正要起身。突然间，门外有"嗒嗒"脚步声传来，一人猛地闯进屋来，将那门扇拍得猛响！

"大哥，听说你带了个外人回来——"来人正是那英武少年王冲，他轻甲未解，步履匆匆，目光冷厉地朝倪苍一扫，"就是他吗？身份不明，怎堪为大哥驱使？"

倪苍面无表情地一跃而起，站到墙角，没有理会王冲的态度。

王谦却是微微皱眉："二弟，我既然请他回来，自是信他。"

王冲怒声道："此人不过是个乞丐，恐怕大哥被他骗了！"

王谦摇头："二弟不必多言，我已做下决定，便不会再改了。"

王冲拳头猛一下捏紧："大哥！"

王谦并不就此话题多言，只道："二弟此来，可是与为兄一同用饭？"

王冲仍有不忿，他转头再朝倪苍处看去，却见倪苍双眼放空，竟丝毫不将他与兄长之言放在眼里，着实目中无人……他心里一怒，胸口剧烈起伏数次，终于还是忍了下来。但若是要他在这里同倪苍共处一室，他却再不能忍，因此勉强应道："我只是来瞧瞧大哥，方才娘亲唤我过去，我这便要去，不能同大哥一起用饭了。"

王谦也就一笑："也好，莫要叫母亲久等。"

说话间，一直将王冲送到门口。

王冲心里这才舒坦了些，可待他出去院门后，还是忍不住双拳重重地砸了下墙。

他不明白，为何大哥如此维护那个乞丐！他一定要去禀报娘亲，叫娘亲赶那个乞丐出去！

而后几日，继夫人常差人过来探望王谦，对倪苍之事多有询问，然王谦意态坚决，几番拒将倪苍遣出府后，渐渐地继夫人也就作罢。

唯有王冲，对倪苍十分不喜，前来王谦居处愈勤，只是不论他姿态再如何轻蔑，倪苍皆恍若未见，王谦亦转话头，故而他在心中对倪苍厌恶更甚，却也只得忍了。

转眼间，数月过去。

王谦从缠绵病榻到渐可起身，再到安心静养，前后足有半年之久。这半年以来，关于那“往后三年”的噩梦逐步消散，更多他极陌生的画面，却慢慢在他脑中清晰起来。他也有些明白，此种画面，乃是因他头疼而起，可这些画面从何而来，为何出现，他却懵然不知。

书房里。

王谦面前有一叠细纸，他手持一杆细笔，慢慢在纸上记述起来。

土豆，三月一熟，亩产约四千斤；红薯，六月一熟，分季节不同，或亩产七千斤，或亩产过万斤；玉米，三四月一熟，亩产上千斤；水稻，一年两熟甚至三熟，亩产一千五百斤。

写至于此，王谦的手指倏地一个颤抖，笔尖上一点墨汁落下，在那纸张上也添上了一块墨迹。

他心潮起伏，便先将笔搁下，轻轻捏了捏手指。

这般的产量，太过可怕了。

但，若是真的……

依记忆中画面来看，除却水稻之外，其余三种竟从未见过，似乎为海外而来，可大赵之内却也未必没有，只是须得仔细找寻，寻得之后，又当以记忆中所言育种育苗，方可有那般亩产。

王谦微微皱眉，又是一叹。

偏生可寻到的水稻一物，若要收成好，所用之本事，如同神仙手段，极难看懂，且即便看得明白了，也须得无数代人的苦功，非立时可用，难以推行天下。

倒是另外三种，一旦寻到，其生长短暂而成熟早，可以一试。

只可惜，王谦此时并无人手，自然无法去寻那些庄稼，他亦不能请国公府中之人前去寻找，否则他说不出从何而知，就要引来许多口舌。

因此，也只能暂且将此事记下，日后能放开手脚时，再来找寻。

思及此，王谦将一旁烛火点亮，将这一张纸送入火苗中，任那火舌将字迹吞噬殆尽，只余灰烬，才放下心来。

此后，记忆里的种种，在他不得自由之前，还是暂放在脑中为妙。

烧了那些纸后，王谦慢慢走出门去。

此刻倪苍正在院中树下练拳，一日三回，从不间断。

王谦不远不近，驻足而立。

只见倪苍身形腾挪，虎步豹行，拳脚破空，风起云涌，整个人矫健如龙，动作凌厉，气魄惊人。

王谦纵使武艺稀松平常，也能看出倪苍的身手不凡，可见他那师父教授于他的也是一等一的武学。

一时间，他不由又思索起倪苍师父的身份来，只是思索之后，亦无所得，便也只得再度撂开了。

不多时，倪苍一通拳打完，胡乱擦了把汗，就面无表情地站到了王谦的身后。

与此同时，院外有个小厮匆匆进来，对着王谦禀报道："世子爷，向公子前来拜访你了。"

听到此人之名，王谦的嘴角忽然浮现一抹冷然。

向公子，向章向文华啊……

王谦微微点头："那便出去见见，你且让文华在厅中稍候。"

小厮听闻，立刻出去，传达消息。

倪苍走在王谦身后，沉默不语。

王谦道："我原本不想见他。"

倪苍道："那便不见。"

王谦的目光一暗："可我须得确认一些事……阿苍，若是我遇上什么不妥，还望你随机应变。"

倪苍点点头："好。"

说话间，王谦换了一件锦衣，走出门去。

在厅里，正有一位长身玉立的青年站起身来，朝王谦笑道："子逊，许久不见，听闻你身子已大好了。"

此人生得颇为英俊，虽一身长衫素净，似是家境寻常，但其言语带笑，便显出几分疏朗开阔之意，叫人一见之下，已不由得心生好感。

王谦一笑："自然是大好了，文华今日来此，可是要与我谈诗论画，共赏夏末残荷，早秋风光？"

那向章则是摇头，随后面上带了几分促狭之色："我见你在家中困得久了，恐怕骨头都要老旧，便来邀你出去，先赏秋光，再饮美酒，如何？"

王谦口中答应："那可是求之不得。"

然而王谦面上的笑容，几不可察地淡了两分。

向章并未察觉，直将王谦带出国公府，与他在千鲤湖赏了一遍秋水美景，吟了一回诗，品了一轮茶，随即，趁着天色微暗，河面上有灯火摇曳，有花船画舫往来时，他才忽然朝一艘画舫挥了挥手。

那画舫上传来个带点沙哑的青年声音："是向兄吗？"

向章应和道："正是向某，子逊兄也在此！"

青年又大声道："相请不如偶遇，若不嫌弃，且来船上，一同吟诗作对，赏花赏乐，岂不快哉？"

向章便对王谦说道："这倒是不好推辞，子逊同去吧？"他调侃一笑，"这画舫里头，有抚乐大家，奏上一曲，也是风雅。"

王谦目光一闪："也好，向兄相邀，我自然也不愿大煞风景。"

向章哈哈一笑，同那画舫回了一句："来了！快快来接！"

那画舫果然来得极快，不多时，就停靠在两人的面前。

刚入画舫，便有声声琴乐传来，清亮悠远，意境淳和，并无寻常画舫乐者所奏那般靡靡之感。

王谦的步子不由一顿，似在驻足倾听。

梦中的王谦受友人向章邀请，到画舫散心，一听此乐便如聆仙音，悠然神往，还未见乐者，已生三分好感。

待他入得画舫之内，便如此时一般……见到那重重纱幕翩然飞起，露出内中女子绝色容颜。

向章轻扯王谦袖摆，朝他说道：“子逊也为李大家之乐声倾倒了？快去入座，一边饮酒一边赏乐，更为快事。”

王谦顺从被向章拉去，坐在一众青年之间。

这些青年有勋贵子弟，亦有寒门学子，总归都是向章与王谦相熟之人，虽未必称得上是挚友，却都能扯上几分交情。王谦因身份最高，往日里同他们见面得少，倒是向章和他们更为熟稔。而向章的人缘，也着实是不错。

众人都对王谦招呼道：“安国公世子来了，真是难得，快请！”

王谦朝众人拱了拱手：“不必如此见外，直呼我名即可。”

众人又道一声：“王兄。”

琴声绵绵，就有人为王谦介绍：“此女乃是琴馆乐妓，然其极为善琴，琴音之中灵气动人，堪称大家，备受追捧。其性情清高，卖艺而不卖身，又因其技艺非凡，被一众惜花之人奉为神女，平日里可是难得能请来献艺的。王兄乃是惜花之人，何不——哈哈。”

王谦淡淡一笑：“既是琴道大家，难得自立，惜花之人又何必为难奇花？”

那人一听，也不再劝，只又笑了两声。

倒是那纱幕之内，女子恰是收了音，此刻娉婷站起，朝王谦敛衽一礼，声如莺啼，婉转动听，不下于其琴音：“多谢公子怜惜。”她袅娜而出，手捧一卷白绢，柔声说道：“妾久坠红尘，难逢知己，早听闻公子琴画双绝，文采风流，只恨今日方能相见……妾不才，曾得一页残曲，却力有不逮，不得完满，如今厚颜，恳请公子代续。不知公子……可愿应否？”

此言一出，满座俱是看向王谦，其目光里，或揶揄，或艳羡，或嫉妒，或风流，不一而足。

立刻就有人嚷道："王兄莫要辜负美人心意！"

王谦也微微一笑："蒙李大家不弃，在下自然愿意。"

女子急忙将白绢奉上，随后掩唇一笑，眸光流转，艳色逼人。

当真是，好一幅才子佳人的画卷。

王谦将白绢收好，又坐了回去，那女子也回去纱幕之后，再度抚琴起来。这一回，琴曲便如泣如诉，如丝如缕，有说不尽的脉脉情意。

然而，王谦心中却是哂笑不已。

待饮酒数巡，好一阵笑闹，众人酒令行了，诗歌吟了，尽兴之后方才散去。

临行前，那琴道大家缓缓起身，仍将那眼中一抹波光，落在王谦的背影之上。

王谦告别了向章等人，在倪苍相护之下，朝国公府行去。

王谦幽幽说道："阿苍，若你将一人视为知己，可能一面对他盈盈含笑，仿若饱含情意，一面转身便泼他污水，毁他名声？"

倪苍木着脸说道："不能。"

王谦长叹一声："是啊，我亦不能。"

偏生就有那梦中人，以一卷残谱日日引他前去同奏钻研，声声道他乃是知己，以琴会友，再真挚不过。他素来不肯以身世论贵贱，见其自尊自爱，也颇欣赏怜惜。然一日他墙倒众人推时，那人也袅娜而出，斥他名为谱曲，实则纠缠，全不顾她心中已有爱慕之人，对她多有垂涎之意，若非她巧意周旋，早已落于不堪之地。

若是寻常时，天下人自只觉他年少风流，虽行事有瑕，却无伤大雅。但在危难之际，却因此女之言，坐实他好色无德，反衬得那女子坚贞不屈。

那时他惊愕不已，痛声质问。

此女却只淡淡一瞥，轻启朱唇，留一句无声之语："妾虽视你为知己，却更有深情挚爱之人。"

竟毫无歉意。

如此女子，哪配他这般的男子怜惜？

回去之后，每有几日，向章都来邀他出去会友，王谦推说对那残谱见猎心喜，要在家中细细研看，不肯出去。而向章面带笑意，却是叫他同佳人一起抚琴弹唱，既可互相补足，又能成就一桩美事。

王谦也不过是心中自嘲，面上再度婉拒：“我等读书人，焉能流连画舫？虽我自认品德端正，却也不好连累李大家的清誉。”

向章哑然，自不能再多言语。

过不多时，王谦便将梦中所得之谱写出，为残谱续上，差小厮送往画舫，他自身再不前往与李大家相见，时人闻得，有人言他洁身自好，亦有人言他不解风情。

但此事总归是风过无痕，再不能被人以此攻讦了。

一切仿佛风平浪静，又好似仍有暗潮汹涌。

终有一日，安国公差人唤王谦前去。

王谦一整衣襟，肃容正行，往主院书房而去。

书房里，一位昂然八尺的男子转过身来。

他身材魁梧，仪表堂堂，哪怕已年过四旬，仍旧端正英俊，气势凌人。

王谦抬步而入，目光复杂难明。

这样的人，是他生身之父，然而谁又能想到，这看来如此浩然正气的男子，会是那等阴狠诡诈，戕害正妻的小人呢？

第二回 清河水患

王谦躬身行一礼："孩儿拜见父亲，问父亲安。"

安国公一抬手："坐吧。"

王谦依言走到书桌前，坐在了其中一侧。

安国公也就势坐在了书桌之后，看向王谦，神情端正，语气有些严厉："你自由科举晋身后，本应领取职位历练，孰料身体抱恙，错过时机。如今你既已好转，便不可再惫懒。"

王谦恭声道："孩儿明白。"

安国公语气和缓些："早先看好的职位已被他人顶了，不过你外祖家的舅舅想了法子，给你找了个缺，你即日起便去入职吧。"

王谦当然是再度起身，恭敬地答应。

安国公摆摆手："为户部照磨，官位是小了些，却颇有历练之能。此事多亏了你母亲记挂你，回去给你舅舅带了消息，你当去谢过。"

王谦的神情不动，再道一声："是。"

说完后，他后退几步，就要离去。不料正在这时，书房之门却被人轻叩几声，旋即打开，而后，一道温婉嗓音传来："在说什么呢？我煮了甜汤，你们父子俩可要趁热喝了。"

走进来之人，乃是个眉眼温柔的女子，她看来已过三十，虽已不再如同二八少女般含苞待绽，但其容颜秀丽，气质如水，仍是肌肤白嫩，风韵犹存。

她手里端着一个红木托盘，内中放置两盅甜汤，盈盈而笑，只站在这处，就好似一道风景。也难怪如安国公这般的男子，也要为她倾心，这许多年来，除却两个犹若隐形的妾室外，几乎不纳二色。

王谦身体微震，一刹那几乎眼都红了，恨不能立时出手，杀死这个恶妇！他此刻方知，自打梦中一切渐渐被证实，他已确确将这妇人当成了害死自己的仇人，心里之怨愤，几如火山，就要喷涌出来，焚烧这一片天地！

但是——

他却明白，若他当真做出些什么，不啻螳臂当车，蚍蜉撼树，绝不可能成功。

故而王谦迅速垂目，收拾心绪，唤一声："母亲。"又平静道，"听父亲说，母亲为儿操劳良多，儿子惭愧。"

那温婉妇人一笑："母亲为儿子，怎能说是操劳呢？"她就将一盅甜汤放到王谦手里，又把另一盅送到安国公桌上，语声温柔，“谦儿这些时日辛苦了，也当好生补一补。”

王谦看着这甜汤，目眦欲裂。

他记得，当年也是这样一碗甜汤，要了他的性命！如今看着送到嘴边的这一盅，他不由手指轻轻颤抖。

这是甜汤，抑或是毒药？

王谦强自按捺情绪，端着碗，跨出门去，口中则道：“多谢母亲关怀，儿子先走一步，回去慢慢喝。”

说话间，他快步出门，也顾不得其他，就直奔自己的居所。

看着王谦略显仓皇的背影，温婉妇人唇角微弯：“建哥，谦儿怎么这样急切？”

安国公端起甜汤，喝了一口：“他方才知晓官职，怕是回去做功课了。”

温婉妇人秀目也微微眯了眯，笑容则依旧温柔：“谦儿确是极努力的。”

再说王谦，他一路而回，迅速带上了房门。

之后他不敢怠慢，就将这甜汤举起，要将里面的汤汁，全都倒进盆景里。

然而就在王谦要行动时，突然一道人影闪过，将这甜汤抢过去。

王谦猛然抬头，就看到倪苍举起汤，仰脖就倒进了嘴里！

王谦下意识地厉声道：“阿苍，莫喝！”

倪苍已经喝完，他一抹嘴角：“不可浪费。”

王谦牙关一咬：“我只是，担忧有毒。”

倪苍恍然：“没有毒。”

王谦到这时，也察觉自己反应过激，他深深呼吸几口气，竭力排开那睡梦中被人下毒、生生痛死的阴影，慢慢说道：“阿苍怎知无毒？”

倪苍道：“这世上大多数毒，都难不住我。”

王谦缓缓吁出一口气：“原来如此。”

之后，王谦默然无言，怔怔地在窗边立了许久。

今天这一行，不过是再度确定了那梦境的真实罢了。梦中他不曾缠绵病榻，因此在科举过后不久，便入朝为官。而那一次的官位，也依旧如现在一般，只是那次他的好父亲给出的理由是有其他官员插手，才让继母的同胞弟弟——与他不那么亲近的小舅舅竭力周旋，给了他这个颇能历练人的职位。

如今想来，并不那般简单。

王谦身为安国公世子，又考中进士，照磨之职再如何历练人，也不过只是八品，若是国公府全力为他铺路，原不该如此。八品之职，连朝堂都不能去，终日在户部磨勘审计，只与户部官员打交道，却难以在圣上面前露脸，更难以为朝堂之人熟知。

更何况，之后不多时，就会发生一件大事，而在那件大事里，梦中的王谦不仅搞砸了差事，更是险些丢了性命，叫众人失望。随即照磨之职王谦再不能做，转而调动到其他职位，又是连串阴谋，叫他一败涂地，成为不堪大用的庸碌之辈。

——对了，大事。

王谦刹时自怨愤中清醒过来。

如今他之所想，不当为这些鬼蜮伎俩，而是与国民相关之大事。

清河水患！

王谦陡然想起那滚滚大水，清河决堤，席卷周边数十城镇，淹杀无数百姓，便不由得悚然而惊，心急如焚！

清河素来安详，然而就在数月之后，将有一场地动，不知怎么就使得清河附近裂开数道地缝。这地缝虽不曾损伤太多田地，也未真正闹出人命，但它却让清河不稳，在滔滔河水冲刷之下，半个月后，就引起了一次前所未有的可怕水患！

在那时，当地的官员都不曾反应过来，事后虽也有廉洁之官迅速应对，安置灾民，收拾后续，朝堂亦有拨款，但更有那无知蠹虫，贪墨灾银，又有那无数地方官员联合起来欺上瞒下，对灾后处理极是敷衍。

水患之后，瘟疫横生、庄稼被淹、物价疯涨，无数灾民都活不下去，分明还未到山穷水尽之时，竟也出现易子而食之事，惨烈至极！

与这般大事相比，方才那一碗甜汤引起的心悸，又算得什么？

王谦不自觉在屋中来回踱步，又立刻来到了书桌后，摊开纸张，拈起细笔，就写下一行小字。

那首行之称呼，乃是“田松”二字。

田松田大人，乃是清河府知府，亦是当初唯一廉洁奉公，一心一意为灾民打算之人。

只可惜他虽官位颇高，却到底敌不过那些盘根错节的蠹虫，其掣肘太多，叫他许多指令都不得实施。

那时田大人竭尽所能，终究无能为力，只能眼睁睁地看着灾民流离失所，死伤无数，然而官府于此事却是草草处理，随意补偿了些许钱粮给重灾民户堵住其口便了结灾情。偌大的清河府，除却田大人获咎被贬以外，中间那些蠹虫却是好好留存，继续在这已然疲病交加的山河之上吸血吮髓，吞噬她的寿命。

如今王谦不过是个无权无能的世子，若将此事宣扬出去，非但不能有所助益，怕是反而要被当作妖言惑众之辈，到时无须继母使出什么手段，他这世子怕是已然要获罪了。

可若是放下那一场大灾不管……王谦自问尚有几分良知，不愿由此滋生心魔，不能安枕。

且不论为何会有那一场梦境，叫他知晓了而后三年的悲苦遭遇，可既然老天予他这一场造化，让他能有些许准备时间，保住小命，他便不能不感激，不能不做些什么。

虽然王谦自己无能为力，然而他仍有一件可做之事——给田松去信，从他脑海里闪现的画面中择取诸多关乎水患预兆、防治之景象，挑拣一番，措辞言语，极尽详细，写在那信函之内。

待写完后，王谦速速浏览一遍，修改几处后再取一张纸来，以左手执笔誊写，使得字迹看不出原本的半分模样来。随即，他又将第一张纸焚去，才放下心来。

只是，这信函写得了，却要如何送到田大人手中？他如今步步被人监视，怕是不能亲自去做此事。

一时间，王谦十分无奈，敲了敲额角，闭目沉思起来。良久，他依旧想不出法子——此事事关重大，由不得他不慎重，也越发叫他看出自己此刻的艰难。

此时，一直如同影子般站在角落的倪苍倏然出声："在烦送信？"

王谦微微点头，叹道："我有意将此物送予一位素未谋面的官员，却又不能叫府中知道，实在为难。"

倪苍不以为然："这有什么难？入夜后我替你走一遭就是。"

王谦一怔："阿苍，你帮我送信？"

倪苍道："趁夜深，我去驿站将信混在已然查看过的那些之中，那驿站中人，自然便会将信送到。"

王谦皱眉："驿站所送信函皆是记录在案，怕是不能做。"

倪苍面无表情："我在那记录里添上一笔就是。"

到此刻，王谦心一横："那便有劳阿苍了。"

他左思右想也没什么更好的法子，与其就此陷入僵局，还不如信阿苍一回，赌上一把。若是成功自然是好，若是不成……他已尽了力，心里便无挂碍。只盼那田松田大人在收到信函之后，能多重视几分，哪怕并不肯信清河泛滥之事，也能叫田大人更为谨慎，且只要哪一日再度地裂，田松不信也得信，便也会加快步子，多做一些准备了。

当夜，倪苍果真取了信函，没入茫茫夜色之中。王谦原本应在榻上安眠，却是心中有些焦虑，难以安眠，时不时朝窗外瞧一瞧，等待倪苍归来。过了半个多时辰，倪苍一身黑衣，闪身而回。

王谦便急问道："阿苍，如何了？"

倪苍道："幸不辱命。"

王谦倏然松了口气，喃喃道："此后，便是听天由命了……"

他所能为者，仅此而已。

次日，王谦已然确定得了照磨职位，自然就备上一些礼物，前去户部尚书府中谢过他那小舅舅。

待回来后，他做了些准备，又一日，便去户部任职。

八品官服十分普通，远不如世子袍服那般精贵，不过王谦出身矜贵，眉宇间自有一股华贵之气，却是无法掩饰。

此刻他进入户部，见到一众同僚，虽态度谦和，却也与一些寒门出身的官员显得格格不入。

好在不多时，便有人将他引入屋内，王谦朝那官员感激地笑笑，当下便找了一张书桌，取出一些过往的卷宗堆在桌上，一边慢慢翻阅，一边熟悉起这官职的事务来。

一整日下来，时不时就有人过来攀谈，多是谈论一些鸡毛蒜皮之事，又或者满口恭维，真正指点王谦如何处理事务、传递经验的，却是一个也无。

王谦也习惯了，梦中亦是这般情景，只是他那时不知这些人受人指使，心怀叵测，故意来乱他的心境，便谨遵父命，与同僚好生相处，以至于多日下来，竟对一应事务仍旧不甚熟悉，许多需要翻看卷宗的时间，亦被他做了它用。直至最后，他也仅仅知晓了一套行事的流程，真正的历练，反而没有。

这一回，王谦可不会那般行事。

归根到底，意欲将事务做得周到，少不了将数年以来的卷宗全都熟悉起来，见得多了，处理时自然得心应手。他虽知自己在此处怕是待不长久，却也不愿胡混日子了。

因此，有人攀谈时，王谦只虚虚应付着，目光则不停地落在卷宗之上，若有人来扯开话题，他便只管寻得一处疑问，问将出来，来人为免引他怀疑，自须为他解答一二。

久而久之，来的人也渐渐少了，也不知是回去后要再思忖一番如何来搅乱他的心思，还是觉得此事不妥，先行放弃。

回去后，王谦也稍稍宽心。

——不论如何，且将这一段时日先应付过去。

到晚间，王谦再回忆头痛时脑中闪过的诸多景象，将一些水患后如何防治伤病之法，亦细心记录下来，制成信函。不过这些信函王谦却不曾自己收起，反而是交到了倪苍手中。

倪苍虽来历不明，但武艺高强，由他保管，总比放在屋中被他人寻得来得安全。

数月后。

清河府，府衙。

一个衙役匆匆自门外冲进来，脸上带着难以抑制的恐慌，对着那案几后面之人猛然一个下跪："不好了，大人！地动了！清河河岸它、它裂开了！"

案几后坐着个瘦小的中年男子，他本在翻阅案卷，此刻骤然起身，厉声道："你说什么？"

衙役哆哆嗦嗦地重复道："清河附近地动，河岸炸开了裂缝，河堤也、也不稳……"

中年男子猛一拍桌面："快去召集河工，抢修河堤，再叫众衙役前往各县，让百姓搬迁，远离清河——快！"

衙役不敢多言，迅速起身，急急地转身跑了出去，他一边跑，一边迅速吹起了哨子，半刻也不敢耽误。

而中年男子则迅速走进内室，从书架中，一本极少观看的书册里，翻出了一张信笺。

在这信笺上，明明白白就写着："五月中下，或有地动，河岸开裂，洪水泛滥……还望大人早做准备，切莫置百姓生死于不顾……"

这一封信函乃是他田松于数月前便已收到，观之后，田松顿时大怒，以为有人故弄玄虚，妄言百姓之生死。而后田松差人详查，却只知此信为驿站送来，然若问及何人所寄，驿站之人亦问而不知，叫他十分震怒。

但冷静之后，田松虽不信，却也担忧万一，私底下鬼使神差地也做了些许准备，差使衙役留意清河河岸之事，孰料当真在这五月二十五之际，恰恰在清河水畔发生地动，也当真让河岸开裂了！

尽管此刻清河尚算安稳，但地动已被那写信之人料准，安知这河水决堤之事，是真是假？有如此消息，竟只以一封平常信函告知，全然不知他心之焦，可恨！

田松猛地走了几步，又顿住了脚。

尽管厌恶写信之人藏头露尾，他仍是不能用百姓之安危做那赌注！

接下来，田松走出门去，便要再去叫人，安排一些事务。

忽然又有管事走来，恭敬地递上一封信函："大人，驿站差人送信来了。"

田松平日里倒也收过一些信，此时见状，就按捺住离开的心思，先将信函拆开，抽出内中纸张一看——他登时瞪圆了眼，吃了一惊。

这信函字迹同方才他刚瞧过的那封一般无二，而信函中所言，竟是如今忧心之事！

田松立时慢慢收回步子，不知不觉间，已先将这封信函瞧完了。待瞧完以后，他又缓缓回到了座位上，运笔如飞，快速书写公文。

这信函上所言之法极是可行，他应迅速召来一些大夫，商议此中药方是否可行，也要安排各家各户，勤作打算，早早在那灾难发生之前，便极力将灾难扼杀于襁褓之中。

另一头，王谦站在窗边，极目远眺，面色凝重。

据他所知，今日便恰是地动发生之时，再过不得几日，河岸、河堤将不堪重负，引发巨大的洪流倾泻而出，造成一场千年不遇的大难！

也不知田大人，瞧见他的信函之后，是否肯信……若不肯信，于官员无忧，苦的却是百姓。

又数日，清河府快马急报而来，言清河河水泛滥，洪水滔天，灾难果真如梦中般发生了。

京都之内，众多学子议论纷纷，高谈阔论，却始终说不出解决之道来。

据闻，清河府知府田大人在地动之前便差人前去让附近县城内百姓搬迁，然而时日太短，虽许多百姓畏其官威依言而为，却有更多百姓不愿离开故土，求饶纠缠，在洪水席卷时，失去了性命。能够提早避开的百姓，十中无一，好在总算也救下一些性命来，但洪水之后，哀号遍野，仍旧是一场大灾难。

清河府上报灾情后，由朝廷拨出百万银两，运往灾区，抚恤灾民，做灾后建设。同时，还要派遣一位巡抚前往，监督银两去向。

这巡抚的人选朝廷正在商议，而王谦却已知道那是何人了。

纪鹏海，他的小舅舅，继母同父同母的亲弟弟，如今为户部左侍郎。他在任上颇有一些政绩，在旁人看来，日后待其父纪群退下后，就当由他顶上此职。

王谦的目光微冷。

大赵朝开国之初，太祖曾定下规矩，朝廷之中，凡有亲者，一人不曾卸任前，另一人不可在同一处任职。纪鹏海与纪群为亲父子，自然也当遵守。只是当今……并不计较这些，才有这等荒唐之事。

如今这户部几乎便姓“纪”了。

果不其然，一日之后，安国公又将王谦唤去了书房。此行的目的也不出乎他的意料，乃是告知于他，在纪鹏海为巡抚前往清河府时，将他这小小照磨也带过去见一见世面，体察一下民生。

这本应是好事，在巡抚身边也应是极为安全，王谦自然不该拒绝，因此，他即便已知后事，亦不拒绝。

而且……

王谦缓缓地吁出一口气。

他等待这个机会，也许久了。

如今此事成真，他也应当抓住这个机会才是。

王谦领命而出，一边朝居处行走，一边放慢脚步，等倪苍跟随而来。夜色之中，他忽然开口："此行……"说了这两个字后，他又猛然闭了口，犹豫起来。

倪苍道："什么？"

此时已到了房门前，王谦抬脚走进去，将倪苍落在身后，声音幽幽："这一次，你与我同去吗？"

倪苍道："说好管饭的。"

王谦没有回头："若我说，此去我便不再回来——"

他心中百般纠结，为了这个机会，他隐忍良久，如今若是对倪苍和盘托出，不知他会做什么决定？这些时日来，他已看出倪苍的本事，他与倪苍之间，原也不过是"管饭"的交情。

倪苍并未犹豫："还管饭吗？"

王谦道："自然。"

倪苍："管饭便可。"

王谦猛然转身："不论我去何处？"

倪苍面无表情，点了点头。

王谦的心骤然放下。

梦醒之后，这意外遇见的倪苍，反而是他最为相信之人了。

几日后，王谦带着倪苍，前往户部尚书府。

纪鹏海虽已成家，却仍与老父同住，不曾分府，其子孙后代，亦在尚书府中。

不多时，王谦入得门中，直入正堂，见过这位小舅舅。

纪鹏海身形高大，五官深邃，颌下一撮短须，仪表堂堂。他见到王谦后，态度也很温和："好外甥，许久不见，你身体可大好了？"

王谦行一礼，道："劳舅舅挂怀，外甥都已大好了。"

舅甥二人寒暄几句，纪鹏海看一眼跟随在王谦身后的倪苍，皱了皱眉，道：“此去艰苦，你只带这一位护卫，却不带丫鬟小厮么？到了清河府，怕是难以寻到好使唤的人来侍奉。”

王谦语气谦和：“既然此去是为历练，自然不能带上丫鬟小厮。一些小事外甥自己会做，这护卫也能相助一二。”

纪鹏海叹道：“你有此心，自然是好。也罢，若是到时缺了人手，便从我处挪几人去，暂时使唤亦可。”

王谦再行礼：“多谢舅舅。”

拜访过后，有人将王谦的行李送来，纪鹏海也早已收拾妥当，随即一行人前往皇城，在宫门外与巡抚仪仗会合。

因此去艰难，故而今上派来一千兵士一路护持，押运官银，务必使巡抚顺利抵达灾区。

王谦见这与梦中一般无二的景象，心中不由轻轻叹了口气。

许是因为护卫的兵士颇多，这一路倒也还算顺利，虽这世道并不太平，各地皆有匪患，却无人来劫掠官银。

过了近乎一月之久，终是到了清河府，才临近时，便已能见到四处有灾民，皆是面黄肌瘦，乞讨度日，十分悲惨。

清河府前，田松率当地众官员前来迎接，他迅速上前行礼：“下官田松，恭候纪大人。纪大人押运官银前来，一路辛苦了。”

纪鹏海道貌岸然，摆摆手说：“哪里哪里，都是为今上分忧，为百姓做事。不谈辛苦，哈哈，不谈辛苦！”

田松自然是赶紧请人跟他们一同回去府衙，他自打知晓有赈灾官银送来，便日夜期盼，这迎接巡抚的院子，自然也是早就差人打扫妥当的。

不过，田松一心为百姓做事，两袖清风，安排的宅院虽能住得下众人，却至多只是舒适，全然谈不上精致，更无奢侈华贵可言。

纪鹏海见到这勉强算是齐整，却难掩曾经破败的院落，眼里飞速地闪过一丝不快。

田松在察言观色上并不敏锐，不曾发觉纪鹏海的心思，但王谦一直暗暗观察，便将纪鹏海的目光收入眼中。

之后，这纪鹏海便要同清河府一众官员勾结，不断将田松架空，所有灾银中，足有十之七八都被侵吞，剩下的那些也在下发之际被大量盘剥而去，用在这水灾之上的，少之又少。

只是这一切，如今的王谦也是毫无办法，想要提醒田松一两句，亦是难为。

何况，如今的王谦，自身也是难保，他还须细细谋划，寻找那脱身的机会……

宅院里，王谦被分拨了一个小院子，除却他和倪苍之外，还有两个洒扫做饭的婆子，算是纪鹏海对他的特殊照顾。

这两个婆子都是纪鹏海带来的人，亦是他的眼线，曾经王谦把她们只当作普通的婆子，却不知自己一举一动，所有行踪，皆被婆子报给了纪鹏海，叫他做出许多事来。

如今王谦事先知晓了，若只是他一人，亦难防备。不过有倪苍在侧，倒是不必太过担忧了。

王谦轻声道："阿苍，每逢晚间，可能叫她们安分些？"

倪苍回答："点其睡穴即可。"

王谦便放下心来。

白日里他总要前往纪鹏海处应卯，做事极不方便，要想思索个什么，皆须晚间，亦要烛火……可不能让这两人发觉，告知纪鹏海去。

次日，王谦便随纪鹏海等人一起，往灾区巡查。

一行人率先前往之地，便是河堤。

田松上报，洪水来时，早先的河堤已被冲垮，事后他立即调派人手，迅速重建，又请清河府上所相助，以官兵、杂役共同筑堤，以防洪水卷土重来，再让周边受害。

此时王谦便见到许多赤膊男子，汗流浃背立身于河泥之中，身负巨石、泥沙麻袋劳作，极是艰苦。

纪鹏海见状，面色不变，眼中却带有一抹微光。

王谦轻叹。

只可惜，若要筑成一座牢固河堤，耗费的建材亦须得十分扎实，用量也是极多，价格不菲，花费甚巨。最初田松以官府存银来作打算，建筑起来还算不错，原本以为灾银送到，取其花销，便可将河堤修建得尽善尽美，孰料这灾银被大量贪墨，而负责修建河堤之官员亦在上下勾结之中，以致后来这河堤仍不稳固，在一次清河小潮之后，就再度被冲垮，想要再度重建，也无能为力了。

接下来，纪鹏海依照惯例，又去城里瞧了瞧。

城池附近、街道上四处皆搭建草棚，内中有官兵送粥，凡受灾百姓，每日两顿，皆可来领一碗粥食。

此亦为无奈之举，田松于洪灾之后便已开仓放粮，然官府存粮毕竟有限，他虽有心，渐渐也难以支撑。故而之后改为送粥，此粥插箸而不倒，便又坚持了一段时日。

如今灾银已到，理应立即取出大笔银钱，往各地购买粮食物资，来继续灾后重建。只是待过些时候，官府仍是送粥，这粥食便要变为粥水，莫说插箸了，那米汤皆要变得清亮，拿在手中一个摇晃，也只能见到汤水，而见不着几粒粥米……

还有那养安堂，本应救助或无家可归，或身患疾病之灾民，后来却化为人间地狱一般，还有那召集而来的大夫，原该进入养安堂为灾民诊治，却成了一手将病患推入地狱的帮凶。

此类之事，不胜枚举，哪怕如今看来一切安好，但王谦每每瞥见纪鹏海眼中的不耐，便已知晓，这一府之地，一府之民，正在朝那见不到底的深渊滑去。

第三回

落水失踪

不出王谦预料，过一些时日后，清河府存银果然不足，然而送来之灾银却仍在清点之中，迟迟不曾拿出。

田松见灾银早早运来，初时尚且不急，可如今已是急需，便不能再苦等下去。于是他去寻了纪鹏海，有意将灾银入库，及时使用。

纪鹏海却是满面带笑：“田大人，护送灾银来此，乃是当今圣上信任纪某，纪某蒙受皇恩，自不能敷衍了事，须得细细查看才是。”说到这里，他顿了顿，“不过若是田大人不介意，可将所需购买之物列一个单子，纪某叫随行官员核算一番，日后也好分配用度嘛！”

田松生性耿直，听了此言后，倒也觉得有几分道理。如今刚刚用尽库银采购，所购物资亦未用完，既然灾银还在清点，他列个单子过来，到时正好直接去买，也是可行。

当下他不再耽搁，就迅速前去知会下属，叫他们把一应所需，速速写来。

然而王谦却知晓，纪鹏海分明在拖延罢了。

实则待田松列来单子后，几度催促皆不可得，而清河府中诸多官员，渐渐都被纪鹏海拉拢在手，以至于田松纵有一腔为民之心，政令下达后亦难实行。

犹豫再三后，王谦深夜执笔，将梦中他所知纪鹏海所勾结之官员、所行之事、吞没灾银之借口等诸多举动，尽数都写了进去。

田松势单力薄，便是知晓这些，恐怕也无多少用处，但若是他能多抠出一些灾银来，亦是好事。

此刻王谦也顾不得其他，写好之后，就将这封好的信函递给了倪苍。

倪苍将信函收好。

王谦叹道：“阿苍，找个机会还是塞到驿站那些信函里吧。”

一些破绽也顾不得了，任凭那田松再如何猜测，也不会猜到他这年纪轻轻、嘴上无毛之人身上。

倪苍答应一声，几个闪身后，就消失在夜色里。

待他回来后，便道：“和以前一样。”

王谦放下心，这才洗漱一番，上床歇息了。

此一举，确是叫那田松震惊。

官衙里。

田松再度收到一封信函，这信中的内容，却是叫他大惊失色，只觉得难以置信。

清河府上下官员诸多名字皆在信中出现，最叫他震惊者，乃是若真如其中所写官官相护，上下勾结，他岂不是随时被架空！还有那些灾银去向，纪鹏海之后将如何行动，用何种借口吞没灾银等……这般详尽，几乎将那种种情景尽数呈现于他眼前，叫他心头一阵怒火涌起，不禁拍案而起："可恨！"

旋即，田松方反应过来，这不过是信，而非现实。但一转念，他思及前几封信中所言，面色不由一沉。

虽不知写信者何人，然对方所言皆已实现，这一封信……

田松久久不能平静，但到底还是深深呼吸，按捺住情绪。

过几日，先试探一番再说。

过得数天，田松去寻纪鹏海，询问那灾银可已清点妥当，又问是否能取出一些，先行用上。纪鹏海果真推诿，田松心中一悸，他复又将自己所列清单送上，纪鹏海见后，便取了一份，叫随行官员抄录，事后请人核算。

这抄录之人，便是王谦。

王谦今日被纪鹏海唤来，心中暗叹。

他早知这活是落在他手，否则哪怕有梦境记忆，也未必知晓那般详尽。而今他亦不多言，只坐在一张案桌之后，快速抄录。

蘸墨换笔之间，王谦眼角余波瞥见田松，便见他神情似只是急切，但袖中之手，却是悄然握紧，青筋暴突，显然在压抑怒气了。

王谦垂目。

如此……有了防备便好。

待抄完后，王谦将清单返还，纪鹏海将两张单子对了一对，便道："待核算之后，自去请田大人前来。"

田松一拱手，勉强保持了礼仪，快步离去。

之后田松再来时，纪鹏海言及可以先行提出部分灾银使用，又不经意提起可以督促采办这清单上所写物资的几个官员，这些官员皆为清河府之人，田松略思忖，便答允下来。

待回到房中后，田松才失了风度，一拳砸在墙上："当真可恨！"

这些时日来，纪鹏海诸多反应，竟和那封信中所言全无不同！

到此时，田松已知清河府早成烂泥一潭，恐怕早先在他兢兢业业为民做主时，那些老油条们便不知贪去多少税银了。现下有了纪鹏海来做主，更是在灾银中上下其手，真是丧尽天良！

但田松明了，自己对麾下官员掌控不足，要想拔除毒瘤，需时极长，绝非如今可以做到。无奈之下，他便只好点出几个还算良心未泯之人，与纪鹏海所指派的那些官员相互配合，稍作监督了。

不敢言能叫纪鹏海罢手，但只能让他们少贪一些，也是值得。

接下来，田松自己也领了一张单子，亲自前去督办。

他所领非是其他，而是粮食。

如今安置灾民，最重要的莫过于粮食，尽管田松如今无法将所有粮食采办都拢于手中，却可以减轻一些压力。

那纪鹏海似乎也并不想跟田松撕破脸，亦不曾阻止。

只是，王谦却被安排过来，同田松一起办事。

田松看向王谦的目光，便带上了隐晦的不满与厌恶之意。

王谦不由苦笑。

他自然明白，这是田松打探到他的身份，知晓他是纪鹏海外甥，以为他同纪鹏海沆瀣一气，是来监督他的。

然而，事实上却非如此。

在纪鹏海眼中，王谦早已学得傻了，一身迂腐，若是安排到别处，是绝不会与他们"和光同尘"的，既然如此，正好田松也是个较真迂腐的清官，不如就叫王谦同他去，而田松这一块的采办，他们也便不插手了——总是要留下一点银子，做出一点救灾的样子来。

王谦心知肚明，却只好忍耐田松的态度，安安分分地跟在他的身后做事。

唯一让他庆幸的，便是梦中虽说他也同样跟随田松，但田松那时督买的不过是一些没什么油水也并非最紧要的东西，而如今，田松督买的却是部分粮食。

多多少少，也能再救济一些灾民了。

接连数日，王谦紧随田松，走遍粮店，联系外地运粮商队，几乎跑断了腿。

因田松并不信任于他，王谦也不曾多话，只是暗地里让倪苍打探一番各地粮价，用以参考罢了。

田松见王谦不曾指手画脚，也不曾给他“出谋献策”，吞没一些灾银，对王谦脸色稍霁。但他对王谦仍旧不喜，只是不会刻意排斥了。

王谦自然是松了一口气——他虽不欲与田松深交，却也不愿日日看人脸色的。

这一日。

田松亲自押送粮车，在四个衙役和七八个车夫的护送下，一起来到青牛县，王谦跟随同行。

一路上，王谦的神情有些复杂，但当他看到自己身后的护卫倪苍时，本来有些不安的心，就平静下来。

其实，从田松督管之事改为购粮时开始，事情跟记忆里其实已经有了不同。只是，记忆里的那件事，是否还会发生，就不得而知。

只能多做准备罢了。

青牛县的县官似乎还是有些作为的，一路上都能看到不少搭好的草棚，里面有人在施粥，看起来似乎都是一些官员的家眷。这些家眷要想组织这般的活动，自然要有牵头人，想必跟县官的内宅有关。

这无疑是减轻了县衙的压力。

草棚前排着长长的队伍，桶里的粥虽然达不到插箸而不倒，但也能看得出不少米粒，喝上一碗后，不说能填饱肚子，可不让人饿死，还是可以做到的。

队伍中有老弱妇孺，也有青年壮汉，让人意外的是他们每排队领到了粥后，青年壮汉很快喝完，就分头行动，或者去帮着建造被洪水冲垮的房屋，或者去清理一些淤积的污泥等，都在做工，而老弱妇孺缝缝补补，浆洗做饭，打扫街道，都会做一些力所能及之事。

大多数人仍是面色泛黄，但这些人的眼神却与许多灾民的麻木绝望不同，而是有神光，有希望。

田松早先因为那些沆瀣一气的贪官污吏十分愤怒，力不从心之下也难免沮丧，此刻看到此地县官的做法，却是心中欣慰许多。

王谦见了，也是暗暗称奇。

他倒不曾听说青牛县这般地方，也不知这县官是何许人也，将此县治理得颇是不错，看来倒真是个好官。

两人到了不久，远远就有一位身着官服之人带着一个衙役匆匆走来，口中还说道：“下官贺白驹，恭迎田大人！”

王谦端详那人。

贺白驹？的确闻所未闻，不过样貌倒很年轻俊逸。

田松此刻见到，倒是露出个笑容来：“原来是上一科的探花，果真是一表人才，能力非凡。”

王谦心中一动。

探花郎？这般的人物外放做了个县官，确实不俗。

贺白驹与田松似乎曾经认识，现下二人交谈几句，灾粮的交接也很顺利，贺白驹更是坦然道：“可是解了燃眉之急了，若是再过个几日，县里的粮食便要告罄，县民们难免便要多吃点苦头了。”

田松笑道：“好生照管灾民，总不能叫他们过不下去。”

贺白驹亦道：“田大人所言极是。”随后，他又看向王谦，“不知这位是？”

王谦见提到自己，便稍稍拱手：“末学王谦，见过贺大人。”

贺白驹有意同王谦说上几句，然田松却将话题转走，王谦束手而立，也不攀谈，贺白驹似乎察觉了什么，也就带着笑容，邀请田松入县衙用一顿饭。

这邀请，自然是被田松拒绝：“田某身具要务，不可延误……”

贺白驹心领神会，也就点点头：“那贺某便不耽误田大人了。”

之后，田松与贺白驹告别，贺白驹回去将灾粮入库，田松则带着王谦，回去清河府府衙，再清点一批灾粮，要送到另一个县城里去。

接连两三日，都无大事发生。

然而不知为何，王谦的心弦，却是越绷越紧了。

这一条土路颇有些颠簸，且又刚刚下了雨，路上很是泥泞。田松与王谦深一脚浅一脚，二人一个被衙役搀扶着，另一个拉着倪苍的手臂，走得很是艰难。他们两个都是读书人，身体偏弱，才显得有些狼狈，若非这些时日时常奔走锻炼了些，恐怕更是不堪。

正行走间，突然倪苍按住王谦，目光一厉。

王谦怔了怔，低声问："阿苍，怎么了？"

倪苍道："有人。"

跟随田松的几个衙役也察觉到不对，立刻包围过来，把田松护在了里面。

果然前方草丛一阵窸窣，就有十多个人手持刀斧，极快地拦在了王谦一行人的前方。

这架势，正是来者不善。

为首之人面有刀疤，此刻狰狞一笑："老子的运道不错，这是送灾粮的队伍，把这一票做了，寨子里一个月都不缺粮食！"

其余几人亦都附和："三当家说得是，做了这一票！"

一名衙役上前喝道："此乃知府田大人，你等莫要自误，还不速速退去？"

刀疤汉子大笑三声："休要哄骗我等！若真是知府大人，当是高坐府衙，哪里会亲自送粮？"随即眸光一厉，"都给我上！统统杀了！"

紧接着，那十几人一拥而上，衙役们也立时冲去，同起刀兵相接，交锋起来。其余几个车夫见势不对，都露出恐惧之色。

田松被一位衙役护着，脸色微微发白，但他也算镇定，见状便道："将这些匪徒杀死，本府重重有赏！"

车夫们闻言，互相对视一眼，也都发了狠，从粮车里抽出棍棒，便也冲进战局，和那些盗匪相抗起来。尽管车夫们不如衙役般练过拳脚，但因本身也是穷苦出身，对粮食极为看重，对盗匪深恶痛绝，此时一通乱打，仗着人数不少，也能缠住几个盗匪，给衙役们减轻了不少压力。

王谦站在倪苍身后，忍不住说道："阿苍，你可否帮一帮他们？"

倪苍皱眉道："不对劲。"

王谦苦笑："我知道。"

的确不对劲，这些人作风像盗匪，可如今的盗匪也都是忍饥挨饿，哪有这般魁梧的模样？这分明便是他王谦的劫难。

这一场劫难里，田松田大人想来无事，但这些穷凶极恶之辈，却未必会放过那些衙役与车夫……便是做戏，也要杀几个人，才能叫假戏如真戏一般。

这些人是针对王谦而来，王谦到底心有不忍，故而叫倪苍前去相助，自己则手持木棍，紧张防备。他实力不济，不敢贸然上前拖了倪苍的后腿。

倪苍本不欲离王谦而去，然而与王谦四目相对，不由被其中恳求之意一震。他便匆匆说道："等我，小心。"

王谦心中一暖："阿苍，你亦要小心行事才好。"

倪苍很快加入战局，他身手极是矫健，只一个兔起鹘落，便劈晕了一个盗匪，随即他并指成掌，掌风凌厉，在那盗匪之中如若游龙一般穿梭来去。短短几个呼吸间的工夫，他已再度打晕数个盗匪。

众衙役与车夫见他大显神威，顿时精神一振，且因倪苍弄走了几个盗匪，便给他们减轻不少压力，不多会儿，他们也纷纷击败几人，更是有了信心。

倪苍毫不迟疑，再度一跃，便到了那盗匪头子身侧，这盗匪头子似乎有点本事，同倪苍交手数个回合，但还是在倪苍转身之间，被倪苍找到他的破绽，一击将他打败。

王谦在一旁看得眼花缭乱。

他单知倪苍有武艺在身，轻身功夫也极不错，却不曾想竟有如此本领。回想梦中他与田松皆受刺杀，但衙役不敌，两人不得不在衙役护持之下迅速逃离，后来失散，他是经过种种磨难，才重新回到清河府府衙之处。现下看来，有倪苍相护，竟无须再逃命了。

果然，倪苍出手利落，衙役与车夫皆很悍勇，那盗匪并不能敌，很快都被擒住，更有至少七八人，都是被倪苍打晕。

众衙役也是老手，弄来一些绳索，把这些盗匪尽数绑住，随即将盗匪以冷水泼醒，要把他们带回衙门里去。

倪苍并不管其他，见事情解决，便回到王谦身边。

王谦急忙问道："你没事吧？"

倪苍道："没事。"

王谦语气一缓："阿苍，此番有劳你了。"

倪苍看向王谦："请吃饭吗？"

王谦不由莞尔："待回去后，自请你吃一顿饱饭，只是如今众多灾民尚未能好生安顿，故而也只是吃饱，却没山珍海味了。"

倪苍并不介意："吃饱即可。"

王谦摇摇头，暗暗失笑。

阿苍此言，竟似王谦从未叫他吃饱一般……

这时，那些盗匪在衙役呵斥下，也都站起身，不甘不愿地跟在了粮车后方。以田松眼力，自然看出盗匪并不像饥民，如今已询问数次，然盗匪皆很强硬，并不肯答，他无奈之下，也只得寄望于带回府衙后，再来拷问了。

随后，田松便到倪苍身前，向他致谢："此行多亏壮士搭救，田某等人方能幸免于难。"

倪苍摇摇头："公子让我救的。"

田松便看向王谦，面上带了些歉意："王大人宅心仁厚，不计较田某曾经偏颇，着实叫田某惭愧。"他本不喜王谦，却不曾想他分明有身手高明的护卫，可以先行离去时，反而留在此处，着护卫出手相助。由此可见，他当真是误会了王谦，王谦此人，并非是如纪鹏海那般的贪官污吏，其良心未泯，当可培养。

王谦心中才当真是惭愧。

他分明知道，那些刺客所针对者乃是他自身，与这位田大人并无关系，他只是不愿因自己之故伤及他人罢了，反而得了别人感激，真叫他无地自容。只是他那三年一梦之事，匪夷所思，只能藏在腹中，不能告知他人。也只得……

王谦急忙说道："哪里，田大人不必如此。那些盗匪对王某亦极有恶意，王某的护卫出手，也是理所应当，当不得大人的谢意。"

田松确信自己是误会了王谦，自然看他便顺眼起来，而这一个顺眼，王谦这般言语，在他听来便是一如其名般谦逊，面上就带上笑意，称呼上也更亲近了："客气话田某便不说了，待回去后，贤侄务必到田某家中饮几杯水酒，聊上一聊。”

王谦听得，自是应道：“是，到时候，便叨扰田大人了。”

两人的关系更和睦了不少，之后田松叫那些衙役将盗匪们送回府衙关押起来，自己则和王谦二人将灾粮送到今日所须前往的县城之内——盗匪之事虽颇是重要，但于田松而言，亲自送去灾粮，监督当地县官，使得县城里能多活几个灾民，却更为重要。

王谦佩服田松一心为民，虽知此举恐怕不妥，却也跟随他而去。

果然，回到府衙之后，便有衙役前来禀报，这些盗匪有数人逃脱，而余下者则受不住严刑拷打，皆死在狱中。

想要从他们身上查出什么线索……自然也是不成了。

田松归来后得知此事，勃然大怒，当下便要人详查，意欲得知其中有何人搞鬼，更以为那盗匪刺杀之事中，必然有那互相勾结的官僚暗影，然他虽有此心调查此事，却因人手短缺，自身又要督管灾粮之事，而有心无力。田松分身乏术，又强硬坚持，不过多少时日，便是疲病交加，竟是大病一场。

到此时，原本落在田松手中诸事，便被那些豺狼啃去不少，同时也因田松难以再紧迫盯人，许多下级官员吃相也更是难看……渐渐地，原本因田松提前准备而能稍微维持的局面土崩瓦解，那本来还能再多支持一段时间的局面，也倾斜得更快……

王谦立在窗边，不由叹道：“风雨欲来啊……”

那纪鹏海若是不趁此良机将田松仅剩的几处权力掌控到手，便不是那一条最肥的蛀虫了。等那少数几个尚能把持自身之人也被取代，即便田松醒来，也是分身乏术。清河府，注定要在接下来的时日里，引发一场场的大乱子了。

王谦深深叹息，他看了看自己的手掌，深深苦笑。

即便前方的深渊已近在眼前……他又能做什么呢？

他原本早已知道，以他微薄之力，根本一事无成。

这一日，暴雨。

云中之水倾盆如注，打在地面上溅起一个一个的水坑。天气极热，路面潮湿，蚊虫肆虐，疾病丛生。

于京城里安享繁华者亦觉不适，何况清河府正值灾后，处处需要人手，处处缺医少药，自然更是难熬。

许多原本劳作的灾民皆病倒了，老弱妇孺尤其多难，偏生如今连吃饱也难，又哪里能顾及这许多呢？

在暴雨冲刷下，许多搭起的草棚皆倒塌下来，施粥者亦变得少了，难民拥挤于屋檐之下，拥挤于救济堂里，也不过是挣命罢了。

且因田松田大人病重，清河府上下换一批人把持，没了制约之人，行事更为贪婪。大量灾银被贪墨，若是要给灾民采办个什么，那也是自上而下，层层盘剥，到最后，剩不到几何，自也难以落到灾民手中。

渐渐地，饿死了不少人，病死了不少人。

而后，也生出了一些乱子来……

初时，只是一些活不下去的人挣扎，而有了一人便有了数人，尤其在衙役暴力镇压之后，虽得短暂平静，但这平静之下，却是暗潮汹涌，气氛极其压抑。

恐怕，只等何时有那最后一根稻草压下来，情形就会发生巨大的改变！

看着这暴雨，王谦转回身，走到书桌旁坐下。

他的神情有些颓然，怔愣了好一会儿后，方将那茫然的目光，落在了倪苍的身上。

“阿苍？”

倪苍沉默立在他的身前：“公子。”

王谦的声音极轻：“我意欲离开此处了。”

倪苍开口：“时机到了？”

王谦微微点头：“也只能趁乱离去了，否则，再无机会。”

倪苍很干脆：“何时走？”

王谦看了看窗外的天色：“就在两三日间。”他顿了顿，一声叹息，“这雨还要下上几日……雨停之前吧。”

倪苍道：“好。”

两人就此便说定了。

王谦的神情有些怔忪。

梦醒之后，他便有了如此打算，而今终于有了机会，但……他心里并非是不怅惘的。只是他若是不走，终有一日，会和梦中一般没了性命，倒是离开以后，说不定，他还能再多做一些什么。

强压住心里复杂的情绪，他闭上眼："睡吧，明日还要出去瞧一瞧……瞧一瞧如今的情况，恶劣到何种地步了。"

而且，还要去瞧一瞧田松。

这位清官再如何不喜他时，也不曾刻意为难他，品行极是难得。现下他要离开，在离开之前，总要和田松见上一面。瞧一瞧田松，病体可痊愈否。

一如王谦所知，这一场暴雨足足下了三天三夜，仍未停歇。

在第二日时，倪苍撑起油布大伞，护他去见田松，而田松命不该绝，尽管病得厉害，却仍能看出病情正在好转。

如此，叫王谦也放心几分。

之后，便是王谦要离开清河府，甚至离开国公府的时候了。

门外有人来报："王大人，巡抚大人召见。"

王谦暗道一声：来了！

旋即，他将目光投向倪苍。

倪苍一点头。

王谦深吸一口气，起身朝门外走去。

纪鹏海办公之地相距不远，入得门中，便见他坐于案几之后，正颇有闲情，翻看一本杂书。案几上有茶点，精致无比，同外头那些灾民之凄惨相比，此地却仿若不曾有任何灾情发生过一般。

王谦眼中浮现一层晦暗，旋即，上前行礼："纪大人。"

纪鹏海露出一抹笑意："怎么这么客气了？"

王谦也勉强露出笑容："到底是在外面做事，多些礼数，以免引人诟病。"

纪鹏海笑道："有舅舅在，哪有人敢诟病于你。"

王谦神情谦逊，并不接话。

纪鹏海也不在这话题上多言，便对王谦说道："如今大雨不停，恐怕河堤上要出什么岔子，谦儿，你可愿为舅舅分忧，带上人手，前去瞧一瞧？"

王谦恭声道："外甥愿意，舅舅不必担忧。"

纪鹏海道："好好！此次不过是寻常查看，待回来后，舅舅为你庆功。"

王谦更恭敬了："外甥不敢当，此为分内之事罢了。"

如此客套几句，纪鹏海使了个眼色，一旁就走出几个护卫模样之人，跟随在王谦身边。王谦目光微冷，这些人等，他也是"见过"的。

倪苍适时走到王谦另一侧。

王谦察觉到倪苍的气息，紧绷的心弦才微微放松。

雨越下越大，并无停息之相。

王谦一行头戴斗笠，迅速来到了河堤之上。

同那些脑满肠肥的贪官不同，此处有一些官吏，正督管许多河工在此处劳作，以防河堤坍塌。

众人顶着暴雨，面色都几乎泛着青白，然河堤安危事关重大，不容半分轻忽。

王谦带数人到此，同官吏说过几句后，便被那些护卫引着，往另一边查看去了。

此刻，他的心跳得极快，头顶之上仿佛悬有一柄利刃，叫他紧张无比。

走得颇远后，突然间，其中一名护卫出手了！

倪苍也同时出手，将那护卫挡住！

王谦佯作愤怒："你们做什么？是哪里的奸细？舅舅不会放过你们的！"

其余护卫也一拥上前，齐声说道："等你到阴曹地府再问吧！"

王谦乃是一介弱书生，即便抵抗，也是难成，倪苍只管一边退让，一边朝王谦那边而去。

一个护卫道："速速解决，莫被其他人见到！"

另外几个护卫出手都更凌厉，在接近王谦后，猛然扬起手臂，将他抓住，抛进河中！

王谦屏住呼吸：来了！

旋即他奋力翻身，叫自己头颅莫磕上河畔石头，而是直接落入那滔滔大流。同一时刻，倪苍的身手陡然仿佛比先前厉害许多，挣脱那些护卫，就一跃而出，也跳进清河之中！

此刻，远处有人发现不对，迅速过来。

这些护卫则是拿出绳索，朝着那河中抛去，他们自身则是拉着绳索下了河岸，在那洪流之中不断摸索，仿佛在救人一般……

有官吏急问道："这是怎么了？"

一个护卫故作焦急："王照磨不慎落水了，兄弟们正在搭救！"

官吏满头大汗："这河水湍急，可、可怎么是好！"

另一护卫道："留下人手在此救人，我等速速回去禀报巡抚大人。"

在河中摸索的几个护卫，一直停留在此。他们若当真找到王谦，自然要给他补上一记，叫他彻底殒命。

然而却无人知道，在极远的下游之处，一个人影艰难地在水中浮沉，他手中抓着一块浮木，正不断朝着岸边挣扎。很快另一道勇猛人影追了上来，将他揽住，在一番游动之后，双双爬上了浅滩。

王谦浑身湿透，面色苍白："阿苍，此处离清河府多远了？"

倪苍略思索："数十里之外吧。"

王谦长长吁了口气："快走，快走！以免被追来了……"

倪苍自无二话，他将王谦一把从水中捞起，放在背上，便快速朝远方遁去。

王谦用力捏紧拳头，心中如释重负。

他不曾告诉阿苍，梦中亦有此事，只是当时他好容易抓住浮木逃出清河，却因在河里浸得久了，叫身子骨更弱几分。待醒来之后，他更是懵懂不知，回到清河府——那时纪鹏海早已当他死了，见他出现，满面惊异，可怜他却不曾看出，纪鹏海眼中满是失望之意。

但这一回却是不同。

此次，他决心让纪鹏海达成所愿，叫"王谦"与其护卫，皆死在这清河之中。

连尸身，都不能找到……

第四回

劫后余生

小杨村依山傍水，村民自给自足，以农桑与打猎为生。不过农家人只会两手把式，平日里到底还是耕作居多，只有少数壮汉于农闲之时，可上山猎几头野物，或卖于镇中酒楼，或自家打一打牙祭。

这一日，近午时分，山间晨雾已散，有一道矫健的身形自山上大步而下，那山路原本崎岖，他却如履平地，仅仅不到片刻工夫，便已来到了山下，走进了村子。

一路上，总有村人同他热情招呼：

“倪小哥，又猎了大家伙回来？”

“这样好的皮毛，送到佟掌柜处，可以得好些银钱！”

“也亏了倪小哥有这样的本事，才能供出一位读书人来。”

“王少爷性子也是极好的，对咱村子里的泥腿子，也从没瞧不起，还自己侍弄土地呢……”

“是啊，两个好后生！”

被村人招呼者身长八尺，虽只着一身布衣，且没什么言语，却仍有一种器宇轩昂之感，同寻常的村人很是不同。

他此刻肩上扛着一头大虫，斑斓的皮毛，通身看不见什么伤口，唯独肚腹处凹陷了一块，巨口旁有一丝血迹……想来，便是如此被打杀的。

此人快步来到村子另一头，离大山不远，有一间草屋和几亩薄田。薄田边，还有个穿着蓝布衫子的青年蹲在地面上，手中握着几根草茎，另一手奋笔疾书，在记录什么。

似乎是感觉到有人前来，那青年回转头，朝着来人笑了一笑：“阿苍，回来啦？”他的目光落在那头斑斓巨虎上，面上担忧之色一闪而过，“虽你武艺高强，也莫要再猎这等大野物，以免伤了自身。”

那人道：“无妨，你去岁受寒，我早想给你扒一块虎皮做毯子了。”

青年面上微微动容，旋即苦笑：“是我连累了你，日后你万莫为我涉险……若非是我，你早已能四处逍遥了。”

那人又道：“我无处可去，你既应了给我饭吃，我便跟着你。”

此二人，正是那日借水遁逃的王谦与倪苍，而自那日后，又已然过了三载。

王谦站起身，一手揉了揉腿，却不曾将手中草茎放下。

倪苍将肩上的巨虎尸身朝旁边一扔，走到王谦身前，半蹲着帮他用力揉捏起来。

王谦身子稍顿了顿，又不由叹道："阿苍，若非有你在，怕是我一人也活不得多少时日了。"

思及这几年来的种种，他确是有些怅然。

王谦到底曾是国公府的世子，素来是锦衣玉食，不曾受过磋磨。他自梦中得知自己今后命运，无奈之下，为活命只得假死离开，待真正离开后，日子自然艰难许多。原本王谦已做足吃苦头的准备，但倪苍却一手将生计接过，便让王谦更早将脑中计划慢慢实施起来。

此事还要从王谦得到那一幕幕记忆影像时说起。

当是时，他记住四种高产庄稼，分别为土豆、红薯、玉米、水稻。其中水稻虽有，却须慢慢研究，方能育出良种，而另三种倒是好些，然而前所未见，据说乃是海外而来，便得细细寻找方可。

因此，在脱身后，王谦便带倪苍一起，前往沿海之地。

沿海之地有船通商海外，除却本国商人外，亦有外来番人，红毛绿眼，带海外之物而来。幸甚，在这些海外之物中，他寻得土豆、红薯二物，尽管此二者并不如记忆中那般块大肉肥，可既然得了，便能想方设法培育一二。

随即王谦便带上两类粮种，同倪苍一起，寻偏僻小村尝试栽种。他牢记碎片中所述，这两类虽是高产之种，却在不同水土之中有不同产量，如今缺粮之地甚多，他多做些尝试，便也多一些把握。

之后王谦和倪苍南行北走，每找到一处土壤不同的小村，便租下一间草屋，住上一段时日，将两种粮种种下，雇两老实的农人代为照看，自己则存下一些银两，再去寻下一处水土不同之地……而他们所用银两，皆是倪苍猎得野物卖了而来。若非有倪苍在，独王谦一人，怕是要生计也颇是艰难，更莫说培育良种了。

几年过去，王谦每每找准时机，于收获之时前去那些栽种良种之地，询问农人，观察所得粮食产量，并再从中挑选生长良好之块茎，作为新的良种，继续栽种。到如今，他所得良种虽说未能如同影像中那般产量，却也达至土豆每亩两千余斤，红薯每亩三千余斤了。

这般结果，王谦毫无失望之意。

他不过培育三年，已然能得如此产量，多亏那影像清晰，然人力有限，不同影像中那般有光怪陆离之物相助，能达至如此，已然不差。而今若论水稻等物，亩产不过三四百斤，他所得良种足可得近十倍产量，亦可活人十倍，待多种几年，未必不能更增产几分……加之此二类良种栽种容易，对土质要求不高，终有一日，百姓当再无饥荒矣。

思及此，王谦精神振作，更加细心记录培育心得，却忘了正在与倪苍说话了。

那边倪苍早已习惯他如此，再为他揉捏一阵腿脚后，便起身去了另一头，将那老虎尸身处理起来。纵然他离得颇远，也难免闻得到些许气味。

王谦一介书生，竟仿若嗅不到那血腥气，一心在忙着记录培育心得。

过得半个多时辰，王谦写完收笔。

此时，倪苍亦将那老虎处理好了，走过来："你身子虚，虎肉留于家中，你多吃些，补一补身子。虎皮给你做褥子，虎骨与虎鞭，待我寻个时间去镇上卖了，换些银钱回来。"

王谦道："我笔墨快用尽了，择日不如撞日，今日我便与你同去吧。"

倪苍便答："也好。"

之后王谦热了几个包子同倪苍草草填了肚子，就与倪苍一同朝镇上行去。两人走到山坳边，倪苍自里面牵出一匹矮脚马，两人同乘，一路飞奔。

一个时辰后，黄羊镇到了。

此镇连通方圆几百里十余个村庄，故而虽是小镇，来往之人却也不少。倪苍带着王谦，熟门熟路来到济人医馆，寻到里面坐馆的老大夫——若是寻常野物，倪苍便卖于酒楼，而若是药材，则卖于医馆。

老大夫姓刘，见到倪苍后，便露出个笑容："倪小子，今日带了什么好东西过来？"

倪苍将一个包袱放到桌上："虎骨虎鞭，要不要？"

刘老大夫闻言，露出个带点急切的笑容："是新鲜的虎骨？"说话间，已将那包袱打开，仔细嗅闻、查看起来。

另一旁，则有人在窃窃私语。

王谦知晓这刘老大夫还要多鉴一鉴，不自觉间，便听到了那几人的对话。

“最近出大事儿了……”

“什么事儿？”

“不好说，最好别说！如今已张榜昭告天下，你到府衙前瞧一瞧便知道了。”

短短几句话，叫王谦不由皱起了眉头。

最近出了大事……会是什么大事？已过去数年，他不过一梦三载，三载之后发生之事，他便半点不知。

这时候，刘老大夫已鉴好了药材：“这年头虎骨难得，一副老夫予你纹银八百两，另有虎鞭一条……总共给你一千两，如何？”

倪苍点头：“可。”

刘老大夫见他爽快，满意地捻了捻胡须。随即他转身取出十张银票，每张皆是百两面值，交给倪苍。

倪苍在这医馆里抓了几服药，给王谦去那寒病，而王谦此时也站起身来，向刘老大夫告辞，与倪苍一起离开。

出去后，倪苍道：“要补给一些家常之物。”

王谦却是凝重道：“先去府衙外一行，听闻近来有大事发生，我心中颇有不安。”

倪苍素来不会拒绝王谦之言，便带他往县衙而去。

县衙外，有榜张贴。

王谦抬眼一看，登时面色一变，心中不由得掀起了惊涛骇浪！

太子被废！

竟然是太子被废了！

王谦几乎一个踉跄。

倪苍见状，急忙伸手扶住。

王谦只觉得脑中嗡嗡作响：“怎会……如此？”

倪苍看他似乎有些神不守舍，也担忧被这里的衙役见到，生出什么事端来，便就势将他搀扶，退到一边去。

王谦此刻失魂落魄道："阿苍，去酒楼，那里消息多。"

倪苍亦不反对，将王谦再带到城中最大的酒楼里，订了一处靠窗的座位。

两人并未去楼上雅间，而是坐在一楼大堂。此地人声鼎沸，热闹非凡，许多人都在高谈阔论，也泄露出许多消息。

这里面，就有人提到了刚刚得知的太子被废一事："汝等可见到衙门张榜？上面说……太子被废了！"

与其对饮之人闻言，酒杯自指间跌落下来，摔了个脆响，他是大惊失色："什么？太子被废？这是为何？"

前面那人压低了声线："据说，是太子对张贵妃有不轨之心，被今上发觉，勃然大怒……"

那露出惊色之人陡然怒道："荒谬！太子何等品行，怎会为那等、那等——"

前面之人登时急道："噤声！"

那人才又把亟欲出口之语咽了下去，不忿道："太子哪里瞧得上她！"

王谦听得这些话语，眉头紧锁。

另一边，有一桌书生士子自门外走进来，都是满面涨红，怒气冲冲。他们找了张空桌坐下，口中已禁不住说出许多怒语来：

"奸妃误国！太子那般仁德储君，竟被她如此陷害！"

"有此妖妃，大赵危矣！"

"当今圣上宠幸这等蛇蝎妇人，真是、真是昏……昏聩！"

"那等妖妇，简直是不知廉耻！"

虽大赵太祖在世时已广开言路，允书生与百姓议论朝政，也允其直指朝堂不是，然如这几位书生般的大胆言辞，却十分少见。此时这几位书生如此言语，可说是极为冲动，叫人听着便觉得心惊胆战。但也是如此，可见他们愤怒之深，唯有如此表达，方可缓解一二。

不过，这几人说出这等话来，叫周遭旁人便不由得躲了三分，不敢附和。只因若是此言被追究起来，这几个书生，恐怕也要有些麻烦。

倒是王谦，在听过这些后，反而慢慢冷静下来。

那位张贵妃乃是今上宠妃，若王谦不曾记错，此女乃是在六年前被今上看中纳之，入宫便为婕好。那时她不过二八年岁，艳光逼人，不几日便宠冠后宫，叫从前今上喜爱的吴贵妃也退一射之地，连正宫皇后亦得避让三分。

原本今上宠爱哪个妃子，只消有度，并不干朝堂之事，然而就在张婕妤受宠后，今上便成日同其寻欢，渐渐荒废朝政。短短一月后，张婕妤被升为嫔，再半年，升为妃。待王谦离开前，张婕妤已然成为张贵妃，其父张尚书荣耀加身，位列三公，为张太师，在朝堂之上人脉庞大……尽管尚无劣迹，却已让许多官员巴结讨好，家中权势，亦日日拔升。

而后王谦离开，同倪苍游历之际，也曾听闻这位张贵妃行事日益张狂，不仅将皇后困守中宫，那吴贵妃、何淑妃等受宠妃子亦被冠以莫须有之罪名打入冷宫，从此再不得翻身。张贵妃始终无孕，后宫其他妃子亦再无所出，想来也是她的手段。不过张贵妃虽是极为受宠，倒也始终非是专宠，今上喜好美色，时常纳有美人，但这些美人品级至多也不过是“美人”，其容色再如何娇艳，一身一命，往往也比不得张贵妃在今上耳边一声娇嗔。

到后来，王谦听闻许多官员给张贵妃献礼之后，若是张贵妃喜爱，便可左右今上，将其擢升，久而久之，整个朝堂已是乌烟瘴气，凡有进言者，皆被今上厌弃。

故而张贵妃原是宠妃，如今已被天下视为妖妃了。

当今太子仁德宽厚，因其父昏聩而时有劝谏，但父子之情竟比不过贵妃一言，不仅太子日渐被今上疏远，而今更是因贵妃一言，便将太子废去了！

王谦心中亦觉沉痛。

若是长此下去……大赵该当如何？

再如何心焦，王谦也是一筹莫展，无能为力之下，他也只能暗暗一叹罢了。与倪苍静坐片刻，食不知味用过饭后，王谦便要离去。

正起身时，酒楼外忽起一阵喧闹声，竟是有十余个身披甲胄的兵士腰悬利剑，闯了进来。

为首一人喝道："好你们几个酸书生，竟在此处妖言惑众，都给本将抓起来！"

其余兵士俱应："遵命！"

旋即纷纷出手，如饿虎扑羊般冲向了那几个书生的桌边。

书生们原本喝得烂醉，此刻也是陡然惊醒。这些书生倒也有些骨气，虽是力不能挡，却是纷纷开口骂道：

"为虎作伥，大赵危矣！"

"我大赵百姓供养的将士，不思报国，竟维护妖妃，真是厚颜无耻！"

"便是杀周某一万次，周某亦要痛骂！昏君奸妃，不得好死！"

"那祸国奸妃，合该凌迟处死！一应奸佞小人，都当斩首示众！"

然骂得再如何厉害，这些书生到底是被那些将士打烂了嘴，生生拖了出去。便是如此，那些书生仍是极力张口，"唔唔"似在大骂不休……

如此一幕，又叫王谦闭了闭眼，不忍多看。

虽明知这些书生从此便要身陷囹圄，他却仍旧是……无可奈何。

不自觉间，他竟更深恨自己之无力了。

倪苍见王谦如此心伤，目光微沉。他却并未如何言语，只静静同王谦一起，离开了酒楼，又同已然毫无心情的他，一起回到村中。

是夜，王谦翻来覆去，难以成眠。

倪苍无声而起，并指在王谦颈间一点，王谦登时呼吸绵长，沉沉睡了过去。

随即，倪苍越门而出，消失在夜色之中。

第二日，王谦再与倪苍一起前往镇上，是为继续打听一些消息。孰料一夜过去，这街上戒备严明，众将士手持诸多画像，一一询问众人。

王谦目力颇佳，稍一打量，便见那些画像上所绘之人，分明便是昨日被抓去的书生模样，他心里一惊，陡然紧张起来。

稍加打探，王谦方知原来这几个书生在昨夜子时之后被人自牢中劫了出来，狱中竟无人察觉。待发现后，众将士前往书生家中搜查，却发觉那些书生的家人与家中细软，亦消失不见。由此可知，书生越狱，实为预谋，将士寻不到那些书生，自是全镇戒严，四处搜寻……

王谦叹道：“只盼那些书生及其家人能好生躲藏，以避此祸吧！”

倪苍则是应道：“此事已了，你莫再为此多思了。”

王谦听得，倏地一僵。他忽然生出一种念头，叫他心中难安。当下里，他将倪苍小臂轻拍，声音强自镇定：“阿苍，我们且回去。”

倪苍自是跟从。

两人接受盘查后，很快离开此镇，待来到四周无人山路上时，王谦方低声问道：“阿苍，此事……可是与你有关？”

倪苍不言。

王谦深深呼吸：“阿苍，如今我同你相依为命，你莫瞒我。”

倪苍方道：“正是。”

王谦猛然闭眼，复又睁开，旋即出声道：“阿苍，你虽武艺高强，但此事太过冒险，你不当……”他似是忽然明白了什么，声音里有些哽咽，“不当为我一时多思，而行如此胆大之事。”

倪苍见王谦立即知道他的想法，也不觉奇怪，便说：“子逊莫怕，无人得知是我。”

王谦定定看了倪苍一眼，转过头去：“怎能不怕？我如今已视你为唯一的兄弟、亲人，你却为我如此涉险，我如何能够不怕？”

倪苍面皮微微一动，神情也多了几分凝重：“我日后会同你商议。”

王谦闻言，终是一叹：“阿苍你可要记得才好。”

倪苍肃容：“我不会忘。”

到此时，这事才揭了过去。

对于那几个书生，王谦更多了几分担忧，如今不仅担忧其被发觉，更担忧倪苍救人之事暴露，叫他受人所害。只是因上次辗转反侧被倪苍瞧见，他才去冒此大险，现下王谦只得放宽心思，再不敢多想多虑了。

好在倪苍的确是不曾留下丝毫破绽，直至过了许久之后，镇中诸多守备也渐渐不再那般森严，几位书生也未被人发觉，倪苍之事，亦无人得知。

到此刻，王谦才算放下心来。

而后，他仍旧时常前往那镇上，其目的却不再是为了倪苍与书生之事，而是关切那被废的太子，现下是何等结局。

大约半月后消息传来，言明太子被废后，软禁于东宫之内，不允离开；又半月后，有消息言及太子被废之事确信无疑，原太子已被封为平王，出宫建府，着其在府中修身养性；再半月，今上赐平王封地为南华府，着平王于两月之内就藩，不得干涉地方军务政务，不得擅自离开封地……

如此这般，种种消息，传遍天下。

而今众所周知，平王即将就藩，他那太子之位再无恢复可能。

不过，听到此处时，王谦反倒松了口气。

那奸妃敢那般陷害太子，定是极不将太子看在眼里，若是太子被困于京中，反而大事不妙。倒是马上离开帝京，方可韬光养晦，生存下来。

之后，王谦又微微皱眉。

南华府他亦曾同倪苍去过，乃是一处极贫穷之地，穷山恶水甚多，土地贫瘠，吏治也并非清明。每有灾年时，诸县百姓常有饿死，贫病交加，虽非平日里百姓懒惰，却因土地太贫，以至于年年收成不佳，再有一层层盘剥下去，莫说是有所结余了，怕是常常连租子都交不上，自家更吃不着几粒米。

如今，平王以此地为封地，岂非是又遭人所害？否则以他到底是前太子的身份，总该就藩一处较为富庶之地，或是前往那容易做出政绩之处谋求政绩，而非是同如今这般，不仅封地里没什么油水，连管理此地吏治，亦非易事。

这般思前想后，王谦很是为前太子担忧一番。

然而他虽担忧，却也无法可想，今上之令，谁敢反对？只是可惜了这般一位仁德储君，若是他能顺利继位，想必这天下的百姓，也会好过几分。

可惜啊。

此后，王谦再未刻意打探前太子的消息，只一心在家中侍弄土地、培育良种等。不过，距离这收获之日还有些时候，他沉寂一月之后，心中却有了个新的念头。

是夜，王谦转身，看向对面床榻上的友人，开口说道：“阿苍，我有意前往南华府，到那处买一个小庄子，试种一番，你以为如何？”

倪苍转回身：“子逊是为前太子？”

王谦沉默一瞬，微微点头：“我培育良种，不过是为求百姓得以温饱，再无饥苦。只是凭借你我二人之力，便是有了法子，也难以做成此事，唯有将此法献于一位仁德之君，方可达成。”

倪苍静静听他言说，并不多语。

王谦叹道：“当今……虽不当如此作想，但若是将此法献于当今圣上，怕是难以收到成效，今上之心，也早不在朝堂国家之上了。当初我便有心在良种育出后，尝试接触太子，而今前太子被贬南华府，于他而言前途未卜，但我转念一想，又觉得若前太子真能收服南华府，叫全府上下听他调度，且这良种能在南华府栽种……说不得，还是两下相宜之事。”

倪苍闻言，便是答允：“若你决意如此，你我便准备一番，数日后同往南华府。”

王谦目光一柔，语气也是感激：“阿苍，你总是这般支持于我，多谢了。”

倪苍却不在意：“不是什么为难之事。”

王谦不再多言，只将倪苍种种为他的好处，都牢记在心罢了。

两日后，因着从前诸多经验，二人已然准备妥当。

倪苍去弄了两匹马来。王谦虽是书生，却也因这些年同倪苍走南闯北，不说马术有多么精深，但赶起路来，已是十分顺畅了。

倪苍带上不少银钱，其他行李则并无多少，王谦御马紧跟于倪苍左侧，一路风雨兼程，大约过了有十七八日时间，他们终是来到了南华府中。

到了以后，倪苍和王谦先安顿于客栈之内，随即便往牙行去，找那牙人介绍，好寻一处小庄子落脚。这庄子的要求自是要有几亩田地，至于庄子所在之地，亦不能离南华府太远。

南华府因着贫瘠，人少而地广，如这般的小庄子自也是颇多。那牙人不过多时便寻到好几处，任由两人挑选。

王谦从前不懂这个，而今同倪苍经过几年摸索也知道不少，现下稍作思忖，便已做出选择。

那小庄子处于白水县外，离南华府府城不过半日多的路程，庄子不大，内中只有七八间屋子，大约十亩地。

王谦之所以选了这小庄子，其中一个缘由便是这小庄子原本的主人因家中独子患有疾病，须得不少银钱为其治病，才将庄子卖去。这庄子的地段尚可，环境亦尚可，既然庄子的主人有难，他也就略伸援手，将庄子买下，也叫那一对夫妇能尽早为其子治病，以免耽误了病情。

很快办好契书，倪苍将银钱付清，那庄子便落在了他的名下。两人便在牙人引领之下，前往那庄子。

刚到门口，牙人便扬声道："刘汉！你家庄子的买主来了，快出来相见！"

话音刚落，门里就传来了一阵急促的脚步声，一个身形有些佝偻的枯瘦中年人快步而出，"吱呀——"一声，将门打开。

那人见到牙人一行，急忙行礼："敢问哪一位是——"

牙人朝倪苍二人一指，说道："这两位买下你的庄子，银钱与契书已然交割，而今你快同家人搬出，也好叫这新主人入住。"

语毕，将一张银票递过来。

刘汉手指微颤，将那银票接过一看，果然是说定的数目，当下悲喜交加，悲的是这祖上传下的庄子，自此便再不是他刘家之物，而喜的，则是他的孩儿终是有了银钱治病，再不必于榻上那般痛苦了。

深吸一口气后，刘汉将身子让开，把人带进去："多谢两位解刘某燃眉之急。快快请进，刘某这便将庄子中一应之事，介绍于二位。"

王谦听他说完，方才温和说道："便有劳刘老哥了。"

刘汉见他如此客气，心下一松，而后便要把一行人引入门内。那牙人见两方相处得不错，也就告辞离去了。临行前，刘汉自是连番感谢，牙人似乎对他也颇有同情，态度倒也一直不错。

待牙人走后，刘汉就为王谦、倪苍二人一一介绍起来。

这庄子不大，要说介绍，也并无太多东西可以介绍。两人率先去瞧了那十亩土地，其中有两亩上等田，其余八亩则都是中等田，也算不错。土地里已没了什么庄稼，想必自打刘汉之子重病后，他也无心再侍弄田地，而原本种下的那些，大约是早已收取，拿去卖了钱给其子治病。

王谦略看了一眼这十亩地，尽管比不上其余富饶之城的肥沃土地，可在这南华府内，应也是不错的了。

随后，刘汉将人引入庄子中那几间屋舍里。

房屋总共八间，两间乃是主房，还有六间并排的屋子，离主房有些距离，就在那十亩地不远处。想也知晓，这些屋子原应是给佃农或是庄子主人的仆妇等人入住，只不过此处土地才区区十亩，庄子主人平日里皆是自己劳作，这些屋子，便一直空着了。

不多时，王谦就来到主房前。

刘汉匆匆进去说了几句话，待出来时，便有个妇人同他一起掀帘而出，在妇人怀里，还抱着个五六岁的男童，男童看起来眉清目秀，只是眉眼间有些病容。

妇人见到两人，将怀中男童放下。

男童有些喘息地也弯了弯身，颇有礼数，看得出他很有教养。

王谦打量一眼这家人，心中微微一动。

第五回 落脚庄园

虽说庄子不大，但若只住王谦与倪苍二人，在洒扫收拾诸事之上，却难免有些麻烦。那田地有十亩，王谦要培育良种，必然不会将其空置，如此一来，便要寻几个农户帮把手才好。

只是，贸然寻人未必妥当，王谦意欲在此定居一段时日，就须得考虑周到……

眼下有这一家三口，对这庄子处处熟悉，想来那些土地也是种惯了的。如今刘汉将庄子卖给他，便得拖家带口搬出去，其子尚且抱病在身，在外租住又是一笔花销，且颠簸来去，对其子十分不利。

王谦略为沉吟。

其子颇有教养，若是被病症拖累，实在可惜。那一对夫妇爱子之心可悯，倒不如干脆便将这三人留下，雇佣为看护庄子的农户。

到时，洒扫之事自有那妇人处理，种田之事也有刘汉相帮，其子亦可安心养病……如此一来，可说是两厢便利。

想定后，王谦也未贸然提起。

刘汉一家虽要搬走，但对王谦、倪苍皆是感激，故而也多谈了几句。于其谈吐之中，王谦瞧出这一家人性情质朴，言行合一，不免更多几分好感。

于是王谦思忖再三，又暗地里同倪苍商议之后，出言道："在下与友人初来乍到，于庄中事务并不熟悉，那几亩土地亦需有人打理。刘大哥在此处久矣，想来一切得心应手，不知是否愿意受雇于庄中，替我二人打理事务、土地？庄中屋舍颇有几间，也算合住，若是刘大哥肯留下相助，便可取用两间，也叫贤侄松快些……不知刘大哥意下如何？"

刘汉闻言，则是一惊。

此庄乃是家传，若非实在无法，他是万万不肯卖出的。如今他亦极不舍离开此处，却不曾想到，这新来的庄主二人竟愿意将他们夫妇等留下来！

这可真是——意外之喜！

当下里，刘汉忙不迭说道："多谢公子，若是公子不嫌弃，自今日起，刘某一家便任凭公子驱使了。"

王谦一笑："不必这般客气，日后也要劳烦贤伉俪多多费心。"

刘汉自然是深行一礼，口中连称"东主"。

收容刘家后，王谦很快再去官府，与刘汉签了雇佣的契约。自此刘家一家人便直接搬到了那一排仆佣房里，安顿了下来。

因不必离开庄子，刘家行事也方便许多。那刘家娘子立时便开始为王谦、倪苍二人收拾主房、浆洗衣物等，又去询问二人是否有忌口之物，去采买一些菜肉，为两人做饭食。

刘汉也是跑断了腿，一时自城中延请大夫来为其子瞧病，一时好生翻土耕地，做起事来，极是麻利。

到这时，王谦见刘家行事种种，更放心些，也觉雇佣这家人过来相助，着实是一个好主意了。

随即，倪苍就出门一趟。

此行非为其他，而是要前往他与王谦曾经栽种的一处已然可收获的田地，将那里的收成托运过来，仔细挑选，在这庄子里试种一番。

倪苍一去便是半月之久，王谦在庄子内不曾出门，刘汉一家请来一位医术颇佳的大夫，为那小儿调理一番。病去抽丝，那小儿也慢慢痊愈了。

之后，那小儿每日为王谦打水递衣，竟细心地侍奉起来。

王谦在国公府时，并非不曾用过小厮，如这小儿般年岁的亦非没有。然而如今此子病刚去，见他这般小心，心中难免有几分怜惜。

不过，此子如此，乃是刘汉夫妇有感恩之意，既然这一户人家心性淳厚……他原只是觉得此子年幼患病可怜，现下倒是有了些栽培之意。

如此年纪，正是可塑之时。

想定后，王谦便同刘汉招呼一声，要叫此子做他书童，刘汉也曾请过夫子为其子开蒙，而今听闻王谦有此决定，自是无限欢喜，立时便答允下来，私下里更是数度叮嘱，叫他好生服侍，切不可有丝毫怠慢。

之后，这刘家小儿，便在王谦书房中做事了。

王谦自幼读书，在习武骑射上固然因身体之故有所欠缺，然在读书之道上，却是颇有一些造诣，在帝都之中，是出了名的才貌双全。而今不说旁的，在读书之余指点区区一个五六岁的小儿，自是绰绰有余。

王谦这几年来虽将大半心力用于培育良种之上，也从不曾忘了读书。尽管当年他不习武有其继母引导之故，但读了这许多年下来，书本于他命中，亦是不可分割之物。

那小儿也极用功，平日里侍奉王谦很是尽心，而王谦每逢指点他时，他亦恭恭敬敬，未有半点分心。

如此之态，竟半点不像个小儿了。

半月后，倪苍归来，带回十数车土豆。

他一路风尘仆仆，路上也未必没遇上磨难，其精神却还不错，可见习武之人身体健康，也比寻常运货之人，要能干得多。

土豆到了，王谦细细验看。

许是这一回的土地不错，他培育良种也有些见解，这一回收来的土豆，每一亩达到两千八百斤，再培育一代，若培育得法，怕是就能达至三千余、近四千斤之多了。到那时，此物才真正是可以活人无数。

王谦心中喜悦，对倪苍说道："阿苍，此行辛苦你了。"

倪苍微微摇头："心甘情愿罢了，不比你殚精竭虑。"

王谦面上微热，心中则十分熨帖。

他虽与父母亲人尽皆无缘，可梦醒之后于此路上能得倪苍为友相伴，已是极为安慰，更觉平安喜乐。

很快，倪苍打发了那些车夫，仗着把力气，同王谦、刘汉等人一起，将这土豆送入地窖存储起来。

刘汉从不曾见过此物，待一次那麻袋漏了几颗土豆出来，不由问道："东主，不知此为何物？也是粮食么？"他心里很是震惊，只因倪姓东家带回这土疙瘩太多，若是能吃的，只怕是开一处粮铺也够了。

王谦雇用了刘汉，便没想着瞒他，闻言点头道："此为土中之物，确是粮食无疑，名为'土豆'，煎炸烤煮，俱可为之。人若食之，则滋味略甜，很能饱腹。"

刘汉一听，心里生出个念头，试探问道："东主，此种粮食收成如何？既然滋味如此美好，想来并不便宜吧？"

王谦一笑："自家种的，七八亩地足矣。"

刘汉登时咽了咽口水。

他粗略估计，这十多车的粮食，若一车只得两三千斤，合起来恐怕也有三四万斤之多了。东主却说不过仅用七八亩地便可种出。这、这是何等的神物！

打从心底里，他并不相信，但他知东主乃是读书人，这读书人以信义为先，知礼义廉耻，想必也不会对他一个长工谎言欺瞒……一时间，他正是百味繁杂，也不知到底是该信，还是不信。

王谦也知刘汉心中震荡，而若非他自碎片中亲眼所见，也并不会使这样的力气，对这“土疙瘩”那般尽心尽力，培育其种。因此，刘汉将信将疑，他也无意多做解释，左右待这新的土豆粮种栽种下去，三个月后收成之时，刘汉自然便知晓了。

如此想定后，王谦便道：“这些土豆，择其中佳品做良种，栽种下去，继续培育，其余便叫刘娘子好生炮制了，可晾晒，可储藏，留作日常食用吧。”

刘汉闻言，急忙回过神来，连声答应：“是，东主尽管放心。”

自今日起，他亦随东主二人一起栽种去，要真是那般神物，待收成时，他少不得去求来一些良种——甚至不图良种，只求能自行栽种一番。

他屋子前头有些空地，东主乃厚道之人，他或许也能在那处开垦三分田来，为自己一家谋一些口粮。

余下半月，刘汉、倪苍、王谦三人俱在劳作。

整治土地、切割土豆、埋下块茎、等待出芽……刘汉跟随劳作，方知这两位东主竟都手脚麻利，并非不谙农事之人。其中倪姓东主身体壮健，自是极能耕种，而那王姓东主看起来犹若一名书生，却能在如何栽种此种上说得头头是道，直叫他佩服不已。之后，刘汉对这土豆粮种，亦更多几分信心。

待劳作完，其余之事便由刘汉在王谦指点之下，进行看护。而王谦忙过这段后，生活复又规律起来，倪苍平日里或去山中打猎，闲暇时也陪王谦锻炼身体，多数时候总是陪同在王谦左右。

刘汉见到，心下感慨。

这两人姓氏不同，想来只是友人，但彼此情谊这般深厚，比起许多血脉至亲来，恐怕都要强上一些。

时间匆匆而过，这一日，倪苍刚将自己从山中猎来的野物送进白水县售卖，便自县衙前得到一个消息，回来之后，便将王谦拉入屋中，同他说起。

王谦疑惑："阿苍？"

倪苍道："平王即将进入南华府境内。"

王谦的面上，陡然出现几分怔忪。

前太子来了……

粗略算一算路程，竟是在被贬之后，便立刻出行，看来前太子对自身情形也是早有预料，竟连行装都是早早收拾妥当。

倪苍见王谦如此，说道："大约三日，便可抵达。"

王谦缓缓吐气。

太子到了，然他虽有观察太子之心，却尚且不曾想好该如何着手。

倪苍见不得王谦忧愁，便说："这两日你我收拾一番，先去南华府吧。不论子逊意欲如何，且先瞧一瞧情况再说。"

王谦露出个笑容："也好。"

两人说完便做，这一日过午后，已然开始准备行囊。白水县到府城有几日路程，要在区区三日赶到，也是颇有些紧张的。

很快收拾妥当，倪苍牵来一匹马，伸出手说道："你我同乘，也能快些。"

王谦自无异议，他就着倪苍的劲力上了马，而后挺直脊背："赶路吧！"

两人日夜兼程，倪苍为习武之人，夜间不眠亦可，但王谦却是读书人，到晚间却免不了小憩片刻。他们如此赶路，终是在第二日晚间抵达南华府，并寻到一间客栈入住。

王谦在房中休息，倪苍出门一趟，再带回消息："明日或是后日，平王便到。"

闻言后，王谦猛然起身，然后又静默片刻，道："到时，我同阿苍一起去。"

倪苍自无不允。

心中有事，时间也过得越发快了。

第二日，王谦就同倪苍一起上了街，但这一日平王并未抵达，只是街上之人都知晓此事，神情之间，都带上一些惶恐谨慎之色。官府中人派遣众多兵士清道，尤其是南华府主街，为平王仪仗过处，这路边摊位都要清理，众多百姓也得遵从接待的规矩，以免到时出丑，引来平王怒气。

平王的确并不受宠，然而再不受宠也曾是太子之尊，又有亲王身份，而今南华府既为其封地，他在此处的权柄便是极大，不论此地官员如何上下勾结，亦不能对他有分毫的怠慢。

眼见众多官兵于街上巡游，许多商铺也因此关门，王谦暗暗叹息，走到一间茶楼里，坐在了大堂一角。

倪苍挥手叫了茶，这茶不算什么好茶，但在这大堂里喝茶的人，原本便不是为了茶水而来。

王谦侧耳倾听。

这大堂里，果然有不少人，都在议论平王将到之事。

“南华府封给平王，平王却是见罪于陛下，被贬而来，我等南华府中人在他麾下讨生活，也不知前路如何……”

“瘦死的骆驼比马大，平王尊贵多年，想来也应有些底蕴，只是倘若他心有不甘，于我南华府绝非好事！”

“且莫说这个，传言里，平王宅心仁厚，素受爱戴……”

“若传言是真，平王在我南华府中，怕是要艰难了。”

听到这种种话语，王谦若有所思。

听这些人口中之言，这南华府莫非果然不好收服？也不知是否同此地知府有关……知府虽不过是四品官，但若是平王不能拿捏住他，将其变为自己人，在这南华府中行事，便真是千难万难了。

“平王归府，行人退避！”

“平王归府！行人退避！”

悠长的呼喝声中，浩浩荡荡的队伍自城门而来，就要直入府城之内。

前面有甲士开路，两侧有兵卫清道，中间护持华盖宝车与诸多车队辎重，正是被封此地的平王仪仗。

道路虽然已被封住，府城中众多百姓却站立两侧，夹道恭迎。

更有许多身穿官服、神情肃穆者，都在前方等待，他们态度极为恭敬，乃是南华府自知府始，上下大小官员。

王谦与倪苍也混在百姓之中，看着这偌大仪仗。

倪苍按了按王谦的肩。

王谦低声道：“平王便在宝辇之中。”

倪苍微微点头。

最中央处，华贵辇车之中，有一位男子的身影若隐若现，便是隔着车架，亦能看出其气度不凡，威仪尊贵。

只是在此处到底见不到真容，亦不知这位前太子究竟如何。

过了一阵，车队远去，据说是直接被迎入了建造在此地的一座行宫。这行宫如今为平王暂居之地，待他安顿下来，就要择取一处看好之处，建造平王府。

封地之内，王权为上，可任免任一官员，然知府乃今上任命，不可轻易撤其职位，且知府担任十年知府，支系根深，难以动摇。短日之内，平王下属难以将此处官员取代……从此以后，平王与此地知府之间将有博弈。

南华府中，风雨欲来。

而日后南华府诸多变化，便可瞧见这平王手段。

平王仪仗很快见不到踪影，王谦静静等了片刻，终于能同其他百姓一起自由行走。

倪苍问道："子逊，怎么样？"

王谦道："平王的兵力……似乎不足。"

方才王谦看得清楚，莫瞧那仪仗似乎声势浩大，但仪仗前后，跟随的甲士兵卫加起来也不足千人。当年王谦随巡抚纪鹏海前往清河府，一路护持之人，亦多于这个数目。

亲王可养私卫，未至封地前，私卫即其武力，平王曾为太子，储君可养三千人，寻常亲王，只得两千。而现时平王的人手，满打满算，竟只七八百而已。

如此少的兵力，再加上那奸猾的知府，在南华府里，平王要想立足便更难了。

倪苍微微点头。

王谦叹道："再看一看，再看一看。"

倪苍拍了拍他的肩："再住几日吧。"

然而，两人尚未停留几日，就先收到了一个消息。

这府城里的知府行事甚是浮夸，在平王到来后，便通告全城，自今晚始，连续三天，要在秀媛坊大摆筵席，更有数场流水宴在知府宅邸前置办出来，要与全府城民同乐，庆贺平王到来。

此言一出，全城沸腾，各家各户在一片喧哗中聚集起来，形成蜂拥人流，都朝那知府宅邸而去。

王谦得知此事，皱起眉来："南华府原不及其他各府繁华，便是这府城之地，也能瞧见不少孤苦百姓……虽是为迎平王，可是如此行事，未免也太奢靡了些。"

若是其他府城也还罢了，府衙存银充裕，与民同乐未尝不是一件美事。但南华府极是贫穷，如今不仅要在那秀媛坊一掷千金，还要大肆置办席面，虽能一时叫百姓肚子里添些油水，但长久看来，却是不利。何况这名义上是流水席，实际上内中可做的手脚多了，想必又要让知府一系得到许多便宜。

只是，知府既然如此通告全城，这席面自是不能撤下来。

王谦同倪苍出门，路上亦见百姓欢喜，王谦那皱起的眉头，才稍稍松缓。

事已至此，总不能再叫百姓失望了。

两人决定混入这流水席，便相携来到那知府宅邸前。

此地早已铺开了无数的桌椅，展开之后几乎一眼望不到边际。桌面上已经有许多百姓入座了，而更靠两边的所在，就有许多兵卫把守，阻止百姓过度争抢，以免引起大范围的骚乱。

在兵卫控制下，百姓人虽多，一应举动倒还有序。

王谦和倪苍很平静地走到一处空桌前，稳稳当当地坐了下来。他们两个虽是一身布衣，看着却颇有些不同的气质，故而不论是兵卫们还是百姓们，对他们都有些敬而远之的态度。

倪苍一拂袖，将桌面清扫，那一些淡淡的灰尘便迅速散去。

王谦朝四周瞧了瞧，远处，很多桌子都坐满了人，而近处的一些桌子，人也越来越多了。他并不言语，只等这知府宅邸中人摆菜罢了。

“小乞丐，此处不是你该来的地方！”

“走走走！乞丐也想上桌？待会儿菜都被你弄脏了！”

“快滚蛋！小心大爷揍你！”

王谦听得那边嘈杂，不由转头看去。

就见一个身材娇小的小乞丐急匆匆地从一位大汉臂弯下钻了出来，忙不迭地闪过了好几把椅子，显然是在躲避。那大汉相貌凶狠，胳膊一抡刮出呼呼风声，那小乞丐仗着矮小灵活才能闪开，但他若是一个不小心被打中，骨头怕是都要断上好几根，没命也说不定。

此处流水席既面向全城，所来者必然不会皆是寻常百姓，如这大汉者，便是府城里瞎混的无赖子，其人素行不良，这时亦是来混一口饭吃。那张桌上只有他与同他一般的混子数人，尚余三四个空座，无人敢去。这小乞丐来得晚了，找位子也难，便欲往那处。这无赖汉骂几句驱逐不够，更动起手来，而旁边的百姓皆对其畏惧，不敢阻拦。

只是此处人多，小乞丐再如何灵活，那无赖汉愤怒起来，也迟早要将他抓住。到那时莫说是在这里混一顿饭吃了，便是被狠狠揍一顿，也是免不了的。

不知不觉间，小乞丐在桌椅之间被撞了好几下，眼看就要被那无赖汉抓到，王谦见状，心中不忍，不由要站起身来。

此刻，倪苍伸手，将他轻轻按在座位上。

王谦侧头。

倪苍道："我去。"

王谦心下一暖，知晓倪苍是担忧他斗不过那无赖汉，要受到损伤，才愿亲身相代。他露出一丝笑意，也就当真不动了。

以他的能力，倘使当真出手，怕是还要成为倪苍的累赘，不若老实坐着就好。

那一边，倪苍三步两步，来到两人之间，他一伸手抓住那小乞丐的领子，将他拎到自己身后，另一手猛然前伸，狠狠捏住了那无赖汉的手腕。

无赖汉铜铃眼大睁，嚷道："你是什么人，敢管大爷的闲事儿？"

倪苍也不作声，只就着这捏住无赖汉的力道，顺手把无赖汉朝前方一抛。

无赖汉还要挣扎，却只觉得一股极大的力量自手腕而来，竟叫他根本抵抗不得，已是连连后退了十几步。更奇异的是，这十几步都不曾撞到桌椅，不曾碰上一人！

此时此刻，无赖汉先前被那小乞丐引发的愤怒冷却了些，脑子也清醒不少。如他们这般的混子，在府城里混迹，自然知晓哪些人可以得罪，哪些人却是不能。眼前这位……身手如此敏捷，神色不动，双目冷沉，隐隐给人一种不怒自威之感。这人是不能动的。

无赖汉的脸色登时一变，不再去跟倪苍死扛，而是再退数步，灰溜溜地缩回他几个同伴的桌子上，再不往这边看一眼了。

倪苍也未有朝他们出手的意思，转身回到自己那一桌去。

小乞丐见被人搭救，惊魂甫定地拍了拍胸口，禁不住半瘫到地上。

这时候，一只手伸到他的面前，头顶传来温和的嗓音："小兄弟，可还好？"

小乞丐连忙抬头，正见到一位面目俊雅、身着普通布衣的年轻书生，对他关切询问，他犹豫了下，伸手抓住书生的手，借力站起身，又赶忙放开。他看到方才救下自己的人立在书生身侧，明白乃是这两人出手相助，局促地说道："多、多谢……"

王谦微微一笑："不必客气，到这边来坐吧。"

小乞丐自然是连忙跟过去，也不敢再回头看上一眼了。

待入座后，小乞丐坐在王谦斜对面处。

此时王谦方看清楚他的模样。

这小乞丐的头发有些长，有些乱七八糟地披在肩上，又大约是乞讨得久了，故而一绺绺黏在一起，显得有些肮脏。而小乞丐的面上也多是黑灰，不太能瞧得清五官，只是看着应不难看罢了。前面的额发几乎遮住了眼睛，但是在那些额发偶尔被风吹起时，又能瞧见他的眼珠黑白分明，有些灵动——若是他不曾被吓坏的话，应当是个颇为聪慧的少年。

不过，毕竟只是萍水相逢，王谦和倪苍给那小乞丐顺手解围后，也就不再多瞧。如今有好些个兵卫鱼贯而来，粗壮的膀子托起大大的托盘，将一道道硬菜摆放到无数的桌面上。

很快菜香肉香扑鼻而来，桌面也摆放了好几道菜肴，肉肥菜美，直看得人食指大动，恨不能立刻就动起筷来。

然而，两边有兵卫虎视眈眈，这在场的都是老百姓，哪个敢在没有吩咐的情形下，就这般主动夹菜？少不得吞了吞口水，等着人叫开席。

渐渐地，更多菜肴送来，密密麻麻地摆了一桌，照王谦来看，这桌面上都是大碗好菜，这般一桌整出来，价钱也不便宜。

少顷，有一人自知府府邸中走出，身旁有一人殷切相陪，仔细看去，那殷切相陪者，正是知府。

再看先前那人，身着龙纹红袍，临风而立，风姿潇洒。再看其相貌，可谓是天庭饱满，地阁方圆，五官端正非常，耳垂微厚，乃是长寿仁德之相。

王谦抬眼见到，瞬间心中生出了一个念头：那是前太子，如今的平王殿下！

只看其形貌，确是叫人心折啊。

那知府首先开口："平王驾临，诸位行礼——"

众多百姓压根不曾想到，竟然吃个流水席还会见到从未想过的大人物，登时是惊慌不已，在知府一声令下后，都是忙不迭地叩拜下来。

王谦与倪苍自然也不例外。

然而在众人才刚跪下时，那平王也开口了，其声朗朗："诸位不必如此，快快请起！"待众百姓又慌乱起身后，他再道，"诸位厚谊相迎，小王不才，以一杯薄酒，谢过诸位了！"

说话间，他遥遥举杯，竟然是敬了这满场的百姓一杯。

百姓们哪里见过这个阵仗？都是受宠若惊，急急忙忙地也端起水酒，送到嘴边喝下。

随后再入座时，心中也不由生出一股激动之情。

这位可是平王殿下！那是神仙一样的人物，竟向他们敬酒了！

许多百姓满脸红光，一时间情绪无法自拔，连满桌子的好菜，似乎都没有刚才的吸引力了。

好在平王也知晓自己若是待得久了，必然会影响百姓用饭，故而在敬酒之后，就缓缓朝另一头行去，那方向，正是秀媛坊的所在。

待平王离开后，卫兵们也都后退，只远远站着。此时气氛缓和了太多，虽然刚才平王出现带来的震撼还未退去，然百姓们也不像之前那样紧张了。

好些人口沫横飞，兴奋不已：

“平王殿下跟那些大官真不一样，这样和气！”

“哈哈哈！咱们也是被平王殿下敬过酒的人！那位殿下，真是个好人哪！”

“等以后我有了孙子，也能吹牛咱是见过亲王殿下的人啦！”

在兴奋之余，众人大口吃肉大碗添饭，立时又被菜肴的美味征服，都吃了个肚儿滚圆。他们的心里更加感激平王，将这一次流水席的美好，全都一股脑认为是平王给他们的恩惠，在心里越发感激。

同时，他们对平王的到来也放下了心，不再担忧对方会给南华府带来什么不好的变化了——百姓就是这样，只要遇上个让他们觉得有盼头的顶头人，他们就能安安心心，好生地活下来。

王谦慢慢地回过神。

他看过很多书，又有记忆碎片在脑中，多少知道一点相人之术。

至少现在看来，平王殿下他，应是言行合一的……

第六回 南华初见

秀媛坊位于南华府浊柳河畔，为一座极雅致的古院，白日里有戏子咿咿呀呀、伎子莺歌燕舞，到晚间则是一片灯火通明，自院中游出一艘艘华美画舫，一位位美貌少女立在船头，衣香鬓影，环佩叮当。

如今正值百日，有人将那戏院包下来，叫戏子整日唱曲，要弄得热热闹闹，花团锦簇一般。此人还在四周腰棚中大摆筵席，先有茶点，又有精致佳肴，招待的都是这南华府中的达官贵人、豪商富客、名流望族。

正面向着那戏台之处，立有一座小楼，极为宽敞，平日里此处叫价最是昂贵，今日则也被人包下，只招待一人，并诸多陪客。

至巳末时分，方有一位身着龙纹红袍者迈步而入，其身侧有一位白胖中年紧紧跟随，面容谄媚，诸多姿态，皆极恭谨，未有分毫怠慢。

待进了楼，踏上小梯，又有足足数十人迎上前来，将那龙纹红袍者簇拥到主座之上，其余人等复又并列下方，齐齐躬身见礼。

龙纹红袍者温和一笑："诸位不必多礼。"

说话间，已先将位于最前方那白胖中年扶起。

白胖中年一脸感激："平王殿下体恤我等，我等万不敢失礼！还请殿下快快入座，莫要被我等扰了兴致。"

这龙纹红袍者正是平王，只见他面上始终带着让人感到亲切的笑意，微微点头："诸位也快请入座。小王初来乍到，许多事务尚觉陌生，日后还要与诸位长期共事，这其中种种细务，便还须诸位多多相助了。"

此言一出，白胖中年等人自然都说道：

"岂敢，岂敢。"

"自然，自然。"

待前头的寒暄之后，白胖中年朝一旁心腹使了个眼色，又对平王一笑："殿下，此处戏子虽不及京都，却也有两分韵味，其中台柱红绡、绿绮两位姑娘最是出色，轻易不肯出面。如今腰棚里人多嘈杂，恰两位姑娘听闻殿下前来听戏，对殿下十分仰慕，自愿来献上一曲，不知殿下……"

话是这般说，然而在他话音刚落时，那侧面帷幔深处，已然是响起了丝竹之声，更有两道袅娜身影，款款走上前来。

二人满身华彩，其中一人着女子戏服，杏眼桃腮，肌肤莹润，缎子似的乌发披垂下来，眸光流转间妩媚多情；另一人作书生打扮，斯文儒雅，却是肤光胜雪，亦有妆容打扮，顾盼神飞，风流婉转。

到得近前，两人凑趣行了一礼，旋即那少女张口清唱，声儿拉得细长，如泣如诉，丝丝入耳，要抽紧心弦儿一般；那书生装扮的少女却是身段潇洒，眉目之间，竟是一派飒爽。

平王静静听戏，面上带着笑意，很是亲和。只是他自始至终俱是这般，却让人看不出他是喜欢，还是不喜欢。

待两人唱罢，再来行礼时，平王轻轻击掌，赞道："此为仙乐，人间哪得几回闻？"说话间，便见身后有小厮送来一个托盘，里面有四五银锭，分给二女。

两名少女又很快退下，再来时并未换上锦绣华服，而是一人浓艳似火，一人淡雅如兰，但其气质皆是不俗，虽是堕入风尘之人，却好似不沾风尘之气。她们被那白胖中年示意，坐在平王身侧，一左一右，依偎陪伴，说的是风月，谈的是音律，举止从容，知情识趣，尽显才华美貌。

在二女陪伴下，平王似也很是愉悦，酒更饮得多些，菜也用得多些，言语间也生动些。

一场宴席下来，宾主尽欢，这原本双方之间有些僵化的气氛，仿佛也在这畅饮言笑间尽数消散，变得热络而亲近。

终于，在傍晚时分，平王似乎不胜酒力，被白胖中年殷勤送上宝驾，恭送其归去。而待那宝驾也瞧不见后，白胖中年神情一变，冷哼一声。

一旁同来送行几人，开口问："知府大人，那平王……您怎么看？"

原来这白胖中年正是南华知府，他面色有些不屑，也有些不快："平王狡猾得很，纵有美人相伴，这一场宴席下来，竟也是丝毫口风不露。"

一人皱眉："不如，将红绡、绿绮都送去平王府？"随即又叹，"只可惜了这两个美人儿，原是为知府大人调教的。"

南华知府目光微微闪动："送是要送，不过送之前，还须多多叮嘱二女。至于本官……

这般的绝色美人，迟早有享用的一日。”

再说那龙纹红袍者——平王殿下上了宝驾，一手微微扶额，眉头微蹙，一路回去行宫。他虽有酒意，却也不曾直接安寝，而是径直来到书房。

在书房里，陆陆续续有人进来，其中有先前便一直随侍于平王身后的，亦有在这行宫里司揽诸事，为平王分忧的。而今聚在一起，自是有事商讨。

平王坐在书桌之后，袖摆一展，说道：“诸位请坐。”

屋中有五六人，都很是熟稔地寻一处坐下：“是，殿下。”

其中有一人身形矮小，脑袋则是极大，面目看来有几分猥琐，然双目之内，却有神光闪烁：“殿下此去，可探得那厮——”

平王微微摇头：“胡知府行事滴水不漏，看起来不过是个贪腐纨绔之辈，但心思深沉，手腕也极老道。今日赴宴众人，大多是他心腹，南华府上下勾连一片，若是平白发作此人，怕是整个南华府行事都要瘫痪，难以运转。”

如此艰难情景，在座众人早有准备，听得平王此言，虽似有失望之色，却是转瞬即逝，并未影响心境。

又有一人开口：“若是如此，我等便要多加留意，寻其嫌隙，便宜行事。若无嫌隙便做出嫌隙，才好施展。”

他身形极瘦，几近皮包骨头，但一双眼眸大而有神，声音铿锵有力，神清气足，叫人一见，便知他乃是胸有丘壑之人。

其余人也是点头，纷纷也有话说——

“而今不可妄动，当多观察一番，寻其弱处。”

“但也不可一事不为，或可自胥吏开始，安插人手。”

“也可自民间多多选拔人才，送入府中，多加提拔，限制那厮权威。”

“为民多行善事，若在百姓之中有仁厚之名，民心所向，自然不可匹敌。”

平王听众多幕僚如此献策，都是含笑点头。

最终，他说道：“眼下于府中多有掣肘，行事不便，但夺权之事可以徐徐图之，寻找民间良才之事，则须诸位多多出力。若遇上那潜力不俗者，亦可善加培养，待其成才，亦可取用。”说到此处，他环视众人，轻轻一叹，“对那胡知府，如今暂且敷衍着吧。”他略思忖，又道，“可做出一些动作来，去其疑心。”

众人闻言，自是再度应声：“是，殿下。”

另一头，王谦、倪苍随众多百姓一起，用罢了流水席，便不在那处多留，要回去客栈之内。正走不多远，两人便发觉先前与他们同桌的小乞丐竟是悄悄儿地跟了上来，叫他们心中不由泛起了狐疑。

王谦停住脚步，回过头去。

那小乞丐才知自己被人发觉，慌不迭躲在了墙角的巷子里。

如此表现，越发引人疑窦了。

王谦同倪苍对视一眼，大步走向那巷子。小乞丐见状，急忙逃走，然而他虽身形灵活，却是比不得有武艺在身的倪苍，登时被堵了个正着。

下意识地，小乞丐就有些瑟缩起来。

王谦见状，倒是有些怜惜，就问：“小兄弟，你跟着我们是为何啊？”

小乞丐抖了抖，声如蚊蚋：“我、我没处可去……”

王谦闻言，不禁一怔。

没处可去？

随后他仔细观察这小乞丐，顿时发觉了有些不同之处。

原来此人形貌看着狼狈，脏兮兮确实犹若乞丐，可若是细看，却又能发觉他自有一股大家气质，并无市井之气。如此之人，或者是家中蒙难未久，故而气质还未发生变化，又或者只是同家人离散，暂时落得如此。

但不论哪种，毕竟非是自小便混迹破庙市井的乞儿，一时间寻不到安身的所在，亦是理所当然之事。

只是……王谦又有些犹豫。

他虽这般猜测，到底不知有几分真假，可要是视而不见，又有违他之本心。

因此，他如今是将其送至官府寻处安置，还是将其带回庄子，先收留着？此人身份不明，总归是要有些麻烦的。

正这般思忖，王谦看向那小乞丐，便见他神情间颇有期盼之色。

倏然间，倪苍低头，凑在他耳边，说了几句话：“此为女子。”

王谦眼瞳蓦地收缩，心里也是一惊。

——是一名女子？

当下里，他连忙仔细看去，便见对方被遮挡大半的喉咙处，的确并无喉结，其露出些许的双耳很是娇小，五官尽管沾了泥土，似乎也颇精致。而且……如今他这多瞧了两眼，那小乞丐就微微别过头去，像是有些羞赧起来。

王谦的心中，顿时便确定了七八分。

可若真是女子，倒当真不能随便安排了去。

她如今显是落难了，一时未被他人察觉实属幸运，倘若胡乱安置，在那等人流繁杂之地，一旦被人察觉，怕是……

又思索片刻，王谦对倪苍低语几句：“只好将她放在庄子里了，如何？”

倪苍点点头：“随你。”

王谦得了倪苍的应允，再看向那小乞丐：“在下有一处庄子里，倒还缺个缝缝补补的工人，你可愿前去？”

小乞丐听了，眼睛一亮：“自然愿意，多谢……”她神情灵动，“多谢东主大恩！”

王谦失笑。

果然灵巧，如此便改了称呼。

不过王谦既然决定收留，也不计较这小乞丐的一点小心思，只是一些事情，还是要提前吩咐过。

王谦道：“在庄子里，除却你之外，尚有一户三口人家。你在庄子里做事，若有不懂，可寻那家主妇刘娘子询问。”

小乞丐脆声答应。

说过这些后，王谦便将那小乞丐带到客栈里，因着男女有别，便特意为其开了一间临近的房间。小乞丐自然没什么意见，老老实实地进了房，就再不曾出来过。

随后，王谦与倪苍在房中商议。

王谦道：“如今看来，平王殿下应如其名声一般，是一位仁厚有德之人。”旋即他又眉头微皱，“只是我对平王殿下毕竟了解不深，依阿苍之见，平王殿下可以托付否？旁的不说，我唯独担忧他不能解决南华府官僚之事，若是能力不足，便是再仁德也是无用。”

倪苍回答：“子逊若不能决，再多瞧一瞧就是。”

王谦微微苦笑：“我自然明白，可良种已然育出，若是早一日推广，自然就能早一日稍解百姓饥苦，我心里着实是有些焦虑的。”

倪苍按了按他的肩，不再多言。

王谦叹息之后，也仍旧有些踌躇。虽说他再如何思虑也不能轻易决定，但至少在见过这前太子后，他对此君确有一些好感，只是要更谨慎罢了。

这般想着，王谦夜间翻来覆去好一阵子，方才慢慢入眠。

倪苍为护王谦，素来与他同室而居，待王谦呼吸均匀之后，他却是双眼蓦然一睁，缓缓坐起身来。随即，他细细瞧了王谦一眼，又倾身在他一处穴位轻轻抚了抚，眼见王谦睡意更深，似是轻易不会被惊醒，才悄然跳下了床。

而后，倪苍打开窗扇，无声无息地消失在了夜色之中。

他所前往的方向，正是那从前的行宫，如今平王殿下的居处。

午夜已过，路上并无行人，唯有打更之声遥遥响起。

倪苍身着玄衣，几乎融化在夜色里，哪怕自那更夫身边掠过，却也只激起了一阵轻轻的风，拂过那更夫散乱的头发，而不曾引起他分毫注意。

半刻之后，倪苍就来到了行宫之外，静静隐匿。

行宫前，有兵士守卫，而倪苍自后方跃上围墙，躲在树影之内，仔细观察行宫内的守备情景，看其何时巡逻、何时换班等。

蹲守许久后，倪苍大致看明规律，就猫腰而下，犹若一片轻絮，隐藏在墙角暗影处，随后几个兔起鹘落，每每都能瞧中空隙而行，终于在所有巡逻兵士都不曾察觉之际，来到了防卫最严密，亦是平王殿下办公入寝之所。

又是几个起落后，倪苍见那书房处仍透有光亮，便藏于一侧死角，屏息不动了。

自窗缝处，可瞧见有一位身着常服的青年，正端坐于书桌之后。

他面前置有足有数尺厚的卷宗，许多都是翻开来，青年手执一支毛笔，一面翻阅那卷宗，一面奋笔疾书。旁边一灯如豆，被他间或挑一挑，叫其再明亮几分，而其面容之上则带着倦色，却是不时饮用浓茶，不肯入眠。

书房内除这青年之外，再无旁人。

倪苍眯起眼，目光遥遥落在他面前的一叠纸张上。

纸张上已然有大片墨迹，他细细观之，便见到那密密麻麻的人名官位，每一字皆如蚊蝇一般，若是多瞧几眼，直叫人两眼都有些发花。

但倪苍仍是凝神细看。

那青年书写完又一个人名后，便将这一支墨笔移开，再另拿一笔，笔尖染上朱砂，悬于那纸张之上。

倪苍微微一怔。

原来那青年此刻目中神光一凝，面沉如水，竟平白多了几分杀气，而后那朱笔倏然下落，就在那墨迹之中大肆勾画，只在片刻之间，就已然把大半人名都化为一片赤色，那朱砂凝固后，正犹若鲜血一般，当真是触目惊心！

然后，那青年又取一支细笔，慢慢在剩下的人名与官位之中来回。

有十余人名，被墨笔圈住，青年看了半晌，暗暗摇头。旋即又有寥寥数人，在青年思忖再三后，誊写于另一张雪白宣纸之上。

又是过了好一会儿，青年才慢慢长叹一声，把那之前以朱笔画去大半的名单置于那油灯之上，转瞬焚烧干净。

倪苍无声等候。

青年负手静立良久，终是转身，在榻上小憩了。

倪苍见那青年入睡，也就不再多留，他阖目思索一会儿，又趁着那些守备换班之际，离开了这座行宫，回到客栈之中。

待入得房间，他并不立时休息，而是自王谦包裹里取出执笔，迅速在上面默写起来。他的字迹并不如何好看，每一个字也显得略大，但他神态认真，手腕也有气力，过了有半个时辰后，就已写了厚厚一叠。

待倪苍一一细看过后，见自己勾画、打圈等全都与记忆中一般无二，才满意收手，将这叠纸张好生放好。再然后，自是翻身上床，同王谦抵足而眠。

只是这时离天明已近，他只不过小憩了一个多时辰，就已是鸡鸣大作了。

王谦自鸡鸣中醒来，精神颇佳。他犹记得昨夜分明辗转反侧，忧心忡忡，孰料后来不知不觉睡去，竟反而睡得深沉，如今身子骨也舒坦不少，心中郁结比之昨夜，可是要散去许多了。他朝左侧瞧了一眼，不出意料的，未见倪苍身影——倪苍素来是要早起练武的，而今亦是一般。

随后，王谦便起身洗漱穿衣，才刚收拾妥当，却发觉在一旁桌面之上，陡然多出一些东西来。

王谦心里一奇，便抬步朝那处行去。

旋即，他心中猛然一惊！

这、这是——

王谦迅速将那一叠纸张拿起来，就见纸上书写许多官位，官位之后又有人名。然而许多官位后的人名俱被画去，有极少数用笔圈画而出，其余才是留下。最下方那一张纸上，则是将那“其余”的人名并官位尽数写上……

这字迹王谦并不认得，但能将此物放置在屋中桌面，且又不曾惊动武艺高强的同居人，那必然只会是倪苍本人无疑。

恰此时，门扇被人推开，一名身材精悍的高大青年迈步而入，他肩头搭着一方汗巾，额头有细汗，面色红润，正是刚刚练武归来的倪苍。

王谦见到他，禁不住扬了扬手里的那叠纸张：“阿苍，这是从何而来？”

倪苍道：“我写的。”

工谦一怔。

不错，这字迹确是不像习文多年之人所书，不过倪苍是习武之人，识字归识字，却不科举，故而并不浸淫于书法之道上，也是理所当然。

王谦又问：“阿苍所书之意是……”

倪苍十分坦然：“吾不知。此为自平王书房里看来，回来后默于纸上，给你瞧瞧。”他的目光很温和，“待看过后，子逊你便莫要再担忧了。”

王谦顿时明白过来，不由大为感动。

此分明是倪苍见他夙夜难寐，怕他忧思过甚将此事记挂心上，特意前去取来。

想到此处，他又倏然发问："阿苍，你昨夜去了行宫？"

倪苍道："是。"

王谦心里一阵后怕："平王居于行宫，那处必然严守防备，着实危险。阿苍为我着想，我很是喜欢，却不要再这般冒险了。"

倪苍似乎心情不错："并无危险，那些兵士都敌不过我。"

王谦一叹："智者千虑，尚有一失，便是阿苍技艺过人，我也总会担心有什么纰漏……若是阿苍为我遭难，我心中难安啊。"

随后他见倪苍点头，才放心下来。其实他尚有几句心声，因赧然而未能说出口——他这些年在外还算适应，有阿苍相伴，乃是极重要的原因。若是阿苍因他而不得不离去，留他一人，反而要觉得十分寂寞，内心深处，亦也要同其他游子般，觉得飘零孤苦了……

话虽这样说，不过倪苍急他所急，王谦心中却仍是十分欢喜。他小心翼翼地将那叠纸张尽数收好，留待回去庄子以后，再认真观看，仔细分析。

最终，他还是忍不住一赞："阿苍好厉害的记忆。"

倪苍微微点头，似也有些得意。

王谦莞尔，然后，他也不再焦虑于前太子之事，而是速速将账结了，带上那小乞丐，与倪苍一起回到庄子里去。

小乞丐紧紧跟随，在进入庄子以后，满眼俱是好奇，看起来比先前活泼了不少。庄中刘汉本在劳作，见东主归来，自是赶紧抹了把汗过来迎接。而这一迎接，他自然便见到了小乞丐，顿时有些好奇。

王谦既然将小乞丐带来，自也是要好生安顿，便道："此为一落难之人，我等不便招呼，还要请刘娘子前来，带她去梳洗一番。"

刘汉一听，便有些明白，当即扬声唤了几句，待刘娘子出来后，对她交代几声，方去田中继续忙碌。

刘娘子心思细腻，在见到这小乞丐后，不几眼，就看明她的身份，于是露出个盈盈笑容，亲切说道："快，快随小妇人前去洗一洗。"

小乞丐这时颇为大方，对着刘娘子也是行了一礼："劳烦刘嫂子了。"

刘娘子见这小乞丐气质不俗，又不曾流露看不起她的神色，心里又多三分喜爱。然后她朝着倪苍王谦二人说一声后，就带着这小乞丐去了她自己的屋里，好一番忙活，帮其打理。

王谦见刘娘子接过这事，放心不少，也就不再将此事放在心上，而是拉了倪苍，二人一同去了房中。

两人此时正是仔细研究这些纸张，不知不觉间，就已是一个多时辰过去。

门外传来一声清脆的呼喊："两位东主，用饭了！"

王谦动作微微一顿。

倪苍走过去开了门，王谦侧头朝那处看去。

来人身着浅绿色袄裙，一头乌亮的长发被编成辫子，静静地垂在身后，全身上下几乎没什么装饰，甚至袄裙还有些破旧，但就是这般寻常的、犹若村女般的打扮，却也将她的美丽释放出五六分，显露出一个水灵灵的小美人来。

若说还有什么不足，便是那原本应是红润的嘴唇，而今带上了些许干裂，那白皙的肌肤，因一直暴露于烈日之下，而显得有一丝黯淡。可便是再如何因奔波而憔悴，那一双黑白分明的水眸，那一点带着些狡黠的气质，也足够显得她灵动可爱。

这是个少女，尽管在她衣衫破烂时瞧着像是个十二三岁的小乞丐，如今这般稍作打扮，就已能瞧出，她其实已然十五六岁了，只是身形娇小，故而先前仿佛年纪小了好几岁般。

少女露出个犹若朝霞似的笑容，敛衽一礼："小女子盼儿，见过两位东主！"

她时下可是没了分毫适才的可怜样儿了。

王谦见她如此，也就微微一笑："盼儿姑娘，你在此处可还适应？"

盼儿嘻嘻笑着，叽叽喳喳一连串的话儿说出口来："刘嫂子人很好，教了盼儿许多，如今盼儿做事尚有一点生疏，但很快应当便可上手，请东主放心。"

王谦含笑点头："既如此，你且就在此处安顿下来吧。日后若你寻到了家人，随时可以离去。"

盼儿脸上带着感激："多谢东主！"

这几句话说过后，王谦也不再多言。毕竟这盼儿姑娘乃是一位少女，他也是成年男子，不便同她有太多牵扯。

随后，王谦与倪苍便随盼儿一同出去，准备用饭了。

自此那盼儿姑娘就在庄子中相助刘娘子做些缝缝补补、洗洗涮涮的活计，她对那长势颇佳的土豆也很有兴趣。王谦仔细观察过，发觉她很可能是身世不凡的闺秀，对于农事并无了解，因此他叫刘汉保守亩产秘密，那盼儿在几日以后，就兴致渐淡，复又跟随刘娘子学习处理一些妇人活计了。

同时，王谦和倪苍二人，则费尽心思研究那些官名与人名。

这一研究，便发现了许多问题。

王谦到底曾为国公世子，对于一些官位颇为了解，他将纸张上所书官位尽皆看过，便知道南华府上上下下，从知府到小吏，不论入品未入品，不论官位大小，均被尽数记录下来，且官位与人名对应得一般无二。

当是时，他心里便生出一个念头——莫非这些人名，便是如今南华府上下担任诸多官职之人？

这般想着，便叫倪苍再度出马。

他身负轻身功夫，又有快马，加之记忆绝佳，将王谦所言尽记下后，很快就往返于南华府与庄子之间，将那些人名来历也都打听清楚。

果不其然，就如王谦所想，倪苍虽做不到将所有人姓名全都打探清楚，可但凡能打听到的，与纸上所载，皆一般无二！

王谦于屋中来回踱步，忽而转身："阿苍，你说那平王殿下将这些人名官位如此记载下来，又那般勾画，是何意？"

倪苍摇头："不知，但必有打算。"

王谦微微点头："我倒是有一个猜测。"

倪苍就问："什么猜测？"

王谦的目光，就落在最上方的那一页纸上，随后，他的手指按在一个小吏的名字上："我记得，阿苍打探之后对我讲过此人，他的名声，在百姓之中极为不佳，可是？"

倪苍颔首："不错。"

王谦修长的手指一动，又挪到另一个人名与官位上："此人亦是名声不佳，可是？"

倪苍再颔首："亦是。"

王谦便道："那些官位高者暂且不说，其消息大多隐秘，很难窥见真切，但这些官位低微者，并无太多掩饰，阿苍打探之后，便也大略可知，他们所作所为，俱非一名官吏所应为……"

倪苍静静看着王谦。

王谦目中神光一闪，又是一叹："这些官吏名字俱被平王殿下勾画，因此，是否可以猜测，在这名单上，凡划去者，俱是所做与官位不符者，而那画圈者，许是仍在观望，至于眷写于另一页纸张上者，便是那极少数的、南华府中良心未泯，尚且可用之人？！"

倪苍顿时也思索起来。

片刻后，他慎重点头："子逊所言有理。"

王谦的面目上并无喜悦之色，而是些许神情复杂："平王殿下这般……是否可以猜测，他有心涤荡这南华府官场，有意叫南华府上下清明呢？"

倪苍略顿了顿，仍是点头说道："子逊所言有理。"

第七回

两相试探

那平王殿下是否当真有还南华府一片清明之心，如今王谦所想不算，得待其真正有所为，方可知晓。

不过，因那平王殿下并未颓废度日，王谦心下稍定，便安安稳稳在庄子里一面继续培育良种，一面等待平王动作。

这一等，便是一月之久。

每过数日，倪苍便前往府城一次，打探消息，初时尚无什么，待过半月之后，便陆陆续续，有些不起眼的官位之上，那为恶甚多之辈，被撤下官职，从严处置。同时，换上去的那些小官，则是倪苍几次潜入平王府后，所见平王身侧之人。

王谦得知后，越发欣慰。

看来，他所想不错。

这一日，倪苍将消息带回，王谦立在窗边，不由赞道："不愧是前太子殿下，闻名不如见面，果然仁厚而不失手段。"

倪苍听他如此夸赞，眉头微皱，然后立在王谦身后，开了口："子逊。"

王谦回头，其眉眼如画，自有一种温文尔雅之意，面上带笑，眸中却不失坚韧："阿苍？"

倪苍问："在如此微末官位上换人，有何用处？"

王谦闻言，微微一笑："殿下这般做，正是聪明人的做法。凡官位高者，根系极深，哪怕有些把柄，亦难以拔除。但若是微末小官，一旦罪证确凿，则容易被当作替罪羊扔出来。"

倪苍静静看去。

王谦娓娓而谈："殿下不去动摇那高官之位，而换下那小官，一来可以叫那些朋党之辈掉以轻心，只当他出出气罢了；二来也是要让这些人等以为殿下能力不足，心思浮躁。然而'千里之堤，毁于蚁穴'，小官虽比高官卑微，然有政令，最终执行之人，亦是小官。在一些不起眼却颇有用处的官位上安插棋子，可慢慢蚕食，待最后便可将那庞大根系，一举掀翻！"

倪苍听得入神。

然而此刻王谦见到倪苍这般模样，却又有些赧然："但这不过是我的一点猜测罢了，殿下到底是如何想法，我亦不知。"

倪苍看他如此，说道："子逊所言，很有道理。"

王谦微微摇头："如此言语，泛泛而谈，只是在阿苍面前说起而已。若是对行家胡侃，却是贻笑大方。"

倪苍也摇摇头，似是并不同意王谦之言。

恰这时，门外有人叩门，随之而来的，则是一阵汤水浓香。

察觉之后，王谦不禁轻轻皱眉，旋即无奈松开。

门口俏生生所立的黄衫少女，正是那原本的小乞丐，实则身世难测的盼儿，她如今端着个托盘，上面放着一盏浓汤，口中莺声道："东主辛苦半日，想来是疲乏了，今有一盅汤水，还请东主品尝。"

倪苍道："放在桌上。"

盼儿听闻，悄然看了眼王谦，却见他只微微点头，并不多言，不由得轻轻咬了咬樱唇，眼里闪过一丝幽怨。

但她到底也是大家出身，此刻便行了一礼，利索地走了出去。

王谦见她背影消失，方才一声长叹。

倪苍沉默片刻，按了按他的肩："子逊，是有什么难处？"

王谦摇了摇头。

此女入得庄子之后，虽可看出她从前乃是娇生惯养，在此处却还算勤勉，便是不及旁人家的婢子，但也很是尽力了，加之性情极好，很是讨人喜欢。然而许是因王谦安置了她的缘故，她竟好似对王谦暗生情愫，间或便有些讨巧心思，希望让王谦欢喜。

只是，此事对于王谦而言，却是不妥当。

倪苍便问："你若是对她有意，那——"话已至口边，不知为何他却未说出口。

王谦忙道："我对她并无情意。"

倪苍侧头看她："为何？"

王谦道："她身世未知，怕是来历不凡。"

倪苍眉一皱："就为这个？子逊乃国公府世子，不论她是何等身份，也并无配不上她的道理。"

王谦一怔，微微苦笑："国公府世子早已下葬了。"旋即他又道，"且不说是否门当户对，只言及我自身，此生亦并无娶妻打算。"

倪苍的心中不知怎的一松，面上却是不解："为何？"

王谦再叹一声："没甚缘由，无这个心思罢了。"

眼见王谦如此，倪苍也不多问。

倏然间，倪苍又觉出门外有人，显露于面上。

王谦对倪苍很是了解，见状心中一动，说道："总之，我对盼儿姑娘并无心思，只盼她也莫要再将心思放在我的身上。"

刹那间，门外的脚步声一阵凌乱，像是有人慌不择路地离开了。

王谦眼里有一丝歉意划过。

外面那人，必然是去而复返的盼儿。他正好趁此机会婉拒于她，也叫她这一片少女的隐晦心意，能够消散。

这几日，盼儿神思恍惚，做起活计来，也不如之前麻利。只是她偶尔看向王谦时，目光黯淡，似有神伤。

王谦将一切看在眼中，只作不知。

所谓快刀斩乱麻，当断则断，毋受其乱。

盼儿心中也确实难过，她情窦初开，喜欢上一位在她落难时，对她伸出援手的俊雅青年，半点也不奇怪。可惜落花有意，流水无情，到底还是伤心一场。

又一日清晨，刘娘子要去县里采买一些用完了的物事，因庄子里的确有些东西用尽了，故而刘汉驾起牛车，要陪娘子一起前去。

王谦于此事上向来不多言，左右他在庄子里有倪苍相伴，又间或指点那小书童，倒也惬意，听得刘汉所言，便是允了。

然而刘汉却是有些苦笑："禀东主，那位盼儿姑娘，意欲同去，不知东主之意……"

王谦微微一怔，旋即颔首应允："她来此多日，从不曾出得庄子，既然有意前往，便去散散心也好。刘大哥，就请你多多照看了。"

刘汉见其允许，当下里告辞离去。

待人走后，王谦将书本放下，微微摇头。

只愿那盼儿此去散心后，能将心中郁结放下，早早恢复成那活泼的小姑娘吧。

再说盼儿。

她心情沉郁，在牛车颠簸中，静静坐在刘娘子身侧，不发一言。

刘娘子见状，心里有几分了然。

她自然瞧不出这盼儿身世原本不凡，但她却看得出盼儿对东主心意……原本婢子侍奉东主，也无不妥，只是她更瞧出东主无意，自然只能让婢子放下心思。否则，一旦惹恼东主，必非好事。

不过，此事到底私密，她也不便直言劝说，只好不时宽慰数句，愿盼儿尽快解脱。

也是因为这个缘由，在盼儿提及想要同去县城时，她便主动请夫君对东主请示，否则就算刘汉也觉这小姑娘可怜可爱，也不会如此主动。

一路无话，一个多时辰后已到了白水县。

这白水县自比不上府城，但因着相较府城并不十分遥远，故而人流也是颇多，比起府内寻常的县城来，要繁华一些，一应南北货物，在此地也能找到。

庄子里所需之物，多是在县里采买，刘汉有相熟的杂货铺，一入县城，就带着二女，直奔那处。

盼儿在府城里待了一段时间，却不曾来过白水县，此时立在杂货铺外，朝四周看看，心情倒也的确纾解了几分。

刘娘子见她秀眉略有舒展，稍稍放下心来：“盼儿，你可要进去瞧瞧？”

盼儿瞧着刘娘子，摇摇头：“谢谢刘嫂子，我……想自己去走走。”

刘娘子体谅她的心境，轻轻给她顺了顺发：“也好，不过再过一个时辰，你得回来此处。另外，独自出去，一切小心。”

盼儿露出个笑容，两颊漾开两个小小的笑窝：“嗯，我省得。”

说罢，盼儿便朝另一个方向行去，待走几步后，又对刘娘子挥挥手。刘娘子目送她走远了，才回转身，走进杂货铺里。

她的心里有个单子，要一一采买才好。

盼儿沿着一条小街行走，左右两边有许多售卖胭脂水粉、小食点心的摊子铺面，虽说都不甚精致，瞧着却也有些新奇趣味。她从前养在深闺，食不厌精、脍不厌细，自打私自出来后，才见到人情冷暖，心境与以往别有不同。

尤其是……那名年轻男子。

盼儿眼神一黯，又想起那温文尔雅、风仪翩翩之人来。

她并不愚钝，尽管初时迷了心窍，可后来几经婉拒，多少也察觉出来。只是她初次爱慕一个男子，难以轻易忘怀，方才抛却矜持，主动……然而待真真切切听人说得明白，她哪里还能自欺欺人？便是不舍，也只得忘记了。

只是，到底心中郁郁。

如此想着，盼儿的步伐不由加快数分，眼眶也微微泛红。

许是她走得太急，刚刚过了转角，便生生撞上一堵肉墙，登时脚下一崴，往一旁跌了下去。

盼儿吃痛，低呼一声："哎！"

同时，另一道急切的声音也响起来："主子，你可有事？"

有一道醇厚的嗓音流淌："无事，且瞧一瞧这位姑娘，是否受伤。"说话间，一道人影投到盼儿上方，几乎将她遮住，"这位姑娘，你可还好？"

盼儿先前心思未解，现下又被撞得生疼，一时忍不住气，竟是与以往不同，娇叱道："你这人怎么走路？"又说，"我自然有事，莫非同你一般皮糙肉厚么？！挡着光了，快退开！"

她一边说着，一边以手撑地，慢慢地站起身来。

此言一出，却是叫另外几人，都是一顿。

霎时间，一片静寂。

前来安抚盼儿的，乃是一名身着布衣的年轻公子，他看起来不过二十余岁，相貌俊朗，神态温良，眉眼间有一丝贵气，即便他此刻衣着十分朴素，也遮掩不了。

此时，他面上带着抹笑意，而这笑意，正僵在他脸上。

眼前起身的少女分明娇俏可人，但她的脾性……他却从不曾见过这般貌美却跋扈的女子。便是在那——明面上也总是言笑晏晏，哪里同此女一般，竟、竟如此的……

这年轻公子身旁，还有两人跟随。

其中一个立于他的左侧，和他并行，另一人则是跟在他的身后半步处，先前出声者，也是他了。

此人见年轻公子被人斥骂，眉毛一竖，就要出声："分明是你自己不看路……"

然而他话未说完，已被年轻公子抬手制止。

年轻公子到底心胸宽阔，他只想着，先前行至拐角时，他因与同伴说话，确是不曾听见此女脚步之声，未能及时躲闪，使得此女跌了一跤，有些难堪……现下受两句骂，也不算什么。

于是，他便歉然道："是在下的不是。姑娘若不嫌弃，在下送你去医馆瞧一瞧，如何？"

盼儿起身之后，想起方才之事，也觉得出言有些过了，可她仍是心情不佳，要说道歉……也是说不出口。

她便勉勉强强福一福身，说道："不必了，你们非是有心，小女子先前也有些鲁莽，此事作罢，诸位公子请便吧。"

说完后，她头也不回，匆匆离开了这里。

年轻公子一行人又是一怔，待回过神时，盼儿已快步走了颇远。

此刻，旁边另一位年轻人皱眉道："除却其先前反应不提，此女仪态出众，并不像是小家碧玉，偏生她衣裙又似婢子，很是古怪。王……公子，在下以为，此女须得多加留意，以防其中有什么诡计。那边的心思，不可不戒备啊。"

年轻公子倒是不觉得这小姑娘有什么不对，但小心为上，也是应当。因此，他朝暗处做了个手势，说道："去查一查吧。"若是无事，也只不过是多此一举罢了，不妨碍什么。

另一头，盼儿很快回到杂货铺，再没有心思闲逛。她现在思及方才失态之事，心中颇觉羞惭，但也是因着此事，倒让她一腔子的郁气散去大半，没什么心思再去纠结于自家的少女心思了。

因着被这插曲打断，盼儿到了杂货铺后，刘娘子已瞧不出她有什么抑郁之意，不由大为放心。此刻恰是那刘汉已然采买好，一行人便又坐上牛车，回到庄子里去。

他们三个都不是什么耳聪目明的习武之人，自然也不会察觉，一直有一道黑影跟随在他们身后，也来到庄外。

待刘汉等人入庄后，那黑影悄然贴近，静静等待。

到了晚间，他身形闪动，越墙而入。

房中，王谦正自书桌前练字，倪苍静立一旁，抱剑似在观赏，又似在冥思。

突然间，倪苍眼中迸发一道精光，整个人直朝窗外掠去！

王谦吃了一惊，急忙放下笔，也来到窗前，往外看去——他心知这必然是出了什么事，否则阿苍必不会如此，为免给他添麻烦，他不便出门，只能观望。

两人所居之地，只是在王谦前来入住后，简单做了个不甚宽敞的院子，如今这院子里来了个黑衣人，手持一把匕首，寒光迸现，正同倪苍战在一处。

倪苍的手法大开大合，锐利之余不失力量，那人的身法则很轻快，所使的招式也是偏于诡谲，像是并不时常与人当面过招的。

不多时，那黑衣人落在下风，他迅速使出几个步法，从倪苍身侧绕开去，随即他伸手打出什么东西，爆发一团烟雾，而待倪苍不顾烟雾直冲而上后，那黑衣人竟已不知怎么的，消失不见了。

倪苍皱眉，但也只是很快处理了留下来的迷烟，随后他立刻回到屋里，对王谦说道："子逊，披件衣裳，莫着凉。"

因身体底子不佳，直至如今，王谦的身子骨仍旧不算太好，这夜天里，尤其容易着凉。可他先前太过担忧倪苍安危，故而一时忘记了。

此时，王谦顺手披了衣，神情则很是关切："阿苍，是怎么回事？你可认得那人的来历？"

倪苍道："手段诡异，但功夫不高，不是我的对手。至于来历，我看不出。"

王谦略有失望，可他也知晓，若是对方有意隐藏，瞧不出来也很寻常。只是他又有担忧："他来这里，不知所为何事？"他很是不解，"你我在此处不过是培育良种，不曾做出其他事来，当不会引人注意才是。"

倪苍道："他若再来，我抓他。"

王谦有些心动，然后却是摇摇头："这样的人物，必然背后有人，既然你我行事并不出格，那人也未必是刻意过来，说不得只是意外一探罢了。若是他再来，没有敌意也就罢了，若有敌意，再抓不迟。”

说到这里，他心里又有庆幸。

幸好倪苍一直在他身边，否则以他这“无用书生”的微末本事，别说要对那人出手了，便是发觉对方的踪迹都不可能。

倪苍不知王谦心中所想，只是觉得王谦突然看了他一眼，眼神之中有柔意，叫他心里很是熨帖。

当即，他又说道：“你放心，交给我。”

王谦对他一笑：“阿苍做事，我自然放心。”

不过话虽是这样说，倪苍加强了防备之余，王谦心里也颇有些不平静。

在庄子里突兀出现那样的人物，便是头一次只是无意，在发觉倪苍有本事后，又岂会不在意？倪苍艺高人胆大，王谦却仍有忧心——若是对方背景深厚，旁的不说，这良种之事，怕是难以藏住了。

然而，如今再如何担忧，也不济事。

只能是：兵来将挡，水来土掩。

不论王谦与倪苍如何想，如何打算，另一头，那黑影敏锐逃走后，很快回到了自家主子的身边，半跪在地：“殿下。”

此地正是一间客栈上房，书桌前有一位衣着朴素的男子坐在后方，手持一卷书，正在翻看。这时见到那黑影进入，便微微抬头：“子鼠，你查得如何了？”

另一侧，有一人坐在藤椅上，看过来：“瞧你似乎有些狼狈？莫非那女子当真有何不妥之处么？”

黑影乃是一名身材瘦小的男子，面带惭愧道：“属下跟踪那女子，直入一座不大的庄子里。因其中院落简陋，属下并未如何看重，便潜入院中。然而不曾想，在那院中竟有一位高手，在属下刚刚进入时，便察觉属下踪迹，出来动手。属下虽仗着身法与其周旋，但实力却不敌他，以至于用了一枚迷弹方能顺利脱身。属下无能，还请殿下惩罚！”

男子一怔：“哦？你的本事也不差了，那处竟有如此高手？”

子鼠郑重道："属下本事不济，却还算有几分眼力。那人年纪不甚大，却是本领高强，乃是超越一流的高手。"

男子沉吟了，手指在桌上轻叩："你如何看？"他问话之人，却是藤椅上的年轻人了。

那年轻人一身蓝色儒衫，做书生打扮，实则面目瘦削，鹰目有神，并无书卷气，反倒有点游侠的意味："先查一查那庄子再说。"

男子颔首："此言有理。"旋即，他吩咐道，"子鼠，你带上丑牛、寅虎、卯兔几人，密切留意那庄子，务必将其根脚查清。若是遇上阻碍，再回来报。"

子鼠见男子不曾惩罚，反而下达新任务，当即恭敬道："是，殿下。"他心下却是暗暗决心，定要将此事办得妥妥当当，才不负一腔忠诚，殿下一番看重。

接下来，子鼠消失在阴影之中。

男子坐在书桌后，复又将书卷拿起翻阅，然而在他心里，却将今日之事牢牢记了下来——他如今对这南华府，须得上下尽皆掌握，才能有所成就……

后几日，王谦在庄子里不曾出门，倪苍许是为前些时日那黑影之事记挂，故而寸步不离他的左右，贴身保护于他。

不过，庄子里的另外几人，却是懵然不知，刘汉与刘娘子平稳做事，小书童努力学习，而盼儿似乎也渐渐想开，尽管对王谦仍有倾慕，却不再主动亲近，而是规规矩矩和刘娘子在一处，妥帖做事。

一切仿佛都很安稳。

唯独王谦，他虽心境也渐渐平和下来，但某些夜深人静时，仍旧会极偶尔地掠过那一道黑影，记起这一段事来。

然而足足半个月过去，那黑影也再未出现，庄子里风平浪静，一如往常。

这一日，雨下倾盆，四周一片绵密雨线，淅淅沥沥，让那外面的田地中也有了积水，好在庄子里有水渠，一时间倒也不会叫土地淹得厉害。

王谦待在书房里，静静看一眼外面雨水淋漓，微微一叹。

这雨水，少了不行，多了却也不好。

此刻，房门被人推开，一个高大而沉默的冷峻青年走了进来，他手里端着一碗褐色的汁水，走到王谦面前，把碗一递："姜汤，喝了。"

王谦怔了怔，看向那汁水的目光，有些挣扎："阿苍，我不喜此味……"

倪苍不言，只将碗又递了递。

王谦无奈，只得接过来，捏着鼻子一口灌进去，然后，他嘴里就被塞进一颗蜜饯，顿时让他的表情又变了变。

他这位好友武艺高绝，但行事上——尤其是关于他时，却似乎显得有些木讷了。自然，这并非不好，反而因此让自黄粱一梦醒来后便戒惧不安的他深为信任。然而信任归信任，有些时候，却也是哭笑不得的。

倪苍见王谦喝了姜汤，就不再多言，把碗收了拿出去，再回来。这整个过程自然得很，只因前两日小雨时，他已这般做过，而今大雨瓢泼，他做得更是勤勉。

王谦摇摇头，收回心神。

如今无法研究良种之事，他便该多多了解南华府，也好试图从记忆里那些影像中，寻一寻是否有适合此地之策、之物。

而后他闭目沉思，一帧一帧，过滤记忆中的画面。

过不得多时，门口倏然出现个身披蓑衣的中年男子，他面带一丝急色，朝王谦行礼道："东主，庄外有一行人被雨水困在野外，故而想要在此避雨，歇息一晚，如今将他们暂且安排在门房处，不知东主之意……"

王谦闻言，便温和地笑了笑："常人在外，哪个没有遇上过难处？既然他们有此请求，就劳烦刘娘子收拾几间房子出来，安排他们住下就是。至于食水之事，且也请刘大哥妥当安排。不过，盼儿正值芳龄，不便与外男接触，若是来人没有女眷，就莫让盼儿前去端茶送水了。"

刘汉听了，自是连声答应，然后就冲入雨幕之中，前去安排。

然而，在王谦还未再度陷入沉思时，那刘汉却又来了。

王谦有些讶异："刘大哥还有事？"

刘汉抹把面上的雨水，无奈说道："那一行人得知东主愿意收留，愿来拜访东主，以表谢意。"

王谦一怔："哦？"旋即他稍作沉吟，"他们是什么样的人？"

刘汉想了想，回答："看起来穿着普通，不过气质与常人不同，也很通礼仪，其中说不得有读书人。"

王谦了然："原来如此。那便请他们进来吧，再奉上茶水过来。"

刘汉答应，出门再去。

不到一盏茶的时间，在那雨幕中，就有一些人影闪动。

倪苍侧头："不包括刘汉，有五个人。"

王谦一笑，并不多言。

再少许时间后，脚步声愈近，那些人的身影，全然出现在王谦与倪苍面前。

当前一人身形颀长，一头乌发挽在巾内，衣袍朴素，面貌普通，瞧着就像是个最寻常的书生。

可不知为何，王谦却并不觉得他是个书生。

只因他双目湛然有神，眉宇间隐蕴贵气，随意的一个举动，便是如行云似流水，带着一种说不出的意韵。

如此人物，应是不凡。

其左有一人，身量比之稍矮，打扮大略相似，眼带精明，贵气则稍逊，倒真像是个书生。另几人不论个头矮小或是高大，都有些锐利之气藏于眸中，行为做派中以那贵气者为主，一应动作，都是一丝不苟，且将贵气者护在中间。虽不曾刻意为之，但若仔细看去，竟也好似众星捧月一般。

王谦登时察觉此人不一般，此一行人，皆不一般。

不过，对方来此只为投宿，若是不曾主动做些什么，他也并无那等好奇心去寻根究底……思及此处，他不由得瞧了一眼倪苍，心中安稳。

虽不曾多言，但王谦却是知晓，只消他这友人阿苍在身侧，便是遇上这些显然身怀隐秘之人，他也全无惊慌之感。

且不论王谦如何想，那几人进来后，迅速将伞收起。

贵气者上前一步，对王谦拱了拱手："这位想必便是此庄东主，在下等人在山中游玩，赏雨吟诗，不想竟是不慎迷路，而后被大雨所困，难以回转，只得来此打扰贵方。此行唐突，多谢庄主援手之情。”

王谦就也对他拱了拱手：“不过小事罢了。山野中人，无甚规矩，几位在此大可自便，无须多礼。”

贵气者面带笑容：“庄主厚谊，在下等人，感激不尽。”

之后两人又说了几句话，彼此谈吐皆是言辞清雅，极有风度。

其中那贵气者言明，他姓李名思展，一旁另一位书生为白子芳，另外三名则是雇佣的猎户，亦是他们察觉在此情景之下，难以归返，故而求助投宿。李思展又言，他同白子芳为书院同学，正值假日，因觉旁边野外有野趣，才会跋涉至此云云。

贵气者在表达谢意与一番自我介绍之后，并不在此多做打扰，很快同王谦告辞，与几位同伴一起，往客房歇息。

王谦将人送至门口，又目送其身影消失，方才转身而回。

倪苍将门掩上。

王谦不解：“阿苍，怎么了？”

倪苍皱了皱眉：“那三个猎户，不像猎户。”

王谦一怔：“阿苍之意是？”旋即也道，“我亦能瞧出这几人不凡，不过具体如何，便不知晓。”

倪苍道：“此三人功夫颇好，非是猎户可有。其虽有遮掩，举止间却有隐匿之感，当非是时常暴露于外之人。”说到此处，他顿了顿，“还有那李思展。”

王谦也是一顿：“那人如何？”

倪苍眉头皱得更紧：“他的面貌，似是不真。”

第八回 良种之秘

听得倪苍此言，王谦皱起眉头："面貌不真……"

倪苍点头："易容术。"

王谦却不曾听过此术，好奇道："此术莫非能改变容貌？当真可以轻易改变？"旋即他又忧心忡忡，"若真如此，岂非天下要混乱了吗？"

倪苍摇头："易容术虽是人人可学，但若是无天赋、不刻苦之辈，只能学到皮毛，至多在外游历时可对自己稍作改变，能多几分自保之力罢了。只有那技艺超凡者，可用各种皮革制成人面，使其附着于面上，改变形貌。与此同时，亦需诸多药材、填充等物，细细收拾，才可以易面换形，叫人无法认出，真正变为另一个人般。"

王谦有些明白："观这李公子相貌毫无破绽，一如他原本便生得如此一般，可想而知，他身边当有技艺超凡、懂得易容术的高手。"说到这里，他微微一叹，"如此人物，自然非是寻常之人，却不知他乃是当真在山中游玩，以至于难以回转；抑或是他有些事情在此间……而这些事，便不知是什么了。"

倪苍再点头。

王谦负手，在屋中缓缓行了几步，又缓缓说道："且不论此人为何缘故，瞧着却似乎并无恶意，你我只能随机应变。"随后他侧头一笑，笑容犹若春光，"有阿苍在身侧相护，想来即便他非是善人，我也无须忧虑的。"

听他这般说，倪苍却是郑重说道："子逊放心，我定会护你周全。"

王谦心中一暖，两人再不提及此事——那人既然不肯表露身份，还是莫要打探为好。

到晚间，王谦安排刘娘子为他们准备饭食，然因着并不相熟，故而并不在一处用饭。此外彼此再无交集。王谦同倪苍沐浴之后，便安枕而眠，与往日一般无二。

次日清晨。

王谦惯常醒来，倪苍已在屋外练功。

他走出门去，便见远处并排六间房屋中，那李思展一行竟也起身而出，正往这边看来。

倪苍顿时收功，不再演练。

尽管他并不觉练功之事不可见人，但那些人目的未知，多一事不如少一事。

王谦见状，展颜一笑。

那边李思展、白子芳遥遥拱手，也是招呼之意。王谦自是回礼。

此时天光大明，虽非是晴空如洗，但也不同于昨日般乌云密布，似随时随地都要有倾盆大雨。

刘汉已在田中劳作，自打有良种以来，他俱是精心种植，唯恐一个不慎，便将良种浪费，有损东主心思。

而今因他侍弄周到，那土豆苗生得极好，怕是再过不了多少时候，就可以收获了。到那时，倪苍也可将红薯运来，添为第二种作物，好生种植培育。若是也能在此地长势良好，就当真是大有可为了。

随后，王谦便见到那李思展竟走到了田边，似乎在对刘汉询问什么。

刘汉抹把汗，却是不自觉地朝王谦看来。

良种之事，王谦曾吩咐刘汉不可对外人言及，而今被问到，自是如此反应。

王谦面上不由得微微露出苦笑。

也罢，不过试种罢了，如今未到土豆结根之时，便是那李思展瞧见了，也不能知晓其他。

想定后，王谦并未言语，只对刘汉一笑。

刘汉也是历经世事之人，见状便知晓东主想法，同那李思展言谈时，自是有所遮掩，并不会谈及这土豆的真实产量。

那李思展问过一阵，似乎也不曾细询，而后他走过来，朝着王谦客气道别。

王谦自是送他一程，其他之事，一概不问。

待李思展走后，王谦方将刘汉叫来，询问道："刘大哥，那李公子方才同你交谈，不知说了什么？"

刘汉想了一想，答道："问过如今种粮收成如何，又问赋税如何，还问官吏是否盘剥，以及最近几年，可还风调雨顺。最后，才问过这田里所种为何物，为何从不曾见，待得知其为土豆后，还问过其滋味，栽种难易，其产量如何……"

王谦一边听，面上一边露出了一丝狐疑。

这李思展若为书生，关心民生倒也不可说不妥，然他却对不识之物极力了解，似乎要弄个清楚明白才好。

寻常书生……会是如此？

王谦自问他曾为世子时，极受培养，学业也算不错，亦知要关怀民生之事。但真正关切者仍是读书，即便见过家中庄田，也只是略略问过，稍知一二便可，从不曾如这李思展般事无巨细。他这一手侍弄田地的本事，乃是自记忆中偶得之碎片图像里得来，慢慢尝试，多次失败才称得上几分明了。如那李思展所问之事，若非是常年关注，恐怕不会那般清晰细致。

一时间，他越发怀疑那李思展的身份。

渐渐地，他心里也有两分猜测。然而很快他便将这猜测压下，他如今应当关心者，乃是待此季土豆成熟之后，红薯是否亦能栽种于此地，且其收成如何。

之后几日，安然无事。

王谦便将李思展之事全然抛在脑后，日子过得极是平淡。倪苍因上次被人窥探，而今偶尔上山猎野物时，也要将王谦带上，而王谦感其心意，便当作散心，竟也不惧血腥，陪他一处。

再说另一头，那李思展一行人入得南华府，却是不曾去了别家，而是自一处暗门，潜入平王府内。

待进入其中，自有一些婢仆之流送来一应洁面之物，然后不敢抬头，悄然退下。

一旁暗门中，又有一人闪身而出，立在李思展面前。她一双素手轻轻动作，以帕子沾湿一瓶药液，慢慢覆在李思展面上，为他一点一点擦拭。

随着这擦拭，李思展的面容登时发生了变化，从那平平无奇，渐渐变得俊朗敦厚起来。

若是王谦在此，必然可以认出，此人便是这南华府封地之主，曾经的太子赵元昭，如今的平王殿下。

与他同行的白子芳以及三位据说为猎户者，俱都自行动手，将易容洗净。而后呈现出的面貌各不相同，白子芳面目不及先前柔和，而是鹰目有神，面颊瘦削，叫人瞧着有些不羁之感。三位猎户则反而变得更普通了，若是落在人群里，怕是无人能够认出。

赵元昭坐在上首，面貌温厚："我等此番前往那农庄一行，亦见其庄园东主，义英以为如何？"

原来那白子芳本名乃是"白义英"，随赵元昭白龙鱼服时，所用乃是化名。

白义英略作沉吟："依属下看，那东主气质温和、谈吐不俗，看似经历一些风霜，但恐怕出身不凡，并非真正的山野人家。他身侧友人形容冷峻、目光沉稳，手头上应有真本事。”

赵元昭微微颔首：“本王之见，与义英一般。”随即，他忽而蹙眉，“只不过，那东主的面貌……似乎有些熟悉。”

白义英一怔：“殿下觉得眼熟？”

赵元昭略点头。

白义英便不由得思索起来，过了好一会儿后，方问道：“殿下可能想起来？”

赵元昭略带苦笑：“实是记不清了。”

白义英慢慢踱步，良久，才缓缓说出：“殿下若觉眼熟，属下也觉他出身不凡，殿下以为……他是否乃帝都里的贵胄人家所出？”

赵元昭目光一动：“倒是有几分可能。本王以为眼熟，怕是眼熟者非他本身，而是他亲长之类。”

白义英深以为然。

平王殿下曾为太子，上朝、宫廷飨宴时自是见过许多朝臣大官，那些人的后辈与其有些相似，又被殿下瞧见，眼熟亦极寻常。

两人心里有了定论，之后，便对那位东主生出几分好奇。

白义英皱眉道：“既然是帝都子弟，缘何会来此处，只在农庄里安身？其有何目的？可有图谋？其在此处……可会对殿下不利？”

赵元昭道：“观其气度，应是不像，然事有万一，当遣人手前往帝都，将此人自小至大，一应经历，尽数查清。”

白义英赞同：“待属下画一张他的肖像带去，也好同帝都官宦勋贵比对。”

赵元昭道：“此是应当。”

随即，就有人送来文房四宝。

白义英才学极佳，书画双绝，才微微阖目回思片刻，那农庄东主面貌便已清晰呈现于他的眼前，而后他手腕一抖，运笔如飞，只用了片刻工夫，已然在宣纸上绘出一位青衣公子的面貌，栩栩如生，瞧着仿似有一股书卷气扑面而来，几乎要从那画中走出一般。

赵元昭赞道："义英画艺，又有增进。"

白义英一笑："能帮上殿下，便是再好不过。"

随后一道黑影迅速闪现，将那幅画取走。

到此刻，那农庄东主之事，也暂且被两人放下，至于如何处置……如今不过是继续盯着罢了，其余动作，待黑影将消息带回再说不迟。

转眼间，又是好些时日过去。

那庄子里，土豆生得极好，现下已是成熟了。

刘汉未曾想到，这外来异种竟当真如同东主所言，生长得如此迅速，心里自是极为欢喜。他旋即又想到东主所言此物产量颇高之事，当即便有些难耐，想要亲眼瞧一瞧，此事是否为实……然其心中，已先信了数分了。

心中既有盼望，刘汉自也不怕辛劳。于王谦一声令下后，他便撸起袖子，在田间日夜劳作，而为了加快收拾，王谦与倪苍亦同样帮忙。总共十亩地，三人约莫劳作了两日，方将其尽数自地里起出。

待起出后，刘汉便操持着将这些土豆称了，当场瞠目结舌——竟有三万两千斤！若是分作十亩，岂不是每一亩皆有三千余斤？这、这可真是了不得！

随即刘汉急不可耐，将他自屋前开出的三分地里的土豆也皆起出称了。这一称，也是厉害，虽或许是照料得不如田里的精细，出产土豆不及亩产，但也有八百余斤……若是放在从前他在田里种地，一亩下来不过也就三四百斤，若是能接近五百，那便是十年难得一遇的好收成，而这区区三分地里，竟已堪比两亩地的高产出！若是早些年月得种这良种，又岂会有那般多的人，生生在年景不好时饿死……

情不自禁地，刘汉看向王谦的目光中满是尊敬。

这瞧着像是个书生的年轻东主，竟已做到许多大官都无法做到之事，为他们这般劳苦的百姓，带来了能够饱暖的契机……土豆味美而可充饥，且无须太过照料，比之稻米一类粮食收得更快，产量更多出不知几何。若非自下种至收成都由刘汉步步亲手完成，他亦不敢相信世上竟有如此神奇之事！

收成之后，便要入仓。

这庄子之内，既然从前便以务农为生，自是有粮仓的。然从前十亩地不过出产数千斤，粮仓自也不大，幸而倪苍与王谦早知土豆必有不俗产量，故而早早将粮仓扩大，而今倒也勉强塞了进去。

只是，这三万余斤的土豆，要如何处置为好？

若说最佳之法，自是备一处粮铺，将其售卖，缓百姓之饥，又以卖出的银钱购置土地，将挑出精良的土豆种下，等待明年收成。只是土豆毕竟乃是外来之物，匆忙售卖，百姓未必信其可食，且因其前所未见，太过扎眼，除非由那等位高权重之人作保推广，否则贸然推出，怕是不太妥当。但若只将土豆私藏，来日里必然有许多溃烂，家有藏粮而不施与济民，又岂非是暴殄天物？

一时之间，王谦便有些为难。

倪苍略思索：“既已证实南华府内土地虽是贫瘠，却对栽种土豆毫无影响，若能在此将土豆发扬光大，必可救一府之民于饥贫。如今不能售卖，若要不浪费，便须得想方设法，购置更多土地，将其做种种下方可。”

王谦也知这个道理，但所谓“一文钱难倒英雄汉”，法子是有，钱却没有，购置土地从何说起……

倪苍却道：“我于府城中时曾有打听，南华府土地贫瘠，难以生出足够粮食，故而好些的土地皆是昂贵无比，且多在官家之手。但也因这缘故，为榨出百姓更多血汗，荒地却很廉价，若能买下一些未开垦之地种下土豆，不仅可以以其茎叶肥地，更可缓解你我一时之急。”

王谦面色一喜，旋即仍有担忧：“即便如此，你我余银，怕也不足。”

倪苍道：“且先用着吧。这庄内也有不少空地，可尽数开垦……”他微微一顿，“待过两日，我再往山中猎取一些野物来。”

两人商议一阵，亦只得先这般做了。

另还有其他几处所在，红薯、土豆皆有收成，皆须处理。王谦又想法子，可将其做成红薯粉、土豆粉储存，也可再挖地窖，多存一些时日。

待此次之后，既然已确信南华府里也可种植那两样粮食，之后在未曾寻得可托付之人前，便不再多种罢了。

赵元昭坐在书房之中，翻阅这些时日的公文。

南华府沉疴极多，一时半会儿难以肃清，只能自下而上蚕食，还得下不少工夫找出空子，才能有所建树。

而今他只能慢慢来，在一些不招眼之处，先行一些打算。

正思忖近来可有错漏之处时，外面有人叩门，赵元昭便道：“进来吧。”

入门之人身材颀长、相貌清奇，正是白义英。他手中捏着几张薄纸，面带笑容，朝赵元昭说道：“殿下，那农庄东主的身份已查清了。”

赵元昭将手中的东西放下：“哦？”

白义英则将薄纸搁在赵元昭面前的书桌上：“那东主名为王谦，字子逊，曾为帝都安国公府世子，若无意外，原本当在安国公退下之后，继承爵位……”

赵元昭一面听白义英解说，一面看那薄纸上的消息：“继母？原配庶妹？长子学文，次子习武？”

白义英赞道：“不愧是殿下，立时瞧中紧要处。”他笑了一笑，“安国公继妻于帝都名声颇佳，似是事事完美无瑕，然既是安国公世子出现于此处，其中必有蹊跷。因此，在下便想方设法，查了一查。许多事年月久远，已不能查出，但自一些蛛丝马迹之中，却能推测三分。”

在那薄纸上，白义英将自身推测写在最后。

赵元昭道：“不过，这王子逊在清河水患时不慎落水，事后他既活着，缘何并不回去，反而是在外漂泊？他素来将王纪氏视为亲母，之后这般表现，倒是叫本王有些讶异了。莫非，他早知王纪氏非是善类，故而趁机遁走，连那世子之位，也就此抛却不成？”

白义英道：“恐怕的确如此。”

赵元昭微微点头：“看来，他的身份倒是并无疑问。”

白义英附和：“他能提前看清王纪氏，不被其迷惑，可见也很聪敏。如今他在农庄里寄身，所种之物前所未见，想来是有所发现。他这般务实，算是人才，倘若殿下有意，不如将他招揽，给他晋身的机会。”

赵元昭略作沉吟：“他身边那人，武艺高强……可曾查清其来历？”

白义英道：“此人仿若突然冒出来一般，只知其与王子逊形影不离，但何时同王子逊在一处……则不得而知。王子逊假死遁走后，在外漂泊，许是那时相识也未可知。不过……”

赵元昭问：“不过什么？”

白义英回答：“不过听闻王子逊在身子略为好转时，曾救了个乞丐回来，后来这乞丐为他贴身侍从，伴他前往清河府。王子逊手无缚鸡之力，被水冲走后，若无人相助，逃生必然困难，在外漂泊时，恐怕更要潦倒。但若是那乞丐便是这倪苍，如此高手，为何又会沦为乞丐？”

赵元昭也有些迟疑，旋即道：“不论那人乃是那乞丐，抑或是而后同王子逊相遇，想来对那王子逊皆无恶意，亦无其他打算。既如此，你我不必过于防备，如今最为紧要者，乃是瞧一瞧那王子逊是否可以招揽，且他又有什么能于国民有益之本事。”

白义英露出笑容，正色道：“殿下所言甚是。”

两人这一番交谈后，便是有了打算。

赵元昭日理万机，尚有许多其他事须得打理，故而同王谦会面之事，便交予白义英之手。

白义英行事向来利落，既得了这命令，自是带上几名好手，依言前往那庄子，去和王谦正式相见。

这一日，白义英几人骑马而行，刚刚到了那庄子前面，欲前去叩门，就见另一边远处有一道人影，拉着一架极大的木板车，正快步走来。下意识地，他便停下了动作，朝那边瞧去。

那一人一车渐渐离得近了，白义英便认出来，那拉车者正是同王谦日夜相伴的高手。而此刻他拉着的木板车上，则有一头健壮的雄鹿、一头肥壮的野猪、一只野羊，再有几只野鸡山兔，俱是活生生的，却也都是动弹不得，显然是其打来的猎物。这些猎物总重至少上千斤，却被他这般轻易拖走，由此更可见此人力大无穷，叫人对他的身手，又要高看几分。

倪苍走到近前，也瞧见了这数人数马，目光一扫，最后落在白义英身上，且在其身上数处仔细打量。

随即他便自其一举一动、身躯形态，认出了这人正是上次前来避雨一行之中的一人，如今已隔好些时日，突然再来，不知是什么缘故？

但倪苍素来寡言，也不多说，只看几人一眼，便要自己进入庄子。

白义英急忙上前一步，拱手道："这位兄台，我等远道而来，不知可否让我等拜访庄子主人？"

远道而来？

倪苍眉头微皱，却未说什么，只道一声："等着，我去问过。"

之后他大步进去，又将大门关上了。

白义英笑容微微一僵，随即他负手而立，当真就静静等待起来。

约莫过了有一炷香时间，大门复又再开，上次那名中年男子露出身子来，将几人迎了进去："请进请进，东主在正堂等候诸位。"

白义英几人对视一眼，牵着马，抬脚而入。

入得之后，白义英便见到在那原本宽敞的庄子里，地面上竟堆起许多如同小山包般的泥团，可若是仔细去看，又能发觉那非是泥团，而是一种自泥土中挖出的成块之物，很是奇特。他心中微动，问道："不知这是何物？"

刘汉回答道："东主叫我等栽种一样粮食，这些乃是收成。"

白义英一惊。

收成？

他急忙朝各处看去，又禁不住伸手捏起一个泥团掂量掂量，登时更为惊讶。

若每一个泥团都有这般沉重，粗粗估算，这些堆积起来的小山包，其重相累，怕是会有数万斤之多！

心里不知做了多少盘算，白义英按捺住心中激荡，慢慢询问："这位东主手中，看来颇有田产。"

刘汉笑了笑："在这庄子里不过十亩罢了，在外头还有一些，如今也是收成了。"

白义英心下稍稍有些失望，旋即复又释然。

若是在外还有许多田产，收成送到此处一起，能积累这许多，倒也不足为奇。他本以为这些乃是这庄中所产，一时难免……现下看来，是他想多了。

刘汉实则亦在细心观察他的神情，见这白义英细微变化，心里便更是佩服东主。那东主曾有言，若是有人问起，只管这般去说，便可遮掩，果真不假。但他同时也是有些担忧，这土豆出产太过扎眼，早先未熟时就已有几位前来躲雨之人询问，而今上门拜访者亦是如此……若是不早早想个出路，恐怕就算遮掩，也撑不了多少时日了。

自然，这些念头，刘汉知晓东主也很明白，便从不多话，只老实做事而已。

那白义英越过诸多小山包，其间也见到另一种外皮泛红的泥团，同先前的泥团有所不同，但个头更大，十分饱满。他心中啧啧称奇，眼里带着欣赏，却不曾再度寻刘汉来问了。同时，对那东主如何开口，他则是已暗中更正了一些，做好了新的打算。

不多时，白义英步入正堂，便有一名妙龄少女端来香茗奉上，又有两人自内中走出来，一人文质彬彬，一人高大沉稳，正是王谦王子逊，与他近身的高手倪苍。

在见到两人后，白义英拱手道："在下姓白，名义英，见过安国公府世子。"

饶是王谦早从倪苍口中得知此人乃是先前来避雨者中易容之一人，此刻却仍是吃了一惊——此人竟知晓他的身份？须知他虽未隐姓埋名，但名字普通，并不引人注意，且消失已有数年之久，早先在继母安排之下，见过之人也并不多……这都能将他来历查出，当真是手眼通天，非同小可。

下意识地，王谦心中更存三分警惕："不知阁下是？来寻在下，有何贵干？"

白义英笑得从容："世子无须提防，白某此来，并无恶意，只是同为京城故人，这于他乡相遇，前来结交一二。"

王谦心中一动。

京城，他乡。

有如此手段，且来自京城的……这已然是暗示了。

当即，王谦的面色微松："阁下请坐，不必这般客气。"

白义英就势坐下，端起香茗饮了一口："世子不慕功名利禄，连那偌大的家业也可一举而抛，当真叫人佩服。"

王谦微微苦笑："不过是无能为力，故而借机脱身罢了。既脱身而出，再非'世子'，白兄莫再如此称呼了。"

白义英目光闪了闪："王兄心中莫非无恨？"

王谦的面色数变。

无恨？怎能无恨？！

梦中所见，俱是血仇，一梦醒来，似乎一切是真。

然而梦到底是梦，不能确信，他不敢轻率将父亲继母兄弟视为仇人，待时日愈长，他愈信梦中所见，却是无法抗争，能逃得性命，已是极为侥幸，甚至若无阿苍在身侧相助，连逃命都难以得成。而待逃出命来，已相距如此之远，鞭长莫及，无可奈何……但心中之恨，虽可压抑，却终究是无法消除的。

白义英意味深长地看了过来：“看来，王兄心中仍是难以释怀。”

王谦长吁一口气：“不错，在下不能释怀。”

白义英便一笑：“莫怪白某言语冒犯，若仅是王兄一人，恐怕此事……”

王谦默然。

白义英又道：“常言道，单丝不成线，独木不成林。一人所无法达成之事，若是有人相助，则未必不能。”他点到为止。

王谦略思忖：“白兄之意是？”

白义英道：“王兄既有本事在身，不若寻一位赏识王兄之人，为其尽力，得其助力。待日后羽翼丰满，积累雄厚，再瞧那原本难以逾越之高峰时，就犹若立峰顶而望土丘，只觉得不值一提了。”

王谦心中略松：“白兄所言甚是，在下受教了。”略顿一顿，他复又迟疑道，“却不知在下有什么本事，能得……赏识？”

白义英笑道：“贵人所需，不过是一腔真诚，一片丹心。王兄脱身之后，尚且愿意尽心竭力，寻来更多粮种，如此务实诚恳，方入贵人眼中。”

王谦了然。

看来，这位白兄与那“贵人”并未看出这两样粮种的产量，亦不知他悉心培育良种，但能因他这点心意，在不知收成时便愿意纳他于麾下，胸襟确非常人。

因此，王谦也露出个笑容来：“贵人既然看重在下，在下敢不从命？”

白义英同样面带笑意：“如此便对了，日后你我乃是同僚，当可亲近亲近。”

王谦微微点头，又起身道：“如今既已有如此名分……白兄，事关那两样良种，在下也当细说其中究竟，也请白兄报于主公。”

白义英一怔：“其中究竟？”他心中打了个转，口中却是说道，“应该应该，如此两样良种，能在这南华府贫瘠之地耕种，亦是王兄的一桩功劳……”

第九回 入幕之宾

两人说了几句，王谦便站起身，将那白义英带出门去。

倪苍立于王谦另侧，紧紧跟随，半步不离。

白义英十分看好这一位高手，间或也同他说上几句，态度亲切、言语和气，不叫倪苍有一丝被冷落之感。

王谦将倪苍看得极是重要，虽知白义英这般对待倪苍也是看中倪苍本事，此刻也难免心情舒畅，自然对他好感倍生。

不知不觉间，双方的关系愈加融洽了。

待来到田边，王谦方恍然惊觉——这白义英，果然非同一般！

不过，此刻最为紧要的，非是思忖白义英是何许人，而是将自己的些许本事告知于他，也好叫他上报平王殿下，作为投名状。

于是，王谦便指着那田边堆积起来的红薯藤、土豆茎叶给白义英瞧了瞧："白兄请看，这便是如今在下所种的两种粮种了。其一名为土豆，其二名为红薯，这土豆茎叶有些微毒，故不能食，但红薯嫩叶却可食用，老叶亦可饲养牲畜。因此，这些红薯藤要入库保存，而土豆茎叶……若是白兄迟来几日，便会将其焚烧，为田地补肥了。"

白义英听王谦说着，暗暗点头："不错，不错。不知其产量如何？须在何等田地中栽种？"

王谦便回答："土豆亩产三千余斤，红薯亩产四千余斤。"

"不错，不……"白义英刚赞了两句，声音便堵在嗓子里，他陡然失声，"多少？"

王谦一笑："此次于这农庄之内，十亩土豆总有三万二千斤，于他处运来的红薯，总有八万斤，种了约有二十亩土地。"

随便一算，便知详情。

白义英心跳得极快："竟、竟有如此亩产？"他猛然看向王谦，神态极是激动，"王兄，这可非是一件小事！"

王谦微微颔首："若非是已然投效主公，在下也不会轻易对人吐露。因此次收成颇佳，原本在下还在担忧这些粮食该如何是好，而今适逢其会，倒恰是能交由主公处置了。"

白义英反复问了数次，方明了王谦确实不曾诳语，那些亩产的确是真。

确定之后，他不由得来回走了好几次，而后终是忍不住，朝王谦拱了拱手，说道："此事事关重大，白某须迅速禀报殿下。"

这时候，他心情激动，就算在言语里，也不遮掩其对平王的称呼了。

王谦自然知道这件事何其重要，早年他自己在记忆影像中得知时，也是万万不敢相信，直至后来他同倪苍漂泊在外，尝试种植，才知道此事为真。因此，他很能理解白义英激动之情，亦觉他这般举动不足为奇。

因此，王谦便对白义英说道：“自然，白兄请便。不过若是白兄再来，还望加派一些人手，将这些粮食带走。”

白义英露出一个笑容：“王兄放心，白某理会得。”

语毕，他便不再停留，大步走出庄外，急忙赶路，尽快前往平王身边。

有此两类粮种在手，殿下他必然能……

待白义英走后，王谦与倪苍对视一眼，同去将那些红薯、土豆收拾起来，不再提刚才之事。

再说白义英，在得知了如此大好消息后，自是马不停蹄地往平王府赶去。待入得其中，在问过亲卫平王去处后，他又急急地进入书房，见到了平王。

“殿下，属下不负使命，已将那王子逊招揽了！”白义英声音激切，极是洪亮。

赵元昭见他匆匆而回，不由问道：“此去如何？那王子逊可有本事？其所种两类粮种，收成如何？我南华府诸多贫瘠之地，可否栽种？”

连串疑问，瞬时而来。

白义英深吸一口气，稍作冷静，随即小心措辞：“属下此去，得知两类粮种一为土豆，二为红薯，于田地均不挑拣，前者耐旱耐寒，后者若在极寒时虽会溃烂，但稍微寒冷，却是无妨。”他将自王谦处打听来的都一一说明，未敢有半分隐瞒，“故而那土豆四季皆可种植，红薯却仍是一季一次最好。”

才听到此处，赵元昭已是面色一喜：“当真？”

白义英正色道：“确是如此，听闻此两类粮种乃是海外而来，于我大赵疆土从未得见，那王子逊得此粮种后，精心培育数载，于亩产之上，也是大有长进，比起寻常粮食亩产多了许多。”

赵元昭知晓白义英非是无的放矢之辈，听到此处，只觉那话中似还有话，不由追问：“义英，莫卖关子。”

白义英摇头："哪里是卖关子，只是……有些激动罢了。"他慢慢说道，"而今那土豆亩产三千余斤，三月一熟；红薯亩产四千余斤，六月一熟。听那王子逊言，他这外行人摸索至今，勉强有此成果，倘使寻一些经验极为丰富之老农来精心侍弄，说不得一样亩产可再多上千斤！"

赵元昭猛然站起，上前数步，握住白义英双臂："你所言是真？那粮种当真有如此亩产？莫不是其中有些水分，夸大其词？"

白义英叹道："属下虽不曾亲眼见到其如何收获之情景，然此次前去，却的确见到地面有两类粮食堆积如山。其中土豆数万斤，皆为在农庄中十亩地里而来，红薯数万斤，为那王子逊其他各处的田地收获后送来。依属下看，属下前去招揽王子逊时，并未有太大要求，那王子逊若是所种粮食亩产只能上千斤，也不必虚报数千斤来，否则若是殿下派上几人前去查看，再种上一季，岂非立时就能拆穿？他既然从前不曾刻意钻营，而今能投效殿下，也不必这般急功近利……"

听着白义英的言语，赵元昭缓缓冷静下来。

不错，那王子逊不必如此欺瞒于他。那么看来，是当真确有其事了。

很好，非常好。

赵元昭闭眼，深深呼吸，瞬时恢复寻常冷静。

白义英眼里闪过一丝敬重。

赵元昭道："速速叫人前去将粮种运来，以一等待遇，迎接王子逊并倪苍入府。"

白义英抱拳："遵命！"

王谦同倪苍还未将那些土豆红薯收拾妥当，白义英便已然将平王府之人带来了。他们乘驾数匹骏马，又有十余头健壮公牛拖车而来，形成长长车队，极有架势。

白义英自马上跳下来，抱拳道："王兄，白某带人来了，可莫怪白某心急啊！"

王谦一笑："是来得早了些，东西还未处置好，恐怕要诸位一起帮忙了。"

白义英便也笑道："自然，自然。"说罢他一挥手，其余人等俱是下马，还有那些赶牛车而来的壮汉，扛着上百麻袋直往庄内而去。

庄子里，那些土豆红薯依旧是堆积成山，虽也有一些已然用麻袋装好，但庄子里到底人少，故而还余下很多。白义英指挥那些壮汉将麻袋卸下，吭哧吭哧去装，他自己则拉着王谦，招呼倪苍，十分亲近地和他们说话。

若说从前王谦在白义英眼中仅是还算可用的人才，那么现下其地位便提高十倍不止。而王谦这献粮种的功劳，更是叫他十分钦佩。

王谦见白义英有意交好，姿态放得更低，也同他言笑晏晏。他日后要在平王麾下做事，与这同僚好生相处，亦是应当。

倪苍沉默寡言，只守住王谦，其余之事，他从不在意。

那些壮汉虽然人数众多，也足足花了大半日的工夫，方才将所有土豆、红薯甚至红薯藤都装好，而后他们再使了大力，把所有麻袋扛到牛车之上，因粮食极为沉重，就连那些车辙都有些下陷在地里，可见其分量之多。

待皆处置好后，这些个壮汉见得那数万斤的粮食，眼中也是极为喜悦。如今年成大多不好，苛捐杂税年年增加，活不下去的人也越发多了。尤其南华府贫穷，如今已然极少能瞧见这许多的粮食……便是从前也不曾见过的，但他们俱是深信平王，便是殷殷期盼，只愿能更多一些口粮。

白义英见一切妥当，便看向王谦："王兄，你与我等同去吧，殿下极想与你一见。"

王谦稍作沉吟："此处还需安顿，诸位又要押送粮食。这样吧，王某今日收拾一番，明日早早前去，万望殿下海涵。"

白义英觉得有理，也是微微点头："殿下已为你准备一处居所，你只消带上少许衣物及不肯割舍之物即可。其余之物皆有安排，不必担忧。"

王谦拱手："多谢白兄。"又遥遥朝南华府方向拱一拱手，"多谢殿下恩德。"

白义英便不再同王谦多言，只管呼喝几声，吩咐那些壮汉快快赶路。

王谦目送这些人浩荡而去，转头看了看倪苍："阿苍，你我要搬家了。"

倪苍微微颔首："你去哪，我去哪。"

王谦心中一暖，禁不住便对他露出一个笑容。

——他亦是这般想。

王谦深知，自他交上那些粮食后，便必然要在平王麾下做事，日后怕是少有机会能够回来。因此这庄子里的事，也得有所交代。而收拾的东西倒是不多，只不过是寥寥一些作记录之用的册子，几件旧衣罢了。

于是，王谦便将刘汉与其妻，再并盼儿三人唤来：“而今我已投奔一位主公，即日便要为其效命，刘大哥与嫂子便还住在此处，只是之后暂且莫要种植土豆、红薯等物，待主公有命再种不迟。”

刘汉也是久经世事之人，自这几日之事便知这小小农庄是留不下自己这位东主的。而东主投奔其主公，他们自也听令行事。

他便恭敬道：“东主放心，刘汉明白。”刘娘子夫唱妇随，自也答应。

只是盼儿……

王谦看向这豆蔻少女，沉吟片刻：“盼儿姑娘，你……”

他心知此女必有一些身份，若是他与倪苍皆在庄中，倒能护住她的安全，但他二人去了平王府，留此女跟随刘汉夫妻在一处，便难说了。此女容颜美丽，倘使出去被人瞧见，对她也很不利。到那时，他与倪苍，俱是鞭长莫及。

因此，他便难免有些迟疑。

盼儿倒是很自然地说道：“东主去哪里，盼儿便去哪里。”

王谦听着这同倪苍一般无二的话语，却不同于当时那般心中喜悦，而是微微苦笑。好在他也能瞧出，如今的盼儿姑娘对他的倾慕之意已是极淡，倒是敬重更多，也叫他安心不少。

至于跟随之事……若是盼儿当真随他跟了平王，便只能做个婢女，且比起在庄子里的自由又有不同，怕她受不住啊。

略思忖后，王谦还是点了点头：“既如此，盼儿便同去吧。只是主公所在之地与此地不同，盼儿行事，当有所留意。”

盼儿自然是脆生生答应：“盼儿知道，东主放心！”

说定后，王谦又吩咐刘汉夫妇几句，就同倪苍并盼儿三人一起，前往南华府。此行他并未带上刘汉之子做书童，其中考虑，亦是担忧在王府中书童身份卑微，被那些老资历的仆婢磋磨。不过他倒也同刘汉夫妇提起，日后其子大可继续读书，不必一定以他书童自居，浪费了自己的前程。刘汉夫妇自是感激不尽，从此做事更是尽心尽力。

不多久时间，三人已顺利抵达南华府。

平王府所在之地很容易便可打听到，待见着那幢极恢宏的府邸，王谦将白义英留下的帖子交予那门房，由门房呈递进去。

王府外有甲士守卫，一个个气势雄壮，很有气魄。

他们见王谦颇懂规矩，便只是面色严肃，而不曾过来逼问、质疑。

约莫一刻钟后，王府侧门打开，有一名鹰目有神的瘦削男子满面笑容，迎接出来："王兄，倪兄，你二位果然是信人，来得颇是时候。"

王谦拱手为礼："前来投奔主公，哪敢失礼。"

此人正是白义英，他见王谦仍旧这般谦逊，且似乎已然对身份变化有所适应，笑容更是真诚："快快随白某进去，殿下正在书房，要与你二人一见。"

平王府自外瞧来颇有气魄，入得内中也是布局大方，但若是仔细看便会察觉，细节之处很是粗糙，不说有什么奇花妙木，便是一些建造起来的房屋，都未有多少勾勒之处，显然建造时较为仓促。

王谦匆匆看过，复又低下头来。

他倒是不觉奇怪，只因这平王殿下来到南华府时日尚不长久，这平王府更是于短短时间之内迅速造就，内在不够精细，亦是理所当然。

越过几处长廊，穿梭数座院落，一行人来到长平殿前，正是王府中的主殿，为平王居所。此处比之其余诸殿更显大气，来往巡逻的卫士也是身经百战，安静气息中犹带杀气。由此便能瞧出，这平王胸中有丘壑，手段也是不俗。

倪苍的脊背绷紧。

王谦察觉好友反应不对，便不由伸手，轻轻将他手腕拉了一拉。

倪苍陡然放松了些，虽仍不失戒备，却不同于先前那般僵硬了。

两人这番小小交流，前方白义英并未察觉。

不多时到了一幢大屋前，又有几位侍女、太监在门庭前行走、侍奉，其守卫也是更加严密。

白义英说道：“还请两位稍待，白某先去通报一声。”

王谦温言道：“白兄请。”

白义英微微点头，就举步迅速进入那大屋之中。

他去之时，无人阻拦，足见其于此地极是熟悉，可进出无碍。

约莫不足一盏茶时间，白义英已然走出，对两人笑道：“请进，王爷知晓你二人到了，吩咐白某来请。”

王谦谢过后，就同倪苍一起步入。

盼儿因是婢女，不得同入，也只好被一名侍女带到一旁等候。

书房里，一名男子负手立于窗边，听得脚步声回过头来，朝几人微微一笑。

王谦已认出此人，对倪苍稍作示意后，便目不斜视，两人一同行礼：

“草民王子逊，拜见殿下。”

“草民倪苍，拜见殿下。”

男子身着蟒袍，面相敦厚，此时逆光而立，却有一种威武之感。他此刻抬手虚虚一扶，又是十分和气：“两位快快请起，看座。”

王谦与倪苍便直起身来。

在这男子——平王殿下指点之下，二人小心地坐在一旁。

平王赵元昭来到书桌之后坐下，仔细将这两人打量。

王谦亦是小心应对。

他非是头一次见到平王殿下，但那第一次不过远远观之，而第二次这位王爷却是易容换形，不见真面目，如今与其相距如此之近，感觉自又不同。

王谦以为，从前见其父安国公时，已觉气势不凡，但如今瞧这前太子殿下，便更觉其贵气逼人，纵然地位已不如从前，依旧是天潢贵胄，自有一段傲气蕴于骨中，又有一道大气魄藏于胸间。

若不出岔子，此君必为明主。

这般思忖，王谦对平王态度越发恭敬。

倪苍生于山野，与王谦截然不同，感觉自也不同。不过既然王谦待平王如此，自己也同他一般就是。

赵元昭见两人如此，心下一喜。

他而今被贬来南华府，处处须得从头再来，正是求贤若渴的时候。此二人一文一武，前者虽未必在文章华彩上有所建树，却是利于民生，正是他所需人才；后者武艺高强，虽看来只一心待那王子逊，但王子逊既已入他麾下，日后也少不得有用此人之时。

旋即赵元昭就如何培育土豆、红薯等物良种之事细细关心，因王谦已投效这平王，故而毫无隐瞒，一一道来，言语之间虽也有不能断定之处，但总归极有信心，可见确是下了功夫，而那培育之事，也俱是由他自行研究而来，为赵元昭从不曾听过之论。

赵元昭越听越是喜欢，尤其王谦言及，除却土豆、红薯二物以外，亦有一种名为玉米之物，可堪种植，亩产不俗，又有推测，谈及稻米之物若是细心研究，或可培育出一年二熟之良种，缓百姓之饥贫。

听到后来，赵元昭只觉得同王谦相见恨晚，而王谦种种言谈，其中所涉民生之事，多有道理，叫他几番思索，慢慢记下，但那王谦亦有劝告，言及许多尝试须得有大量财物支持，否则难以为继，劝谏平王不可操之过急……

赵元昭同王谦足足谈了半日，后吩咐后厨，设小宴款待两人。其间赵元昭更唤出几名死卫来，与倪苍切磋，皆一一败于倪苍手下。赵元昭见状，少不得再叫几声好，更觉这两人乃是大才，当有重用。

待酒足饭饱后，王谦自是向平王告辞。

赵元昭亲自将两人送往府中一处清幽小院，又点了数名侍女服侍，方才离开。

这几名侍女之中，正有因两人赴平王小宴而被先行带来安置的盼儿姑娘。

一应侍女服侍周到，王谦抬手将人挥退，同倪苍一起进了起居室，对他苦笑：“数年不曾被人服侍，而今反倒不习惯了。”之前虽言盼儿做个婢女，然而实则她不过是帮刘娘子缝缝补补收拾整理，真正对王谦，也只在她心有念想时，送过几次茶水粥饭罢了。

倪苍立在一旁：“不喜她们近身，赶走就是。”

王谦失笑：“她们职责所在，哪能驱逐。”

倪苍道：“眼线。”

王谦摇摇头：“事无不可对人言，我既对平王一片赤诚，自也不必怕他瞧见什么。而平王敦厚，便有眼线，想来也是规矩，非是针对你我。”

倪苍点头，不再言语。

这小院内，房舍颇多，主屋数间。

王谦与倪苍皆有房间，且也已收拾妥当，两人稍作洗浴，便道别各自回房。

王谦卧在床上，阖目欲睡，只是屋中少了一人，不由心若浮萍，难以安稳，故而辗转反侧，难以入眠。

过得足有一个时辰，王谦依旧不能安睡，他暗叹一声，便欲起身看书，不再睡了。孰料就在此时，他忽然听得窗棂发出轻微声响，旋即一道人影闪身而入，倏然便来到了床头。

王谦一怔，便察觉熟悉气息。

阿苍……

这人影静立片刻，王谦心中倏然安稳，不知不觉间，眼皮沉重，竟再没了起身的心思，昏昏沉沉，似要睡了。在那最后一刻，他只觉那人影并未离去，反而翻身到了旁边一条长榻上卧下，因此他最后一丝不安也是散去，不知不觉间，就已陷入了酣眠。

次日，王谦自梦中醒来，正对上旁边长榻上倪苍沉静的眼，他朝倪苍笑了一笑，倪苍目光温和一瞬，旋即两人起身。

昨晚之事，二人谁也不曾提起，只作寻常。

平王行事极是迅速，因王谦强于培育良种，他便很快于府中其居处附近，辟出两亩田地，由王谦折腾，又在名下划出十顷地的田庄，专种土豆、红薯，来查一年之亩产，确认其亩产产量。其余诸多庄子，自还是以种稻米为主。

其余之事，凡与田产相关，俱由王谦自便，只是若支取金银过于千两时，便须禀报一二，然不许有何人给他使绊子，须得处处配合行事。

王谦被平王如此相待，自然更是尽心，他一面记录那良种生长情形，一面回忆那些影像中所记之事，一时陷入沉思。

倪苍自是察觉王谦不安之处，便蹲在他的身侧，低声询问：“子逊缘何忧虑？”

王谦朝他一笑，也是压低声线：“阿苍，我如今有个念头，可调制一种奇物，能修桥铺路、浇灌大屋、建筑堤坝……”

倪苍道：“既有如此效用，自是该做。”

王谦轻叹：“只是那方子所需之物我仅是知晓，如何配比，却是弄不明白，须得细细研究才是。若要寻得那几种物事，恐怕得消耗一些人力，如今我正在培育良种，忽而说起此事，恐怕有太过自大之嫌，而且我虽有此念，却未必能做成，若是消耗人力却是失败，也是不妥。”

倪苍问：“子逊有几分把握？”

王谦粗略估算：“一半一半。”

倪苍便道：“那便做！若是不做，一事无成，子逊日后必然后悔，而若是做了却是不成，总算有个头绪，日后也可由他人接手，说不得何时，便能做出。”

王谦恍然：“也是。我不成者，未必他人不成，哪怕一时不成，终有可成之日。到那时，自有发挥其用处的机会。”

倪苍点头：“便是如此。”

解决了这一桩心事，王谦再无先前犹豫之态，反而是下了决心，开始在记忆里细细寻找可用之物。他犹记得，其中石灰、石膏二物倒是易于寻得，又有火山灰等物……大多所需都极易得，这火山灰似有他物可以替代……

王谦一边回忆，一边将这些物事一一记下，再很快联络白义英，拜托他请示平王，调派一些人手。

白义英这一日应邀前来吃酒，闻言不解：“王兄，可是人手不够？”照道理，凡种粮之事，一应所需皆可由他取用才是。

王谦略为赧然：“乃是一点念头，若不试一试，实为不甘，只是却也没几分把握，故而冒昧求一些人手。倘若一两年间无长进，此事便作罢了。”

白义英来了兴趣：“究竟何事，能否一说？”

王谦微微摇头：“若是能成，再说不迟，如今不必多言。”

白义英见他坚持，便也不阻拦，当下只言道：“白某手中还有些人手，便分你十人，听你差遣。若是你有所成就，再通报殿下，请他多增人手，如何？”

王谦舒一口气：“如此甚好。”

白义英当下也不多说，同王谦又吃吃喝喝一通后，转头果然给了他十个壮汉，皆是能扛事的能手，且因白义英早有交代，这些人手对王谦也颇尊重，凡他要求，无一不应。

王谦尝试几次，觉得的确顺手，随后便取出一些银钱，吩咐他们前往各地，去将他所需之物采买回来。这些壮汉见了他列的单子，只觉得许多物事俱是贱物，不值几何，但用量倒是不少，故而也都抖擞精神，将那些物事分了分，各自前去采买了。

过得有月余时间，这些个壮汉陆陆续续归来，他们也皆是买回了王谦所需之物，将其堆放在王谦指定的院落一角。随即，王谦言道："打水、配比、调和。"他朝众人微微一笑，"日后还有许多事，要诸位多多劳累了。待晚些时候，在下请大家喝酒。"

那些壮汉见他客气，也都抱拳："多谢王公子，我等必当尽力而为。"

接下来，再无须王谦催促，都是依照王谦所言，开始甩开膀子，将一些物事打磨的打磨，碾压的碾压，搅拌的搅拌……忙得是热火朝天，并无一人偷懒搪塞。

另一头，赵元昭坐在书房，正同白义英说话。

"你说……那王子逊如今正要一群壮汉与一些泥土之类打交道，似在钻研一种未见之物？"

白义英答道："不错，王兄对此物好似十分看重，而今除却培育良种外，其余时日，尽数用在此物之上，便是成日里蓬头垢面，亦不曾罢手。"

赵元昭点点头："既如此，想来他是有些成算，且不必去管，叫他放手施为就是。良种培育，原本便是初时容易后来难，他如今已做到如此地步，后续恐怕真是要经验丰足之农家人来做，才更为妥当。现下他能总揽也可。"

白义英听闻后，也就将这话头放下，转而取出一个卷轴，放在平王面前："殿下，除此以外，还有一事。"

赵元昭看这卷轴一眼："何事？"

白义英道："此物乃是帝都中人辗转送来，传出此物者，乃是当朝左相……"他一边说，一边将那卷轴打开，"听闻左相之女原本将要嫁与荣王，然而此女不愿，竟已逃婚。据左相细查，追寻蛛丝马迹，提及极有可能进入南华府中，故而将这画轴送来，请殿下相助，将其寻到……"

那画轴徐徐在赵元昭面前展开，而赵元昭目光一瞥，不由得微微有些怔住："此女面容……似乎有些熟悉。"

白义英方才并未打开卷轴，此时亦不过头一次见，闻言低头一瞧，便也面色古怪起来。

第十回 工事奇才

年少娇俏，巧笑倩兮。

画上乃是一名黄衣少女，大约豆蔻年华，长得十分可人。

若仅是如此，堂堂的前太子、而今的平王殿下见识极多，并不会以为如何，然而如今所见这位，分明便是他们前些时日刚刚瞧见过的女子。

说起来，他二人能同王子逊结缘，也正因此女而起。

一刹那，赵元昭已想起那时意外撞见她，复又遣人跟踪之事，只觉得极是巧合。难怪此女仪态与装扮不合，引起他疑虑，却不曾想原来她乃左相之女，来到南华府后托身于一座普通庄子里做了婢女，真是叫人思绪复杂。

白义英亦曾见过此女，更因他最近时常同王谦打交道，对这婢子颇是熟悉。现下一眼认出，也是难以置信："堂堂左相之女，竟做婢子的活计，若是叫那左相知晓，岂非是要对那王子逊生出芥蒂来？"

赵元昭叹道："左相此人好名逐利，若当真叫他知道，恐怕真会如此，故而不可叫他知晓。只是那左相之女也再做不得婢女，须将她好生看顾于王府之内，只言意外遇上便是了。不过，你也须寻王子逊问明缘由才可。"

白义英正色道："属下知晓。"

赵元昭道："王子逊献良种有大功，不可叫其平白折了。左相虽是势大，但而今本王与其山高水远，他鞭长莫及，奈何本王不得。本王不会因他一丝不满，折损麾下忠臣。"

白义英面露笑容："是，属下这便去将此事了结。"又诚恳一礼，"殿下心胸宽广，体恤下属，我等感激不尽。"

赵元昭一笑："本王有你等相助，亦为本王之幸。"说到此他摆一摆手，"去吧。"

于是白义英便匆匆离去，很快到了那处清幽小院，恰见到一名青衫的年轻人举步而出，身后跟着个一身玄衣的高大身影。

此二人，正是王谦与倪苍。

王谦近来日日在院落一角忙碌，蓬头垢面，已是几乎瞧不出他平日里的书生模样，温和气质。今日却像是恢复如常，有些变化。

见到白义英，王谦讶然道："白兄今日怎有空前来？"

白义英笑道："往日事忙，今日得空，便来探一探王兄。"他看两人一番，"可是白某来得不巧，打扰主人了？"

王谦笑道："不过是闷得久了，想要出去走一走，并无大事。能见友人前来探望，比之那'走一走'，更是叫人欣喜。"说到此，他伸手一引，"白兄请里面坐。"

白义英便随他而入，到那正堂里坐下。

王谦差侍女送来茶水。

白义英见这侍女乃是王府配于他使唤的，而非是那盼儿姑娘，心下一松。若是以往不知也还罢了，现下知晓盼儿为左相之女，再由她服侍，难免便有些尴尬。

王谦也端起茶水，朝白义英温言道："白兄此来，怕并非仅仅是来看望王某。若是有什么事，但请直说无妨。"

白义英微一沉吟，旋即笑道："确是有事。"

王谦便作倾听状。

白义英道："说来此事同你日前收留的那名女子盼儿姑娘有关……"他稍顿了顿，"王兄，还请将盼儿姑娘请来吧。"

王谦听他这番话一说，陡然一怔。

虽他不曾当真将盼儿视为婢女，但在旁人看来，盼儿却确是这般身份，而白义英态度却颇恭敬，还称一个"请"字，颇有古怪。

不过他复又思及当初救下盼儿之事，心里略有猜测。

故而王谦也不多思，便一招手，吩咐一边侍奉的侍女去将盼儿请来。

不多时，轻巧的脚步声传来，有身着鹅黄长裙的少女翩跹而来，眸光灵动，虽仍活泼，却很自慎。

来了以后，少女便嫣然一笑："见过公子，不知公子唤盼儿前来，有何吩咐？"

白义英面色倏地有些复杂。

王谦温和道："非我寻你，而是这位白兄有请，所为何事，当请白兄解惑才是。"

少女便瞧向白义英，眸中似有不解。

白义英迟疑一瞬，而后轻叹一声，起身对这少女行一礼："白义英见过傅莺莺傅姑娘，还请姑娘随白某入住清芳园。"

盼儿的面色陡然一僵："白公子之意，盼儿不明白。"

白义英神色微凝，正色说道："左相大人已将画像传于殿下，故我等认得姑娘面貌。因姑娘之事，左相很是心急，还望姑娘莫要让左相再担忧了。"

盼儿还待挣扎："所谓人有相似……"

白义英定定地看着少女，神情之间，不容置疑，已是确定了。

盼儿那娇俏的面容上，终是出现了一丝颓然。

逃不过了……

盼儿神色一正，虽仍是活泼灵动，但仪态比起先前来，更多了几分贵气。

此刻她亦不再是盼儿，而是左相之女傅莺莺。

王谦在一旁听闻，微微一怔。

他虽猜到盼儿来历不一般，像是个闺秀的模样，却不曾想如此不凡，竟是左相的女儿？他对那左相亦有些了解，知晓其在朝堂上极有权势，更是曾经教导皇子，便是今上昏聩，为张贵妃所惑，待左相也有一丝香火情，若其劝谏，多少都会听上几句，不会勃然大怒——只是便是听了，亦不会有所改变罢了。

只不过，这盼儿既是左相之女，又为何会流落此处？

然而，这些疑惑皆被王谦压在心底，不曾提出。

他曾经也是安国公世子，对身份地位不甚看重，盼儿是农家女也好，左相女也罢，于他而言，皆只是曾救助收留的少女而已。只是他既然远离朝堂，左相之事，他亦无心插手，平王殿下得知此女所在后，定会有所安排，他实在不必操心。

那边傅莺莺认了身份，不自觉悄然看向王谦。只见王谦虽有一分惊讶，神情却很快恢复寻常，叫她心里禁不住有一丝怅然。

旋即，她对白义英说道："莺莺此行任性了，还望平王殿下与白大人莫要见怪。"复又对王谦说道，"多谢王公子收留。"此后她必然要去别处，这"东主"二字，自也是不能再如此称呼了。

王谦微微一笑："举手之劳，傅姑娘不必介怀。"

傅莺莺知晓自此以后再不能同从前那般相处，也就不再多言，只静静地坐在一边。

不多时，白义英就将傅莺莺带走了。

王谦转头对倪苍说道："但愿傅姑娘日后一切安好。"

倪苍点点头，并不说话。

他同傅莺莺……半点也不相熟。

之后，傅莺莺果真便不曾再在王谦身边出现。因此事颇是微妙，故而王谦也不曾多做打听，只在偶尔同白义英相见后，稍问一句罢了。白义英告知王谦，叫王谦知晓傅莺莺确是被安排得妥帖周到，也就不再提起了。

白义英对王谦如此态度，也极满意。

左相之女，身份有碍，先前的那一段经历还是都忘了吧！

又是一月时间过去。

王谦在这期间，精心研究他心念之物，渐渐有了一些进展。然而成品或过于黏稠，或粘力不佳，或易出粉末，总有不足。

再一月，此前在平王麾下一些田地中栽种的土豆先成熟了。

王谦总揽此事，那些田庄中人将土豆尽皆起出后，所得产量自是要来同王谦禀报。

正在这时，白义英喜气洋洋而来。

王谦起身相迎："白兄。"

白义英笑容满面："王兄，那土豆果真不凡，下中上三等土地，最次者也可收获近三千斤，若是土地优良，更有一亩得了近乎五千斤之多！"他深深吸气，"王兄啊王兄，你可是立了大功了！"

若说先前只是知晓，不曾亲见，难免心里有些忐忑，可如今随意选择田地，随意种植，已然有如此成果……真是、真是……

白义英又道："殿下有言，特为王兄设宴。王兄劳苦功高，殿下必有重赏！"

王谦仍旧很是谦逊："不敢当，只是尽力而为罢了。"

不多时，王谦同倪苍于后方沐浴，又换上一身周正衣衫，方同白义英一起前往平王设宴之处。

此宴设于清风园里，有一条溪水被囊括其中，蜿蜒而下，两边有一些奇石怪木为座椅，更有林木成荫，碧草芳菲，显得一片秀美清致。

此处人倒不多，只在一张石几后，坐着个衣衫闲适的贵气青年，另有三五人作陪，瞧着俱是文人面相。

白义英介绍道："此几位皆为殿下幕僚。"

王谦便道："失敬了。"

见到三人过来，那些人俱是看来。

赵元昭道："子逊快快来坐，你那几样良种，当真解本王燃眉之急了！"

王谦道："此为殿下洪福齐天，属下不敢居功。"

赵元昭摇头笑道："子逊这可太过自谦了，若非是你，本王自哪里得知有此类良种去？有功自然该赏，子逊莫要推辞了。"

王谦自是再谦逊几句。

平王的几名幕僚素来只为平王出谋划策，和时常在外行走的白义英又有不同，虽俱是心腹，也知王谦此人，却不曾多做了解，现下见面，便多看几眼。彼此对视不多时，众人大约也看出王谦秉性，不由放心许多。

一阵寒暄后，菜色如水流般一一呈上，有些置于溪水间，因石子与流水生出的漩涡里，定定不动；有些被放置于一些凸出的光滑水岩上，有十分香色；有些顺水漂流，间或漂到某一人面前，就极巧合地停一停，须得那人迅速夹菜，才能不错过。

如此情景，前所未见，着实有趣。

王谦不曾同人这般玩耍过，不由得也接连下筷，只是他到底动作慢些，又不习惯，总是不能奏效。倪苍在一旁见状，出手如电，筷影疾飞，待收回手时，王谦的碗中已出现许多小菜了。

便有一名幕僚赞道："倪侠士好身手！"

倪苍微一点头，并不多言，只对王谦问道："还要哪个？"

王谦便道："暂且不用了。"又朝那幕僚说一句，"阿苍不善言辞……"

幕僚心胸也颇开阔，毫不介意："人之性情各异，倪侠士如此，我等亦能理会。"

王谦就又拱拱手，算是谢过。

倪苍盯着菜，似乎在等待着，只要王谦出声，就会立刻出手夹菜。

他这举动，叫王谦瞧了心下一暖，又有些无奈，而叫平王等人见了，就觉得此人虽孤僻寡言，不善同人交往，但看他对王谦如此，也的确是个情深义重之人。

于他们心中，亦只叹息不曾早早同倪苍相识罢了，而转头一想这两人曾相依为命在外流离数年，便又觉得，两人情谊如此，也是理所当然。

一面吃，众人自也要谈天说地。

王谦因是初来乍到，并不轻易加入其中，只是凑耳细听，几乎并不出言。

在场众人，除却倪苍之外，皆是文人面相、文人气质，但出乎王谦意料的是，这些人所交谈相关，却非关风花雪月，非关琴棋书画，非关诗词歌赋，而是世俗经济，百姓所需……多为民生，少谈权谋。

然而，在王谦发现此事后，反而对那一直面带笑容倾听众多幕僚提议的平王更生出许多好感与钦佩来。

堂堂太子，原是贵不可言，被以莫须有之罪贬斥后，再如何心胸宽大，也当有所怨愤才是。然而他虽不知平王是否曾经怨愤，却明白他而今一心只关注辖内百姓生存，反倒是并不甚在意自己之事。

如此，方为明主，不愧同传言所说一般。

因此，王谦心中不由生出一个念头来。

若是那“今上”非是如今的“今上”，而是平王殿下，则百姓安矣……然而，这个念头终究只是闪了一瞬，便被他悄然按捺下去。

只是这般想法，到底还是渐渐萌芽了。

“黄阳县有上百亩田地已然数年无人耕种，野草杂生，沦为荒地。当地县官老糊涂一个，只求不功不过，却使县内与周遭诸多村落民不聊生，常年皆有饿死者。如此尸位素餐之辈，理应罢其官位，推举有才之士上任，为百姓做主……”

“前年红芽县地动，损伤极大，上有拨款，但款项所出不曾落到灾民手中，其县官殒命已久，县丞把控县衙，每年上供，可保其在那处作威作福，诸多村落，但有所得，皆被县丞搜刮。至今红芽县人走的走，死的死，如今已近乎空县了。”

“麒麟县，据闻乃是上古时有麒麟送子而来，本为一处大县，而今也很是繁华，不过其县官与上勾连，把一县税收据为己有，几乎将麒麟县当作他们私有封地一般。除此以外，县官穷奢极欲，富户来往不息，但该县附近村民，则仍赤贫，县城之内，多有乞丐，每年在那县中枉死之人，亦不下数百，若逢天灾，便是数以千计，甚至更多……”

“羊灵县有……”

“虎盘县因某事……”

王谦对这些并未有十分了解，此时一听，只觉心惊。

这偌大的南华府，原本便不及其他府来得繁荣，如今掌事之人只顾搜刮，全不曾为民谋利，以至于现在一年年人口减少，恐怕再过不了多少年头，整个南华府也再找不出有用之人了！

那些官员，当真是丧尽天良。

这些幕僚都很有本事，一切打探得极是清楚，现下娓娓道来，很是详细。

赵元昭听得皱紧眉头，他竟发觉这许多县的情况说来，竟无一处是好的，若是要整顿，也是任重而道远……最先须做的，便是叫他们可得温饱，之后才能再言其他了。

只是，南华府内，问题重重。

温饱温饱，若要“温”则须有布衣棉袄，若要布衣棉袄，便须栽种棉麻之物；若要“饱”则须有糊口粮食，若要有这粮食，自也要栽种一应作物。

但如今这一片封地中，赵元昭暂且做不得主，苛捐杂税他虽有心减免，却一时无法触动那利益捆绑的禄蠹集合，以他如今所掌兵力，纵然想要快刀斩乱麻，恐怕也是不成。

众多幕僚，俱在议论：

“既然土豆、红薯等物出产极高，便当叫百姓种来。”

“怕是不成，这等良种刚刚出世，恐怕难以推行，若是强制，更为不妥。”

“不若就叫百姓在自家房舍周围开辟少许土地试种，这般既不影响他们栽种原本的庄稼，又不费事，应不至于排斥。”

“应先收拢几处县城，不收银钱派发粮种。到数月后粮食成熟，产量颇丰，自能使其他百姓趋之若鹜。”

“以土豆、红薯为主材所制菜色，应在殿下麾下的酒楼中推出，若极味美，便有需求。

到那时，也将有逐利者种之……”

这些幕僚，皆是言之有物。

然而又有人提出：“此地精穷，一些偏远之地道路不通，当地便有特殊之物，也难以运出售卖。”

便有人附和：“若是能使其进出自如，想必可早日致富……”

林林总总，都有许多忧虑。

只是有些提出之事，你一言我一语间便已解决，又有一些提出之事，便是提出来了，短时间里，也是难以处置。

待谈过许多之后，这些商议暂且告一段落，赵元昭便看向王谦，关切问道：“子逊，可觉得无趣？”

王谦连忙开口：“殿下说笑了。”他言道，“属下获益良多才是。”

赵元昭见他如此说，便又温和笑了一笑。

那些幕僚看向王谦时，目光皆显亲近。

王谦深知，此次说是设宴款待，实则更为紧要的，便是将他正式介绍于众多幕僚知道。也由此事宣告，他自此亦成为平王麾下的心腹之人。只是他初来乍到，并未能和众人那般熟稔，但能叫他听见这些商议的大事，便知他已得到信任，而且日后同僚之间，也定会逐步融洽起来。

因此，他心中感激还来不及，又哪里会觉得无趣呢？

不过，赵元昭问过王谦，且不曾问过倪苍。

倪苍原本也听不太懂，只是他觉得，王谦觉得好，便当真是好，他应一直陪同。

赵元昭……许是也明白这一点罢。

谈天说地，酒足饭饱。

这一场宴席，便结束了。

赵元昭给王谦许多赏赐，多为金银锦帛之物，叫王谦手头登时宽裕不少，之后再要做什么尝试，也无须再向赵元昭申请金银相助了。而于王谦而言，此番赏赐金银固然是好，但更好的赏赐却莫过于，这位平王邀他来参加这等聚会了——如此便证实，他确是在受重用，能展其所长。

此宴之后，王谦便全心全意投入先前的研究之中。

他深知，若是此物能够研制成功，便可以广修大道，使得整个南华府甚至更远之处皆有平坦之路。到那时，必然商道畅通，能吸引无数巨贾前来流通商货，而这般流通得多了，自然便能带动全府上下，逐步富裕起来。

除此以外，若是平王能将此事完成，于民间必然会名声大噪，比之先前那般泛泛“仁厚”之言，更为深入人心。民心一至，倘使还有人对平王诋毁，那上下官员若还对他多方掣肘，必然会引发全府上下百姓反弹。

许是手中有了余钱，王谦便敢更大胆地研究，又许是心里对平王的报效之心更炽，还许是王谦连续几日，日夜回忆那记忆中的影像，不知仔细瞧了多少遍——这一回，研究起来犹若神助，不过是再经过十多次的混合试验，所出之物竟已然同影像中那物有了七八成相似！余下那些不同处，可因地制宜，进行改进，也可以多多调整，成功之事，指日可待。

终于，在最后成品得出后，王谦拉上倪苍，带上那些壮汉，在院子的一角以那物混合砂石等所得之砖土，耗费了整整一日，制成了一间平平整整、四四方方，约莫可以住下四五人的普通房屋。

这房屋晾干以后，王谦摸一摸那表面，心中略有忐忑。

他朝倪苍瞧了一眼，倪苍深知他意，已然运起轻身功夫，迅速出去，拎来一个极巨大的水缸，足尖一点，直冲而起。

待到那房屋上空高处，他猛一提气，把那水缸一翻，将里面的水尽数冲刷下来，落在那房屋之上。而他自己则飞落下来，轻轻将水缸放在地上。

水重，且高。

但冲刷下来之后，房屋半点不曾被其冲垮，进屋去看，里面亦并无丝毫的水迹。

王谦面色微喜，旋即又有沉吟。

而后，一名壮汉便上前数步，手持大锤，对准那大屋，猛力地砸了起来！

轰！轰轰！

初时数下，那房屋岿然不动，待得十余下后，那大屋方才出现些许裂痕，又是接连十余下，终是有所损伤，慢慢被砸坏了。

王谦眉头稍稍舒展，对此倒有些满意。

比之砖瓦、泥土所制房屋，倒是坚固得多了。

随后，又有几个壮汉上前，各自有一些法子对那房屋进行试验，得出不同结果。越是尝试，他们心下越是激动——先前他们只按照王谦吩咐，不时将一些东西混在一起，大力搅拌，却万万不曾想到，做出的东西竟有如此用处！刹那间，他们便已知晓，待事成之后，纵然大多功劳俱在王谦身上，但他们亦有极大贡献，当能换取许多赏赐！

王谦待一一试过，那房屋也被彻底毁损后，出言吩咐："诸位，且将此物铸成简易堤坝，趁夜间送入滔滔河水之中冲刷，另再做一些房屋与类似之物，置于瀑布之下冲击……所得结果，也要都分别记下。"

壮汉们知晓王谦之意，轰然应诺，都说道："我等谨遵命令！"

王谦叮嘱道："事未成前，不可对他人说起，便是殿下，亦是不成。待事成之后，王某自会带你等同去，拜见殿下。"

壮汉们也知王谦品行，亦明白结果不出，泄露则百害无一利，立时再度答应。随后他们便再去做那一些成品，建房屋、筑简易堤坝了。

接下来足足半月时间，皆在试验。

壮汉依照王谦所言，建造出那些房屋、简易堤坝之类，分别放置在瀑布、河水之中冲刷，又将所得结果，全数记下。

同时，王谦也时常前去查看，若是有什么欠缺，皆及时弥补。

终于，在试验之后，王谦得出结果。

而这结果，已然是他如今所能做到最好的。

仔细总结之后，王谦便带上那些记录，并倪苍一起前往平王所在的居处。

待有人通报了，平王召见。

王谦再度在脑中整理一番言辞，随侍者引导，进入平王书房："见过殿下。"

赵元昭微微有些诧异。

自打王谦投效之后，除非他宴请召见，从不曾主动求见，今日突然如此，叫他也生出几分兴趣来。

依赵元昭看，这王子逊并非那等无事前来与他“加深情谊”之人，而既然来了，那便必然有事。旋即他便想起白义英曾言道，王子逊在研究一样物事，如今既然肯主动前来，莫非是已有了些成果？

登时，赵元昭的态度便更认真几分，也越发和颜悦色。

对于麾下人之上进，他多是鼓励的。

王谦见平王如此，也去了心中忐忑，只将手中那一卷试验的记录呈上：“殿下，请看此物。”

赵元昭便将那一卷纸张接过，翻了开来。

那第一页，便写着一句话：如今有石灰、石膏、砂石、泥沙等物，以某种配比形成浑浊之物，晒干以后，有奇效……

原本赵元昭只是抱着鼓励的心思翻阅，但看清这上面所载之后，不知不觉间，他便看得入了神，竟然沉迷进去。

王谦窥见赵元昭神色严肃，稍稍放心，于是老老实实坐在一旁，既不出言，也不发出其他动静。

整个书房内，一片静谧。

过了许久，赵元昭才抬起头来，眼中是难掩的激动：“子逊，你这一卷上所言，可是真的？”

王谦恭声回答：“是的，殿下。”

赵元昭复问道：“那调制所需之物，当真只是石灰、石膏等价廉之物？其铺出的地面当真平整抗压？其制作出来的墙面当真那般牢固，而房舍耐得住冲击，堤坝耐得住冲刷？”

这般问题，王谦早已都试验过，自然毫不迟疑：“是的，殿下。”他也知此事叫人颇是难以相信，若非他在记忆中看到这等影像，亦不会轻易相信，便立时说道：“若是殿下不嫌弃，可随属下同去，亲眼见上一见。”

赵元昭闻言，深深呼吸。

良久，他坚定出声：“自然，本王随你去看！”

王谦起身："是，殿下。"

因着早想到赵元昭有此一举，故而不仅那些已然试验过的物事还留着，那些壮汉更是铆足了劲儿，做了些新的，调制出更多的奇效之物来。

赵元昭到了王谦的院子里，就先瞧见了几间屋子，表面光滑，瞧着很是坚固，样式也颇是美观。

才刚看了外形，他先暗暗点头。

王谦也不迟疑，将赵元昭带到瀑布下、河流旁，让他一一看过，再请他去将那些记录上所言诸多试验，也全数瞧上一遍。

赵元昭越是看，越是心惊。

王谦说道："用此物建造屋舍等物可暂且搁置，但若是用它来铺路，想来上次殿下与诸多同僚所商议之事，应可做到一二。另因近年来常有天灾，总有江河之水泛滥不休，影响百姓安稳，也可尽快以此物建筑堤坝，瞧一瞧效用如何。"

赵元昭颔首道："此物本王已初窥其用，待回去后，本王当广增人手，多多尝试。若是次次如此，便可选一县城，若干村庄，先用此物整治一番。待出了功绩，本王又有其他安排。"

这方面，王谦向来是不管的。

他便朝赵元昭一笑："方子属下已然呈上，便归属殿下，如何安排，属下皆是听从殿下吩咐。"

赵元昭见他不居功，仍是谦谦君子风度，越发欣赏。

此君一来，已为他解了许多烦忧，且多为他极为难之处，其中的好处，难以计算。

因此，他稍一斟酌，已决定待此事之后，定要大为赏赐方可。

赵元昭又道："子逊有大才，日后若有所需，只管报于本王，凡子逊所想者，本王都会全力支持！"

第十一回 妖妃之祸

听赵元昭如此夸赞，王谦只觉得愧不敢当。

于他看来，他如今所尝试之物，皆为记忆里那些影像中看来，若是他自己不曾得到这些记忆，凭他曾经所学，那都是纸上谈兵，是帮不着平王的。

不过，王谦在研制此物时，也是耗尽心力，虽有影像指点，却不能说全无功劳，加之此事成功，是为百姓谋福。稍一停顿后，他说道：“此物为古籍上偶然所见，而今仅是想法子将其做出罢了，当不得殿下之赞。”

赵元昭见他谦逊，越发赞赏，立即说道：“只凭只言片语，却能将实物制出，可见子逊你机敏好学、善于钻研，怎么担不得赞？本王不仅要赞，还当大赏！”

王谦闻言，只好不语。

赵元昭欢喜片刻，到底心性坚毅，很快冷静下来：“子逊，不知此物可曾有名？”

王谦道：“此物原名‘混凝土’。”

赵元昭点一点头：“倒也贴切，只是若要推出，还要换个风雅些的。”

王谦自是说道：“请殿下赐名。”

赵元昭踱步，旋即说道：“此物铺路，可使路平；此物建桥，可使水平；此物做那堤坝，可使百姓平安。故而，当称其为‘太平土’，子逊以为如何？”

王谦面露微笑：“殿下所言甚是，以此土筑桥铺路，使百姓得太平，正合其意。”

赵元昭见王谦也觉妥当，心下越发欢喜，旋即他便说道：“本王这就安排人手，由子逊你指点他们调制这太平土，待成功后，就可以……”

王谦静静听着赵元昭叙说，慢慢地，心中也勾画出一些画面来……

送走平王后，王谦松了口气。

倪苍将手按在他肩头，说道：“此事已成，不必担忧了。”

王谦朝他笑了笑：“非是担忧，只是……心中有些沉重之感。”

倪苍不解：“为何沉重？”

王谦道：“此物为我研制，虽已多番试验，到底不曾真正使用。若是到时真正功效不比试验时，岂非……”

倪苍了然。

他慢慢说道：“我不知那些大道理，却明白一事。”

王谦问道："何事？"

倪苍道："此物总比寻常泥土好。"

王谦哑然。

旋即，他也笑了："不错，总比寻常泥土要好。"

纵然比试验时逊色几分，也总归不是一件不妥之物，而且廉价易做，不算奢靡浪费……

将"太平土"方子交出后，王谦也不再记挂此事，不过他却没忘了吩咐那些已然颇得他传授的壮汉们细细研究，若是能将此土能为再增大几分更佳。那些壮汉得了赏赐，尝到甜头，自是更为尽力。之后他们即便被平王唤走，于他们而言，也只是换了个地方做工，有手艺在身，自不必太过担忧。

另一头，赵元昭召集下属，将此物大致介绍给他们，再带他们试验一番，叫他们俱是大为赞赏。

经由商议后，平王便吩咐一名下属，秘密将此物送往一处不为南华府知府一系所看重的贫县。那贫县县令也早已成为平王之人，如今在一名幕僚督促下，立刻征来人手，将运来之物好生处置，用以修路了。

用此物修路，并不比原本修路时艰难，而新弄出的路面光滑平整，纵然有数千斤的车辆压在上头，亦不能将其毁损，至多不过是细微处些许开裂罢了，只需再抹上一层，便可修补完好。

那贫县县令从不曾见过如此神奇之物，当下满面红光，连声称"好"，之后他更下了力气，加之有平王送来的资费相助，于是加快步子，让更多道路都变得这般平整起来。他这贫县，后方有数座大山，山民可卖山货维生。然而从前山货不能运出，自然无法卖出价钱，不能贴补山民。而今道路畅通，县令叫自己名下的铺面收拢山货，以大车运出，待送到平王处，经由负责之人应允，卖给收货商人……不知不觉间，竟已叫那些山民的日子过得舒坦了不少。

长此下去，这贫县也必然不会再贫困下去了。

除此以外，县令再依从平王吩咐，于山前一座大河上架桥。

以此物弄出的河桥十分平稳，同样能容数千斤重之物在上方行动，若是换成成人，一次能让近百人上桥通过，可谓极其惊人！

县令稍一想便能知道，若是县中遭了灾难，只消主持有序，一时半刻之间，就能有无数灾民顺利通过这座河桥！危难之际，能救活多少百姓……单只是想一想，他便心里安稳许多，只觉得这日子也越发有盼头起来，他这政绩，也终于有路子可谋。

而这贫县的变化，很快也被人上报到平王之处。

赵元昭每隔数日，皆可见到那贫县一日日变得规整、热闹，且百姓因渐有生计，眉眼之间也多有笑容。他心中大快，对这太平土之事也越发上心，只等贫县彻底建成，便再找一些已然被他所掌控之地，推广开来。

因此事，王谦几次被赏赐，而今积攒的金银颇有一些。自打抛弃世子身份，同倪苍漂泊在外后，他手中从未有如此多的钱财，现下虽是自己应得，也难免觉得有些烫手。

下意识地，这王谦就皱紧眉头，用心回忆梦中诸多影像，要从中再找到些法子，研究出来，造福百姓。

因此，一连数日，王谦辗转反侧，睡不安稳。

这一晚，王谦几次翻身都不曾入睡，脑中昏昏沉沉，身子也有些发热。

迷糊间，有一人来到床前，坐在床头。

旋即王谦只觉有一只温热大手覆在额上，掌心稍稍用力为他揉动，叫他似乎舒适了许多，眉头也慢慢松开一些。

王谦睁眼，视线中模糊不清："……阿苍？"

倪苍声音果然传来："你在发热。"

王谦语音含糊："我不知……"

倪苍道："你且休息，莫要多用心思。"

王谦低声答应，可答应归答应，又怎么能止得住念头？不过很快，他便感觉有人将他衣衫剥去，清风吹来，叫他打了个寒战。

"你……"

倪苍道："擦身。"

王谦不再言语。

有热巾为他擦拭胸口、手臂，待擦过一遍，有人替他将上衣穿起，旋即下方微凉，又有热巾覆盖上去，利落擦拭。

在这般照顾下，王谦舒服了一些，而后有热气袭来，略硬的碗沿递到嘴边，叫他慢慢咽下，满嘴苦味，复又有一块蜜饯被塞进他的嘴里，这苦味便渐渐淡去了。

如此细致，在王谦记忆之中，竟从未有过，便是他曾为世子时，有仆婢在旁侍奉，亦从不曾如此妥帖。

一时间，王谦心中百味繁杂，渐渐地，终究化为一片暖意。

虽离了那荣华富贵，那不似亲人的亲人，却能得如此好友……也算值当了。

因倪苍照顾周到，待次日清晨，王谦便已醒来。

他已无昨日之虚弱，反而神清气爽，脑中亦不刺痛，待他撑起身子下床，依旧无疲乏之感，顿时心里一松。

这一点小病，好得颇快。

之后，王谦便修身养性，再不和先前那样急躁了。

记忆里的影像虽多，可用于此时的却要精挑细选，能研制出来的，更是稀少。而今南华府尚未完全收服，太平土之用也不曾遍及，他再如何殚精竭虑，也不能一时一地，将一切所需尽皆完成。倒不如先多看一看书。

经由这一场病，王谦反省自身，才发觉自己大多数时间俱是用在了无谓的寻找之中，竟已有许多时间不曾安静下来看书了。他到底是个书生，自幼学文且爱读书，曾是因要做些实事而荒废许久，如今既然暂且用不上那些，便当从头再巩固一遍，多积累一些。说不定之后再来寻摸法子时，就可以有灵光乍现。

想定后，王谦闭门不出，每日在书房里苦读。

多日不曾习练的书法，现下要捡起来，重新练过，而那从前读过的书，做过的文章，亦要重新来过。

不过，这般安逸读书的情景也是久违，起初一两日王谦尚且有些杂念，但待三四日后，已是十分安然，一心一意沉浸于书中了。

倪苍见王谦如此舒适，甚是宽心。

他虽仍时时护持王谦，却再不紧紧跟随。王谦于书房读书，他便在房外练剑；王谦若是练字，他也随着瞧一瞧，又被王谦指点，教他同练。

一时间，院中无风雨，屋中两闲人。

虽说这两人安逸得很，但平王那边，仍有不少事务依旧得尽快处理。除却王谦之外，其余人皆是忙得脚不沾地，无人来寻王谦。

这一日，王谦刚读完一段书，走至院中看倪苍练剑。

只见他身形腾飞如龙，转身长剑破空，腾挪转移，足下一点，已然在几株巨木中迅速穿行，当真是身姿矫健、武艺不凡。

待练过一遍剑法，倪苍复又开始练拳。

王谦见他额上汗水滚落，通身热气蒸腾，极有男儿气概……再一瞧自身，身形瘦弱，难免艳羡。

旋即他便回屋中取了宣纸画笔，就着一块大石，伏于其上迅速作起画来。

过得有半个时辰，倪苍收功，身上白气蒸腾，待他快速吐纳数次后，方才恢复如平常。

此时，他便看向王谦。

王谦堪堪收笔，然后手腕一抖，将那宣纸扬起，笑道："阿苍，你过来瞧瞧，我画得像是不像？"

倪苍走过来，低头一瞧。

画上所绘，乃是一名身形精壮的青年，手持长剑，拧身而刺。那青年眼中如蕴两颗寒星，剑锋之厉、剑光之冷，好似已逼近面前，要将人杀伤！

凡画者，只技巧算不得什么，有"意"者，方为大家。

此画之中，单论笔法算不得顶尖，但这画中青年却是栩栩如生，所含一股气势，仿佛要破开那纸，迸发而出！

形似，意更似！

王谦先前心头一动，随性画出此图，现在看来也极满意。

倪苍见了这图，目光微闪。

王谦又笑问："阿苍，如何？"

倪苍开口，声音略略沙哑："极好。"他稍一顿，"天下间，再无旁人能如子逊这般，将我画得形神兼备。"

这话原本并无什么，但在王谦听来，却不知为何面上一热，耳尖亦是一热。

他心中想着：不错，这世上若再有人来画阿苍，定是比不过我的。

两人对视了一眼。

王谦旋即转身进屋，取出一些器具，要将此画装裱起来，好生保存。倪苍似也十分欢喜，因有些所需之物并未准备，他就这般腾身飞起，前去寻来，交给王谦。

因心头发热，两人一个主力，一个相助，废寝忘食，又花了数个时辰，方将其装裱完成。

而后，王谦便把此画悬挂于书房之内。

若有外人进来这书房，一打眼便能瞧见那画——当真如倪苍本尊一般，在这书房里，日以继夜，护持王谦。

此后数月，平王府将太平土推及到了若干贫县，而因这太平土铺路筑桥着实厉害，使得许多乡镇同外面连通，叫那些贫县县令由此而得政绩，平王又酌情擢升，渐渐更掌握了南华府中一些境况。

一切，似是在往好处转变。

王谦还是读书、作画、看倪苍练武，并不急于再做出什么成果来。原以为如此生活须得再过上好些时日，待心绪平定，再有灵光闪现，才会忙碌，不曾想忽然一日，竟然是平王召见。

这倒叫他微微吃了一惊。

王谦不敢怠慢，便带上倪苍直往平王所言之处而去。倪苍见他步履匆匆，十分着急，就将他拦腰一搂，足尖轻点，极快地朝前掠去。

如此，不过须臾两人便已到了。

倪苍在外等待，王谦急急而入，便见平王诸多幕僚皆在，心里又是一凛。

此时，平王的脸色极其难看。

王谦见状，心中越发有了不好的预感。

不多时，人来齐了。王谦目光一扫，见这些人俱是平王心腹，知晓今日召见，怕是事情非比寻常。

平王面沉如水。

在他身旁，白义英叹息道："数日前，今上为那妖妃，害了十几条性命！"

王谦瞳孔蓦然收缩。

其余几位幕僚，俱是相似反应。

平王因此事不欲多言，白义英便代他讲述：“宫中有人传达消息，言数日之前，妖妃因宫中女侍侍奉之时不甚周到，加之她心情本就郁郁，登时勃然大怒，竟是直接叫人将这些女侍拉到宫中宽敞之地，脱下衣衫，以棍杖笞之……”

当初平王为太子时，因其仁厚，在宫中广结善缘，虽不曾刻意如何，但也有许多人惦念他的恩情，即便他被贬南华府，也依旧为他打探消息，传递过来。

这一回，女侍并未做错，只是略不合张贵妃心意，那张贵妃竟发了邪火，将女侍生生打死。如此未完，之后又有一些宫人畏惧张贵妃，服侍时战战兢兢，张贵妃见状不满，趁今上来同她享乐时，一番告状，今上当时酒醉，便下令直接将这些宫人灌毒酒处死。张贵妃见宫人死状凄惨，吐血时极为痛苦，竟是娇声而笑，又将今上迷惑到龙榻上去，而那些死去的宫人则被拖走，扔进了乱葬岗里。

如今后宫管理不严，朝中很快便得知此事，掀起轩然大波。今上偶尔上朝，却对忠诚谏言置之不理，待说得恼了，便将忠谏臣子连降三级，竟是连上朝的资格都没有了。

后宫向来多事，此事之中，被害死者虽只是十余宫人，从前亦非没有宫人、妃嫔甚至皇子被人害死，但这一回却是今上为一声娇嗔而为……这与后宫妇人争风吃醋不同，众臣乃至平王在此事中所见俱是……今上日渐暴虐。

从前今上不过是昏聩，但昏聩者若有能臣辅助，尚能守成，但若是今上暴虐，便有能臣，也是无用了！

因此，饶是平王脾性极佳，此时也是极为愤怒！

有一幕僚道：“今上对那妖妃，竟真是如此言听计从——”

另一幕僚一叹：“我等从前，还是太过小看那妖妃了！”

王谦自他们后续的议论中，方知这些幕僚乃至前太子本尊，曾经都只以为今上将太子废去的缘由，乃是因太子名声好，君王不能容，为君臣父子之间的博弈罢了。而那妖妃所谓的陷害，不过是今上顺势而为，找的借口。

但自今日之事来看，众人却是不敢轻易得出结论了。

说不得……

当初太子被贬，当真便是因今上被妖妃迷惑所致！

这由不得平王不担忧。

若只是今上帝王心术，不容他坐大，倒是无妨。今上既有手段，他身为臣子，亦为儿子，自当从命。可若是今上那般行为，全无这等考量，而只是为了妖妃……霎时间，便叫他冷汗涔涔。

长此以往，大赵危矣！

王谦也很快想明白内中缘由，不禁心焦。

他梦中三年早已过去，现下发生之事，他都不知……那妖妃，究竟想要如何？

赵元昭心情不佳，良久，他重重吁一口气："诸位以为，该如何规劝父皇？"

几位幕僚听闻，面面相觑。

他们身为前太子的心腹，对这一对父子的关系，也很明了。

赵元昭乃前皇后之子，因身份贵重，自出生时便被封为太子，十岁时，皇后病逝，宫中又有新后，但新后无子，且当时太子聪慧之名已然朝中皆知，彼此关系倒也不错。

今上喜美色，当年对前皇后尚有一两分情谊。可数年过去，情谊渐薄，待太子如同其他皇子皇女一般冷淡，只是太子颇有名声，位置倒也稳当。

后来便出了张贵妃诬陷太子之事。

但也由此事可知，当今圣上对太子，确无几分父子之情，若要太子前去规劝，如何可行？只怕今上为了玩乐，根本不会多看一眼。

赵元昭也是知晓此道路不通，方要与众幕僚商议。

众幕僚面面相觑。

忽有一人愤然道："依我看，太子应起兵，清君侧，除妖妃！"

另一人马上阻止："噤声！"

室内一片死寂。

王谦眉头一皱——如此建议，实不妥当。

若是起兵，名为清君侧，其事实岂不同造反一般？而且……

随即，已有人将王谦心中所想说出："不妥！殿下如今被贬不足一年，莫说手中尚且并无足够兵力，便是能聚拢来，亦不可贸然起兵。我等知晓殿下之意，实为剑指妖妃，但外人看来，必是殿下不服今上旨意，要因此——"他的声音自牙缝里迸出，"造反！"

还有人则道："如此一来，殿下的名声，便尽毁了！"

赵元昭也道："此事不可。规劝父皇行为是为人子本分，但若是因一些揣测而起兵，乃大不孝之举。"

王谦深以为然。

虽说众人俱是认为，今上如今的举动已有暴君之相，可今上如今毕竟只是昏聩，尚不算暴戾。若今上只是一时行为失当，自是劝说为要，起兵这等大事，不可轻率而为。

而且……

王谦心中更有一丝念头。

待平王将南华府掌于手中，大力发展，再募集兵力自保……若有一日，真须得起兵时，才有万全准备，而不至于匆匆而为，一败涂地。

不多时，已有人提出："如今之计，殿下应加快步伐掌控南华府，推行政令、积蓄钱粮。殿下对国都中事，当以静制动，只要准备充足，不论发生何事，也不过是兵来将挡，水来土掩。"

听得这等说法，众幕僚思忖一番，倒觉得也只能如此。

赵元昭闭了闭眼，长叹一声："诸位，凡京中尚与本王有几分交情的宿老之处，以其他路径，送上一封信函。信中，吩咐诸位宿老，多多劝说父皇。"说到此处，他语气稍顿，续道，"那张贵妃野心极大，恐怕不会仅将自身陷于后宫之内。还请诸位宿老多多留心，但凡她有如此苗头，务必将其掐灭，不可叫她的势力延伸到朝堂上来。再者，若朝堂中有人同妖妃勾结，一旦发觉，便——"

王谦的心中一紧。

有幕僚立时出声劝道："殿下，此时不可妇人之仁！"

那赵元昭慢慢说道："若为怀才不遇者，暂且打压，磨砺其心性，再言其他。而若是阿谀奉承或者贪婪之辈，就将其除去吧！"

众幕僚听闻，俱是说道："是，殿下！"

虽还有一两人觉得平王略有心慈手软，但王谦却以为，这正是平王有仁君之相。有才者若还未犯大错，自当留下改过的机会，而若是一犯再犯，便是心性不佳，杀之无妨。而那等原本便无本事，却为祸一方之辈，自是杀之而后快了。

诸多幕僚又商议了一些如何将南华府收复、如何发展的计划之后，才渐渐退去。在此期间，王谦少有出言，却获益良多。

又是两三个时辰之后，平王方叫众人散去。

王谦出得门去，才出殿门，便见倪苍犹若一杆长枪，立于一株巨木之下，肃容等待，心下不由一暖。

随后，倪苍迎来，与他同行，遂回到两人的院落之内。

经此一事，平王对修路建桥之事越发上心，不出几月，已有许多道路都修得平整，而那些原本因道路不通而积弱贫困的县镇山村，也都渐渐有一些行商过去，与其沟通买卖。

自然而然地，原本寻到了好东西却卖不出好价钱的贫困之人，生活也越发改善。

经济转好后，那些底层的官员便有了政绩，越是积极配合平王。且能将一应事务打理好者，都能得到提拔，而不肯配合者同配合者一比，自是失职了，便会被剥夺官位，换能人代替。

平王也凭借这事，招揽到许多人才，尤其一些对南华府颇是失望的山野才子，见平王能爱民如子，做出如此便民之事，也思忖再三之后前来投奔平王。除此以外，平王几度招揽人手，凡有一技之长者，皆念平王贤明仁厚，逐步归心，也来相投。

不知不觉间，平王在南华府的名声遍传，凡有提起都是赞不绝口、憧憬不已。同时，他手下的班底也越发雄厚，各类人才逐渐储备起来。

此时，王谦也在读书、作画等事之间，福至心灵，想起一门能够赚钱的营生——造玻璃，建温房。

倪苍听王谦这般说，有些不解："这是何意？"

王谦说道："玻璃同琉璃相类，但更为脆弱，不过材料低廉、烧制容易，远不及琉璃耗费巨大。"

倪苍又问："建温房何用？"

王谦道："若以玻璃建房，可笼罩土地，隔离寒冷，调控其中冷热。到时，便是在冬日，亦能种上许多菜蔬，卖于富户，赚取银钱。若殿下能烧制大量玻璃，就可以如此施为，到时来烧制玻璃者、冬日种植者、看管温房者，又可让大量百姓多出不少谋生之处。"

倪苍赞同："此乃好事。"

王谦面上一喜："既然如此，我便弄一些石灰石、石英过来，辅以其他物事，尝试烧一烧。若是可成，便上禀殿下，召集人手大量烧制。"

倪苍便道："你尽管为之，以你之力，定然可以做到。"

王谦面上微红，旋即郑重说道："那便承阿苍吉言了。"

而且，这温房若是能大量建成，不仅可种植菜蔬，也可多种一种高产顶饿之物。到时候，对于百姓而言，便是救命之粮了。

倪苍问："你欲何时报于殿下？"

王谦心里也做足打算，笑着说道："烧制出一些玻璃来，便是尚不够澄净，只要证实此物确是可成，就能上报。"说到此，他稍顿了顿，"先前研制太平土时，是因此物须得彻底完成，见得成效后，才能说服殿下。但此物却是不然，世间早有琉璃，琉璃仅用于观赏，玻璃烧制起来，同琉璃也有相类之处。而烧制琉璃，殿下手中匠人比之我这愚钝之人，自要强上千倍万倍。殿下心胸开阔、见识广博，我将这方子奉上去，再有一件低劣成品，殿下见到便可命匠人将其改进，总比你我在此不断摸索，浪费时日要好。"

倪苍也因此点头："你所言有理。"

王谦一笑："我马上叫人将材料买回，到时候，一些花力气的活计，怕是还要阿苍你助我一臂之力了。"

倪苍毫不犹豫："你只管吩咐就是。"

王谦心中一暖，再细细回想那影像中的情景，将一些须得注意之事，都记录下来，极尽翔实，不敢有半点错漏之处。

次日，倪苍便依照王谦所言，亲自出门买回许多材料，并租下一处民窑，带王谦往那处去，同他一起烧制。

这般尝试数十次后，终有数件成品，自窑中而出。

所出成品瞧着不甚美观，莫说是形如上等琉璃般晶莹剔透、绚烂多彩了，便是连最低劣的琉璃，都有所不及。

然而到底是成了。

王谦将其中一块玻璃拿来把玩，见内中犹有气泡，其表面亦不算平整，更有些许黑点杂质，"点缀"其间……良久，他才笑叹道："就把这方子交予殿下吧，后续之事，自有殿下差遣琉璃匠人来做改进。”

倪苍说道：“一切随你之意。”

想到便做，但却非是贸然去做。

王谦便将这物带了回去，翻出一叠纸张“唰唰”书写起来。

他所写除却这玻璃方子诸多注意事项外，更有这玻璃的用处、温房的建造之法，以及温房建造出来之后，又如何与玻璃配合等等。

一切所写，巨细靡遗。

待全数写完后，王谦又看了数遍，再给倪苍也瞧过几遍，修改了些不妥当处，再把不确信处加以批注，而后他重新誊写，终于完稿。

倪苍问：“何时送去？”

王谦一笑：“我这便去，但愿能稍解殿下之忧。”

倪苍则道：“定会有用。”

王谦听得倪苍如此信任，心里也极欢喜，当即便在倪苍陪同之下，一同前去拜见平王。

第十二回

玻璃营生

赵元昭翻看着帝都送来的书信，一页一页，满脸凝重。

白义英与两位幕僚坐在一旁，手中同样有几页纸张，俱是脸色不佳。

整间书房里，气氛一片凝滞。

几乎要叫人窒息一般。

不多时，有人前来通报：“殿下，王谦王大人求见。”

赵元昭听闻，目光微抬。

白义英急忙说道：“子逊来此，想来是有要事禀报殿下。先前几回献上的法子，皆为殿下整顿南华府出了大力，而今说不定又有什么发现了。”

赵元昭心中一热，不由得生出了几分期待。

白义英心里暗暗松了口气，旋即又对王谦生出些歉意来——平王殿下心情沉郁，这般下去，对其很是不好。故而他先这般提出，也好为平王缓解一番。但这到底还是给王谦带来了压力，若是他来此并未有所发现，难免叫殿下不快。不过他素知王谦为人，且之前王谦前来，的确次次都有发现，他便只盼望这回也是如此。

赵元昭道：“请他进来。”

他如今对那王子逊很是倚重。虽说王子逊在政事上并无精明见解，可他带来的好处，却是立竿见影，为他积累了许多资本。

不多时，便有一名谦谦君子迈步而入，进来之后，先谦逊一礼：“见过殿下。”

赵元昭快步走过去，将他扶起：“快快免礼。”

王谦微微一怔。

殿下这一次，着实……

他一抬头，就见到平王面上有微不可察的期待之意，他心中略有所感，语气仍是从容：“属下此来，乃有一物要呈于殿下过目，亦有一些浅见，望殿下指点。”

话刚说完，白义英在一旁已是先松了口气。

且不论送来的乃是何物，但只要有东西，便可以叫殿下心情好转许多。

赵元昭也是露出笑容：“子逊但说无妨。”

王谦便也不去想这平王与平日的差别，老实说道：“也非是什么极新奇的物事，只是在思及冬日寒冷时，想到一物可用，名为琉璃，然琉璃造价太高并不合用，方生出一念……”

说话间，王谦自袖中摸出一块颇为丑陋的玻璃送到平王手里，又将他同倪苍商议的种种全都说了出来。

赵元昭等人初初听时尚有不解，但越是往后听，心头便越是敞亮，对王谦真正之意，自是越发明白了。

听着听着，已然有人脱口而出："好主意！有此温房在手，何愁冬日百姓饥寒！"

不过话是这般说，实际上也很有些局限，若真要让所有百姓皆无饥寒定不可能。而且那玻璃材料便是再贱，要真普及起来，花费也必然不少。推广初期，免不了要平王赵元昭多承担一些了。

赵元昭到底仁德，便是要冒些风险，在听王谦说完所有后，心里也是欣喜更多。

王谦略一思忖，还是说道："温房之中，除却栽种些产量大的饱腹之物以外，还可以种些罕见珍贵之物。"

点到之后，再不多言。

在场之人，无不精明。王谦方如此一说，他们已都十分明了。

不错，可用温房精心侍弄些冬日里罕见的水果、花卉之物，到时运往帝都，必然能引发那些达官贵人追捧，赚来大笔银钱。而这些银钱，便可弥补那温房的花费，亦可以做出更多温房，供应更多百姓。

当然，其中细节还需赵元昭等人仔细商量。

王谦说道："不过如今技艺尚不能跟上，还望殿下召集出色匠人，给出厚赏，叫他们能早日将此物制出，为殿下分忧。"

赵元昭自无异议，只是站起身来，捧了王谦的手，一番殷殷叮嘱："不如此事便交予子逊来看顾，如何？"

王谦急忙说道："所谓术业有专攻，属下只是略知皮毛，不便插手此事，还望殿下收回成命。"

赵元昭道："子逊不必这般谦逊……"

王谦微微苦笑，连忙再度辞让："殿下容禀。若叫属下寻摸一些法子，倒是有几分余力，可若当真去了那窑里，怕是只会给诸多能工巧匠添麻烦了。再者属下从前只顾四书五经，不通实务，勉强为之，怕是反而不妥。"

赵元昭见他推拒几次，皆是不愿插手，终是一叹："也罢，你既喜欢清静，本王也不勉强。只是本王一些财物上的赏赐，子逊就莫要推辞了。日后……还望你多多相助本王。"

王谦如蒙大赦，旋即郑重行礼，应道："子逊当竭尽全力，为殿下尽忠。"

赵元昭微微一笑："子逊，本王视你为友，日后你也免了礼数，莫要同本王太过生疏。"

王谦听闻，自然再度应"是"。

此事说完，房中气氛顿时好了许多。

王谦心中也有疑惑，只因在他来此之时，觉察出众人情绪不佳，而今事情已然说完，却不知先前平王等人，因何事不快？

而此刻，平王情绪好转许多，重新坐下后，叹了口气。

如今王谦亦被他当作心腹，若是有事，自也不会刻意隐瞒于他，便将桌上一叠书信指了指，说道："子逊，你可一观。"

王谦略一顿，旋即将那些书信取来翻看。

信中开头，俱是"殿下容禀"，而其末尾，署名各不相同，但那些名字中，却有几个颇为熟悉，乃是朝堂之上占据较为重要位置的臣子。

而不论哪位，所言皆与两件事有关。

其一，左相重病，如今竟是已快到绝路，于病榻上缠绵已久，足有十日不曾上朝了，眼看着便要病逝。

其二，朝中正在议事，荣王等人极力推举一人继任左相之位，那人乃荣王一系，而根据调查，荣王似乎同那张贵妃私底下有些来往。

此两事，都叫人始料未及。

左相曾为帝师，身份不同，纵然势大且好名，但也正因其好名，并未做出什么恶事来，反倒是对今上颇有几分忠心。现下突然重病至此，也不知其中是否有什么阴谋，即便并无阴谋，一旦左相去世，他所在一系的官员，必然会被重重打压……自然，若能因此叫朝堂更加平衡也无不可，可偏偏如今今上昏聩，对张贵妃信任有加，已然影响到朝堂，若是左相不成了，替补上来的人，怕是都不干净。

如此一来，对朝堂可谓是大为不利。

再言荣王。

这荣王比平王小了三岁，在平王还是太子时，他虽在成年后也被封王，但不论是朝堂影响力还是个人本领，都远不及太子，然而太子被贬，他便自然冒出头来，若是日后无意外，怕是他登顶的可能性极大。当初左相要将女儿嫁与荣王为正妃，未必没有如此考量。

倘若荣王兢兢业业、以国家为重倒也罢了，可他如今不思为国为民出力，却是暗地里跟那张贵妃勾搭起来，实在太过不智！同时，也叫平王这位前太子对他大为失望。

可惜赵元昭远离帝都，鞭长莫及，便是要想点法子，也难以做到。一些宿老虽接了赵元昭的请托，却也因种种缘故，难以真正做到什么。

因此，赵元昭得了消息，自是十分震怒，但无论他如何担忧，依旧也只能靠着帝都那少许人手，慢慢筹谋。只是，这筹谋亦未必有什么用处，而且随着他离开帝都时间越来越长，那人心易变，他恐怕更是难以插手。

王谦将信件看完，也很忧心："殿下意欲——"

赵元昭苦笑道："如今，也只能等了。"

王谦眉头微皱："若是左相当真再不能好转，那该如何是好？"

赵元昭重重一叹："为今之计，只能先去寻一些神医前往帝都，为左相诊治，而若当真是不成了，也总要好生筹谋一番，至少，那下一任左相必不能是荣王一系，更不能被张贵妃招揽。"

赵元昭知晓这王子逊在杂事上颇有建树，却不通计策，因此不过只是说出来叫他听一听，以示看重罢了，并无叫他来献计之意。

王谦听过一遍，担忧一遍，余下之时，便是听那些幕僚同赵元昭商议了。

然而过了数个时辰，天色将暗，亦没有说出什么万全之策来，许多事情还真只能从长计议了。

众人终于散了，赵元昭今日心情沉郁，便并未请众多幕僚一同在此用饭，王谦告别了平王离开房间。

随后，王谦便见到那道稳健的背影。

心里微动之下，王谦匆匆数步走到倪苍面前，关切问道："阿苍，你等我许久，可饿了吧？"他尚记得，最初见到倪苍时，他便总是吃不饱，但到了后来两人相依为命时，阿苍反而不再那般，每每弄到一点吃食，总要他先吃。现下想想，初见之事，都恍若隔世一般了。

倪苍摇了摇头："尚可，你可饿了？"

王谦目光一柔："倒是有些，我们赶紧回去弄些吃食。"

倪苍当然答应下来，他如往常般走在王谦侧面，很是警惕。若是有人从旁袭击，怕是只要接近，便能被他立刻觉察。

从前许多时日，两人俱是如此，王谦微微一笑，只轻轻拉了拉倪苍，便与他相携而归了。

平王虽仁厚，做事却向来十分利落。

自那日起，王府内就有一些工匠间或出入，被平王召见，安排事宜。

这研制玻璃之事，到底遂了王谦之意，不曾叫他来掌管，而掌管之人则是平王另一位幕僚，但也只有监察之权，但凡手艺上的事，则由工匠推举一人说出缘由，经由幕僚送于平王批复后，便可拿钱拿物研究起来。

白义英这段时日，也时常往王谦处来。

凡他来到，都同王谦说一说那些工匠做得如何，再听一听王谦的意见。

王谦为此也很尽力，他是当真不擅长那些管理事务，只愿做些实事，现下既然不用插手，提一些建议倒也无妨。

白义英每每将王谦所言记下，回去后同那工匠研制之物相比对，又同那监管此事的幕僚商议，一切都渐渐往好处发展。

大约一个月后，终于有了消息。

经由众多工匠巧手研究，如今玻璃最多能有数尺见方，再行切割，便可使用。这形成的玻璃透明有光，表面莹润，尽管质地薄脆，亦无琉璃华彩，但也是晶莹剔透，一见之下，叫人禁不住赏玩。

王谦见了一样成品，不由赞道："的确是好玻璃。"他稍思索后，对白义英一笑，"此物若是做成玻璃杯，再放入些黄芽、白毫、猴魁等茶叶，清水冲泡，其叶立于杯底，汤色动人，也别有一番美妙。"

白义英恍然，指了指王谦笑道："你这奇思妙想，果然不少。"

他身为平王心腹，胸中自有丘壑，对于许多事物，反应亦是极快。才一听这玻璃杯的美妙处，他便想出数个能拿此物做文章赚取名声与银钱的法子，一时间无数念头转过，都有些呆怔住。

王谦也不打扰白义英。

过得片刻，白义英回过神来，又拍了拍王谦的肩头，方自离去。

——如今这玻璃杯之事，他也要同殿下说上一说。

待人走后，王谦朝倪苍一笑：“待有了玻璃杯，殿下想来不会忘了我，到时我亲自泡茶，还望阿苍赏光。”

倪苍这回却没有答应，顿了顿后说道：“玻璃杯我来弄，茶你来泡。”

王谦略想了想，觉得更有趣味，就笑着点头：“如此也好。”

倪苍的眉目缓和，本来刚毅的面容，便叫人瞧出了一丝温柔来。

王谦怔怔看了看，端起茶杯轻啜一口，方掩饰住先前那点不自在了。

不几日，玻璃杯制成。

王谦听闻在府城最大的那条街上，倏然新开了一家文士茶楼。那茶楼第二层中备有许多典籍，又有约法三章，考校文人本事。凡能进入茶楼者，其中典籍可自行抄录，又能有免费茶水供应，而若是本事不济，过不了那三关，便只能在第一层喝茶，欣赏其他来过三关之人如何文比之事了。

据说，那二楼茶水色香俱全，很是风雅，若是能见上一见、饮上一杯，皆是极有意趣之事。

文士茶楼之事，颇引人注目。这一日王谦带上倪苍，晃晃悠悠，便到了那条大街上。不多时，便见一座茶楼在那处，孤高而立，有古雅之风。

茶楼名为“文华茶楼”，一笔好字刻在牌匾上，高高挂起，极有气势。

于茶楼的两侧，挂着一副对联，上书：松涛烹雪醒诗梦，竹院浮香荡文思。

这茶联引得不少书生文士自此处过时，忍不住驻足观看，品评一番后，又禁不住举步而入。

王谦亦同倪苍静静瞧了一会儿，就一起进去其中。

在茶楼前，有俊俏的茶童手持一个茶壶，弯身行礼。才进去楼中，就见大桌小桌、长桌短桌，错落摆放，皆有古意。

那大桌上有大茶壶，小桌上有小茶壶，诸多茶水，茶香袅袅，长桌上有人作画，短桌上有人写诗，吟诵之声、赞叹之言不绝于耳。

尤其有人斗诗，更是引人注目。

有文士曰：

铁色皴皮带老霜，含英咀美入诗肠。

舌根未得天真味，算观先通圣妙香。①

便又有书生吟：

生怕芳丛鹰嘴芽，老郎封寄谪仙家。

今宵更有清江月，照出霏霏满碗花。②

旋即就有茶博士面带笑容，直将两人请到了楼上。

原来那约法三章里，凡作出好诗、画出好画者，都可上楼的。

王谦在这第一层颇赏听一阵，而后也取一张纸，作了一首诗，便也施施然上了第二层。只不过，倪苍不通文思，只好在这第一层等待了。

待到第二层，登时茶香更为清淡，却是更加隽永。

有一些白色水汽自不同房间里传来，王谦稍稍侧眼去看，就能瞧见那些不同房间里，置有古意茶桌，四面墙壁上，俱悬挂着一些佳作，供人品评。

在正堂里，有一张雕工格外精致的大茶桌，四面墙壁上，有许多写意画作，画韵天然，叫人一望之下，便挪不开眼去。

一些文士一手持了小小的茶壶，另一手捏着小小的茶杯，在不同画作、诗作前慢慢走动，间或同友人轻声言语，姿态皆很随意，其神情或是轻松，或是谨慎，但几无例外，凡走到一幅自己的作品前，听得旁人称赞时，其面上的神色便免不了有几分自得之色。

这氛围，确都是文士书生所喜，而在此处只论才华，不谈其他，虽有争论，皆因见解

① 出自元・刘秉忠《尝云芝茶》
② 出自唐・刘禹锡《尝茶》

不一而来，同茶楼之外仿佛自隔一片天地，文意袅袅，不同凡俗。

再说那大桌上，摆放有无色茶壶、茶杯，那茶壶中的水同茶杯同色，清清淡淡，宛如一体。

茶杯之中，茶香袅袅——有团团簇簇，有袅袅升起，有根根直立，有如烟如雾，色泽明丽，风雅有趣，极吸引人。

许多文士书生也立于那茶桌之前，对那茶水吟咏诗句，间或开怀一笑，却都又只是轻声言语，半点也不曾扰了其他人的兴致。

王谦稍看过后，便又如来时一般，悄然无声地离去。

他乃务实之人，但不得不说，这茶楼确是也戳中了他的心思，若是有闲暇时，能在此处来同友人谈诗论画，亦为一桩美事。且此处无武夫常人打扰，所见所听，皆有文采，能进入此地，更是受人尊崇，更可欣赏那茶艺美景，叫人十分快活。

回去后，王谦自白义英口中得知，待这茶楼名声广传后，自有人做推手，将这玻璃杯同文人秀士联系在一起。自然有许多追求风雅之人，将这玻璃杯、玻璃茶壶高价购买回去，与人谈论欣赏，甚至将此物推行到全国上下，亦有可能。到那时，自是能赚取许多银钱，为王府积累。

王谦并不谙商道，听白义英说了，大略知晓，也就罢了。

此后他仍旧一面读书、看倪苍练武，一面抽空回忆那记忆里的影像，寻找一些对平王有利、对百姓有益之物。

渐渐地，一如平王的打算，那玻璃杯的确是通向了各处，尤其是南华府上下许多地方都铺上了太平土，故而道路四通八达，运货极快，哪怕是这易碎的玻璃之物，亦不会太过损坏，着实省了不少工夫。

在南华府内，因平王做出许多利民之事，因此但凡脚踩太平土的百姓，皆念平王好处。而经由诸多手段上下蚕食，在平王刚来时还铁板一块的官员们，也因利益之争，逐渐生出嫌隙，甚至在许多位置上，都安插了平王的人手。如今的知府，再不能同最初那般，在许多事上拖延推诿，不给平王面子了。

然而，就在平王府中气氛转好之际，又一件事由密信传来，而这传递密信者，正是当朝左相。

有一个好消息，是这左相虽是病重，但一番挣扎后，到底还是康复了过来，只是身体被拖垮了，上朝时很少发表意见，只能强撑着站着而已。不过，只要他在，他这一系的人便不会倒，而左相如今也在极力寻找能继承他这势力之人，一时间，朝中的气氛变得微妙起来，暗潮涌动，很是叫人焦躁。

另外还有一个消息，却不知是好消息，还是……

左相传信于平王，言辞中有托付之意，竟是想要将女儿傅莺莺许于平王为妻！

这可当真是出人意料。

傅莺莺虽是一名女子，但外柔内刚，很有主意。当初因偷听到其父有意将她嫁给荣王，而她不喜荣王，便果断逃离，叫这一桩婚事不成。而现下左相不喜荣王行事，再无将她嫁给荣王的心思，可却又想将她许给平王了。

左相也知平王容貌、气度、胸襟皆胜于荣王，便是一时落魄，蜗居于南华府，亦可托付，故而有此一信。他亦知其女性情，但他想来，之前意外叫女儿莺莺在平王府住着，一住许久，可见缘分，若叫她嫁给平王，当是愿意的。

再者，而今左相也算一片慈父之心，女大当嫁，若是平王还在帝都，他无论如何，也不会将女儿嫁去，但既然已是天高路远，便无妨了。

王谦知晓此事，乃是因为平王召集众多幕僚，谈及左相密信。

平王若要娶妻，事关重大，自不能轻率为之。

王谦暗忖：殿下英俊仁厚，傅姑娘貌美灵动，若是性情能够相投，倒也算是一桩极好的婚事。

只不过，从前平王的婚事，着实是一波三折。

当年平王十六七岁时，尚未及冠，因其为太子，已是要先定下王妃人选，等待迎娶。那时今上虽是昏聩，对太子倒也有几分父子之情，便是太子并不如何受宠，这该有的亦会给。故很快便为太子选妃，不多日就选择一名贤良淑德的少女，为朝中重臣所出，为准太子妃。

然不知为何，这准太子妃命却不好，才定亲不几日，她竟在自家园子里不慎落水，就此没了性命！

太子自然便没了王妃了。

因此，颇有一段日子，太子都不曾选妃，而后待此事余波消散，又一年后，太子再度选妃，这一次仍旧是择了一名有为臣子之女，据闻此女亦是名声颇佳，很能同太子匹配。

可惜不知为何，在大婚前一月，此女竟同一名书生私奔而逃。后朝堂派人去将这一对男女捉拿，二人竟情比金坚，一同跳崖而死。

因着此事太子很是丢脸，今上心中也很不喜。今上原本便十分多疑，因此不免觉得，这太子命格似有不妥。

再过一年，第三次选妃。

此番的准太子妃倒不曾出什么其他事，然而就在尚有数日便大婚时，竟陡然发了急症猝死！

旁人如何言说尚且不提，而太子本人却已没了选妃的心思。他只言自己不愿耽误他人，便一直到现下，身边都不曾有一位女子伴随。

今上越发觉得，这太子怕是有克妻之命，朝堂上许多臣子，心中也未必没有这般想法。故而后来太子被废，劝说之人虽是很多，但若仅仅是因为妖妃的诬陷，太子被废也不至于这样快就落定下来。

而平王几位幕僚更是知道，其实朝中仍旧有许多朝臣惦记太子，当年他们不做太多争执，亦是想着太子娶妻不成，或是太子之位将其克制，若是太子被废后，能将妻子娶了，生下嫡子，日后也未必不能有复立的一日。于那些人心中，太子到底是远比今上来得堪得信赖的。

思及此处，王谦长叹一声。

倪苍立在一旁，用手按了按他的肩。

王谦心里微暖，朝他摇了摇头。

如今诸多幕僚各执一词，有认同平王与傅莺莺联姻者，亦有不赞同联姻，以免被卷入左相与荣王的漩涡之中。又有人说，如今荣王恐怕是将殿下当作了眼中钉肉中刺，趁左相再无支持荣王之意，不若与他加深交情，傅莺莺流落到此处，岂非也是缘分？还有人谈到其他缘由，也是表示反对云云。

王谦听得，心中颇为怅然。

纵然有再多争论，却无人提起问一问那位傅姑娘的心意。殿下的好处他自是知道的，然而纵使殿下再好，此事亦是联姻……

倪苍也不言语，只默默相陪。

王谦不知不觉走出院外，在附近散了散步，随后，便听见另一侧有女子言语之声……着实叫他有些惊异。

如今平王府内上下犹若铁桶一般，府中仆婢皆不敢大声言语，更莫说在私底下议论了。这小院子清雅，也较为偏僻，但内中却是有王谦在居住，为何竟然还有人在这旁边言语不忌？

也不怪王谦如此，只因他隐约听出，那说话的女子口中，竟好似是有几声哭音的，而非是少少闲聊，便能住口。

倪苍耳聪目明，听得更为清楚："子逊，是她。"

王谦一怔："谁？"

倪苍顿了顿："盼儿。"

王谦身形微微一滞。

盼儿便是傅莺莺，只不过前者身份为丫鬟，而后者则是闺阁小姐。如今大赵对女子束缚虽并不严苛，但女子闺名，也不可随意被人称呼。

倪苍这一言，就叫王谦有些为难了。

这……

傅姑娘缘何要在这里？哭泣之人，莫非也是这傅姑娘？

倪苍看出王谦想法，又道："不是她。"

王谦顿时愣住："说话中有她，然非哭泣者？"

倪苍略一点头。

王谦目光微沉。

平王并无妻子也无侧妃，府中女子身份最尊贵者便是这客居的傅姑娘了。那毕竟是一个府中之人，竟敢在客人面前哭泣？

王谦虽不知傅莺莺乃是何种性情，但若她表里如一，同那盼儿姑娘一般，那便是个活泼纯善的姑娘。若是王府中人朝着她哭泣，且来到这等偏僻之地，难免便叫人担忧，那人是否抱有不妥当的心思——更何况，而今正是平王是否联姻的紧要关头，越发叫人怀疑。

倪苍看出王谦的心思，便问："可要去瞧瞧？"

王谦微微皱眉。

窥看他人隐秘，非君子所为。

然而，若是全然不去理会，日后倘使叫傅莺莺因此受了什么伤害，他必然要愧疚一生——即便就因为先前彼此那数月的交情，亦不当冷漠待之。

稍作思忖后，王谦果断做出决定，他朝倪苍微微点头："阿苍，劳烦你了。"

倪苍很是明白王谦的意思，当即一点头，伸手揽住他的腰身，足尖一点，便已是无声无息地落在了一棵大树上，旋即身形几个晃动，又落在了一处树影摇曳的隐秘处。于此处，两人可以瞧得清楚、听个明白，而那边的女子却是无论如何也不能见到他们的。

王谦屏息凝神，呼吸都放缓了许多。

他的目光，缓缓投到那边的三人身上。

在那处，正有三名女子，其中穿着黄裙者正是傅莺莺，而立在她对面的，便是两个身形婀娜的少女。有一个衣着华贵，仿佛是王府中的女眷，另一个则做丫鬟打扮，稍稍后退，四处张望，似乎是在防备他人。

第十三回

平王大婚

衣着华贵的女子满面俱是泪水，滴滴落下，在地面都打湿了一小滩。她着实是个美人胚子，若是有哪个男子在这里见到，定然要心生怜惜，恨不得为她拭去这珠泪才好。

然而此时对面立着的却是傅莺莺，她并未生出“我见犹怜”之感，反倒是觉得十分尴尬，竟不知如何应对才好。

王谦同倪苍对视一眼。

这是哪一出把戏？女子心思，当真难猜。

望风的丫鬟像是有些担忧，急急看了那女子好几眼，提醒道：“姑娘，快些。”

华贵女子才堪堪止了泪水：“我……”

傅莺莺秀眉微蹙：“你再哭，我可走了。”

女子急忙说道：“莫走，我、我有事请求！”

傅莺莺不解：“我同你不认识，你有事求我作甚？”

女子一怔：“傅姑娘，我听闻王爷即将娶你为妃，我、我是王爷的妾室，特来相求，求王妃给我一条活路。”

一听这话，傅莺莺先是脸上一红，然后便是怒了：“什么王妃？什么妾室？这事你不该来找我！”

说完后，她一拂袖，转身就要离开。

没想到，这女子也是豁出去了，她小碎步冲上去，两手抓住了傅莺莺的袖子，口里急匆匆说道：“傅姑娘，请你容下我吧！我听说待王妃入府，像我这样的人，都要被驱出去。我、我若是离了王府，无处可去，还请……还请你大发慈悲……求求你了！”说话间，她竟是跪下来，苦苦哀求。

傅莺莺被弄得又惊又怒。

别看她曾自己孤身走了那样远的路，还做过小乞丐，可却从未想过会有这样一幕发生在她的身上——会有什么妾室对她恳求。她想要挣脱，但不知怎么的，那女子力气极大，拽着她无法脱身，而那丫鬟竟也过来，把她的去路拦住。

王谦见着这一幕，颇有些看不过眼。

倪苍很是了解王谦心思，带他一跃而下，身形闪动，轻轻两道掌风过去，已然将那女子同其丫鬟推到一边。

傅莺莺脱了身，也发觉王谦二人踪迹，登时提起裙摆，小跑到二人身后。

王谦稍稍朝前行了一步，以作避嫌。

那女子同丫鬟并未想到此处竟还有他人，面上立时露出了慌乱之色。

王谦面色一正，做出姿态："请吧。"

那女子面色微变，慌乱之下，竟是脱口而出："傅姑娘，你、你竟私——"然而那句话尚未说出口，已有一道劲风扑去，径直打在了她的脖颈之间，下一刻，她连张了几次口，都说不出话来。

丫鬟比那女子更能察言观色，见到女子反应，哪里还不知她们已讨不到分毫好处？当下扑过去，将女子带走，说道："对不住，我家姑娘心情急切，太冲动了些，还请傅姑娘和两位见谅，我们这就离去。"

女子捂住喉咙，仍旧说不出话来。

王谦瞧向倪苍。

倪苍方道："两个时辰后便可。"

丫鬟听了，再不敢停留，拉住女子便匆匆离去。

傅莺莺到此时才松了口气，她微微瑟缩了下，从王谦背后走出，与两人微微一福，说道："此次多亏两位了。"

王谦摇了摇头："傅姑娘不必如此，只是此事，还须上禀殿下。"

傅莺莺瞧着王谦，神色略有复杂："你……你觉得，这门亲事如何？"

王谦一怔，旋即心里微窘，待他认真思索后，方说道："殿下胸怀宽广，心性仁厚，是值得我等追随之人。若说他是否是个合适的夫君，在下非女子，却难以分辨。只不过，殿下在品行之上，无可挑剔。"

得了这些话，傅莺莺眼中略带失望之色，但终究还是未曾说出什么，只道："多谢王公子。"

之后，她便告辞而去。

王谦见此事已了，也同倪苍一起离开。

他此次回去后，为免那女子又生出什么事来，还得将此事同殿下好生说明才是。

这件事说大不大，说小……到底也关乎傅莺莺的名声，亦不能说小。只是这毕竟乃是平王女眷中事，这般贸然前去寻平王对他说明，难免有些不妥。略思忖后，王谦联系白义英，对他略提了提。

相较于自己效命的主公，他与同僚白义英，相处起来反而要顺畅一些。

白义英讶然：“竟被你遇见了？”

王谦微微苦笑：“原本只是听到哭声前去探看，不料竟是同傅姑娘有关。殿下若是有心迎娶，此事当要好生处理一番。”他顿了顿，还是说道：“傅姑娘似因此事颇觉难堪。”

白义英明了：“此事的确为殿下内宅管理有瑕之故，不过殿下日理万机，单忙于处理南华府诸多事务已然十分劳累，难免顾不上内宅中事。看来，殿下当真需要一位王妃，来处理内宅事务。”

王谦亦深以为然。

王妃人选，不可轻忽，若是遇上个不济事的，恐怕对平王不利。而今这位傅莺莺姑娘，他因与其相处一段时日，倒也知晓她颇懂进退，很是理智冷静，且胆量不小，若能再成长一番，当可为平王贤内助。

短暂说了几句后，白义英便回去思索，当如何同平王提及此事。

不过他跟随平王时日长久，许多话都可以直说，倒是不必同王谦这般小心翼翼。因此不几日后，白义英便告知王谦，此事已然了结了。

王谦微微一怔，却不曾问及如何处置那名妾室与其丫鬟。白义英亦未说什么，只道平王已然去见傅莺莺姑娘即是。

这一件事，再不被王谦放在心上。

约莫半月后，平王府热闹起来。

王谦近日来少有出门，不知发生何事，这时正同倪苍一起散步，便见到王府里许多仆从喜气洋洋，十分忙碌，不由诧异。

不远处，白义英脚步生风，匆匆而来，满面喜悦。

王谦不由问道：“白兄为何如此欢喜？”

白义英微露讶异，而后笑道：“子逊兄足不出户，自是有所不知。前些时日，殿下时常前去陪伴傅姑娘，而就在昨日，傅姑娘已然答允殿下，愿意与他成婚了。”

王谦一怔，旋即也露出喜色：“竟是如此！殿下同傅姑娘郎才女貌，果然般配得很，而今终成眷属，正是一桩大喜事。”

白义英又同王谦说了几句，而后就因有许多事务在身匆匆告辞，再度忙碌去了。

王谦观其背影，若有所思。

两人转身回去。

王谦正在思忖，忽然听见一道低沉男声传来。

“子逊，你可是心中有烦忧？”

王谦愣了愣，抬眼看向倪苍。

倪苍面色微沉，同往日里的神情竟是颇有不同：“那位傅姑娘……”

王谦原是不解，过了好一会儿，方知晓倪苍所言为何，不由哭笑不得：“阿苍怎会如此想？我对那傅姑娘并无眷恋，纵然有些情谊，也只是因先前短暂相处之故，绝无儿女私情。”

倪苍似乎面色轻松了些。

旋即他略有迟疑，问出口来：“子逊喜欢什么样的女子？”

王谦想了一想，虽不知为何倪苍倏然这样问，却还是笑着回答：“如今想来，竟没有哪个女子叫我心动过，故而想不出来。”他瞧着倪苍脸色紧绷，也忽而问道：“阿苍又欢喜哪样的女子？”

倪苍倒是脱口而出：“我不喜女子。”

王谦一愣。

倪苍沉稳又道：“我从未欢喜哪个女子，日后亦是如此。”说话间，他目光炯炯，看向王谦，“我从前只护着你，日后也只护着你。”

王谦的耳根微微泛红。

他怔然片刻，笑了一笑：“你我兄弟相依为命，如此也好。”

倪苍深以为然。

王谦缓缓笑开，忽然说道：“来，让我再为你画上一幅。”

大婚之日。

早在三天前，傅莺莺便被送到平王一处别苑里，今日已身着吉服，化好妆容。平王骑马带仪仗亲迎，将其迎入王府。

王谦与倪苍、白义英等一众下属，随仪仗同行。

成婚仪式十分盛大，南华府虽是贫瘠，平王赵元昭却也竭尽全力，给了傅莺莺极大的颜面。

只是话虽如此，这桩婚事因不在京中举行，到底显得有些不足。更何况，左相身体颇是不好，未能亲临，更显得有些寥落了。

眼见两人敬拜天地，王谦心中暗叹：只愿婚后两人能恩爱携手，稍微弥补遗憾。

倪苍倒不曾多思，他立在王谦身侧，十分警惕，一心护佑。

自第二日起，傅莺莺身穿王妃正服，正式进入平王府内宅，为平王管理内务。不出几日，府内上下一切井井有条，若说先前无有女主人时，一些安排已然算是周到，但自打有了傅王妃，便非但是周到，更是熨帖了。

王谦虽不甚在意外物，却也有所感觉，而府中上下更是极有干劲，再无先前那一丝紧绷，反而多了几分柔和。

刚柔并济，或许便是如此。

几日后，平王再招众幕僚议事。如今平王衣着仪表，精神外貌，比之从前来也愈显得容光焕发，可见这新上任的傅王妃，将他里里外外，照顾得十分周到。

赵元昭一见众多幕僚神情，略有窘迫——他对这位新婚妻子，亦颇是满意的。

众幕僚坐下。

有婢女送来茶水点心，旋即退出门外。

幕僚们面带笑意。

有人低声说道：“从前来此，茶水不缺，但若说点心，却是饿极了方会想起唤人拿来，不像而今，却是早早备好。”

还有人应和道：“的确如此，到底还是女子更为细心……”

不过，稍谈一两句后，众幕僚便不多言。

到底那位是王妃，也是女眷，不论是地位还是身份，皆非他们可以议论之人。

赵元昭也未在意，见众人都来了，又都坐定，便是面色一正，说道："诸位，今日本王急招你等过来，乃是有一事要与你等相商。"

众幕僚也收起心思，俱言道："殿下请说。"

赵元昭稍一思忖，开了口："前日里有三四相邻小县县令上报，言及那几处县城下属的乡村中，多出现草木干枯、井水下降的情形。约莫……会出现干旱。"

众幕僚皆是一惊："干旱？"

前几年刚有清河水患之事，而今在南华府，竟又有了干旱？

赵元昭叹息一声："不错。虽只是征兆，我等也要早做准备才是，否则待事到临头再来安排，便会措手不及。"

白义英等人点头道："的确如此，殿下英明。"

干旱之事非同小可，只不知是小旱还是大旱，若是小旱还罢了，好生安排，多半能安枕无忧，可若是大旱便了不得，稍有不慎，就是民不聊生。

赵元昭道："若是大旱，怕是田地里颗粒无收，到时没了粮食，必有民变。因此，我等当务之急，便是要备下足够的粮食。"说到这里，他的神情微微好转，"若是往日，本王也是忧心不已，但而今倒是未到捉襟见肘的境地。"

此话一出，众幕僚不由得都看向一人。

赵元昭也看过去，笑道："此番，当真多亏子逊了。"

王谦面带赧然之色，旋即起身朝赵元昭一礼："全靠殿下肯听取属下拙见，否则便有再多念头，也难以实现。"

他这话说来，众多幕僚亦深以为然，全都朝赵元昭行礼道："全靠殿下远见卓识，有容人纳谏之量！"

事实也确是如此。

此前王谦种种贡献，若是换了一位心胸狭窄自视甚高之人，莫说是请王谦为幕僚了，怕是早在他提出时，已然将他当成那等哗众取宠之辈，驱逐出去，又哪里会有后来种种？固然王谦有提议，终究还是靠赵元昭的眼力和心胸才能成事。

也是因此缘故，王谦对赵元昭好感日益加深，从前若说只因传言以及此人正统而为赵元昭效力，如今便真正当他值得效命的主公了。

同时，在他心里那个隐约生出的念头，只待日后……

赵元昭见众幕僚如此，也起身还礼。

一时间，主从之间，和乐融融。

赵元昭更是叫众人赶紧坐下，莫再那般多礼了。

平王麾下，诸多幕僚，俱是对视一眼。

幕僚们当真齐齐坐下，但他们也都知晓，在那一对视之间，都有一事心照不宣，便只等一个机会，就可以将其拿出！

之后，赵元昭有条不紊，吩咐众人准备赈灾事宜，一应安排都须得尽快下发诸多村县之内，叫整个南华府上下都动作起来，意欲将那即将到来的旱灾危害，降至最低。

众多幕僚之中，有许多而今都有一些权力在手，现下运转起来，很是顺畅，其间又集思广益，把那些安排之中疏漏之处一一补上。

直待那旱灾到来……

“禀殿下，黄阳县外苦水河水线下降三尺，灌溉田地有所不足，有两村械斗抢水，因冲突激烈，有三人重伤，幸无人死亡……”

“禀殿下，麒麟县下三处村庄里，粮食都有减产，税收之后，再无余粮。县中粮铺被围，幸有县令开仓放粮，才未曾引发激变……”

“禀殿下，五元山数道山泉皆只余下细流，单是饮用已然不够……”

“近年红芽县刚恢复生机，如今种下的果树花叶掉落，不能结果，复又一片哀声……”

一封封公文送来，赵元昭一一看过，心中恻然。

虽说因他提早有所安排，大多数县城村庄中的旱情都得以控制，但百姓终究还是在旱灾中受了不少苦楚，许多难事，也不能立时解决。

看过之后，赵元昭将众多公文轻轻推开，靠坐在椅背上，揉了揉额角。

事务繁多，他单是处理诸事已疲惫至此，百姓那般遭遇，更多辛苦。可惜他如今刚刚将南华府治理起来，尚不能叫百姓安居乐业，是他之过。

这般想着，赵元昭的面上，也出现几分愁色。

良久，他开了口，唤白义英等人过来。

白义英等幕僚最近也是忙得很，但平王召见，自是马上过来，听候吩咐。

赵元昭道："本王有意微服出巡，往诸多村县一行。"

白义英一怔，旋即明白赵元昭的心思，暗暗尊敬，可一些难事，还要提出："若是殿下去了，这诸多的事务，该如何——"

赵元昭道："本王麾下有些好手，带上几个跟在身边，他们分作两班，一班一路护持本王，一班为本王送信来去。若是寻常事务，本王留下几人依循常例处理就是，若是重要之事，便可交他们送来，本王处理之后，吩咐下去。"

白义英了然，恭声说道："既然殿下已安排妥当，自无不可。"

赵元昭点点头："此去除却护持之人外，本王还要带上几人，为本王拿主意，义英，你以为本王带上何人更好？"

白义英一听，便思索起来，过得片刻后，他便开口道："属下以为，王子逊可以同去，属下亦随同前去，再带上一名善于观察细处者即可。"

赵元昭来了兴致："你为何这般挑选？"

白义英笑道："属下给殿下打理杂事，善察者监督下属官员是否依命行事，王子逊长于有利民生之事，说不得便能想出什么利民之法来。"说到这里，他微微一顿，"再者，王子逊身边那名为倪苍之人武艺高强，一心护持子逊，子逊既去，他必然跟随，到那时，我等的安危便更有保障了。"

赵元昭恍然，指着白义英笑了笑，不复多言。

不过，那倪苍的本事，他们的确是早已知晓，他麾下死卫亦有所不如，真堪称绝顶高手也。

第十四回

相依相伴

平王微服之事，只告知了极少数人知道，其中之一必然是傅王妃。

原本如今新婚燕尔，按照赵元昭的想法，若是寻常出游，定可以将王妃带上，也好叫她松快松快，然而此行却是因旱灾而起，故而不便带她同行，私下里，自然又是好生安抚了一番。傅莺莺颇识大体，自是很快为赵元昭准备了行囊，夫妻二人之间，情谊亦更深厚了些。

再说王谦，他听得这消息后，却是微微吃了一惊——竟有他同行？

这消息乃是白义英亲自来告知于他，待他听得其中缘由时，却是哭笑不得，好生送走了白义英，他回头朝倪苍笑了笑："原来竟是托了阿苍你的福气了。"

倪苍坦然道："我的福气，都给你。"

王谦一怔，旋即耳根微红："我若是有福气，自也愿意分与阿苍。"

倪苍如今仍旧如最初那般木讷，但听得王谦此言后，于他目光之中，却同往日一般，总是带上一丝暖意。

既然是微服，自是轻车简行。

赵元昭坐在马车上，唯独带了八个死卫，有一人做那车夫，七人隐藏在暗处。又有王谦、倪苍、白义英与周德安四人随同，其中周德安骑马在外，另三人与赵元昭同样坐在车中。

一行人自天光未明时便已然出府，一路不曾惊动任何人，待得晨光熹微时，他们便出了城门，直往那距离南华府府城最近的一处县城而去。

这县城乃是安宁县，算是一座富县，此次旱情并不十分严重，而这一座县城附近正有一条南北朝向的河流，水质清澈，常年用于饮用与灌溉。现下若是水位不曾降得太低，理应不会有什么大碍。

众人所走的这一条大路，便正好从河流之畔路过。

未曾行得多远，先听见涓涓水流之声，王谦侧耳而听，旋即同倪苍对视。

倪苍点了点头。

王谦便知晓，方才他果然不曾听错，是那一条河临近了。

白义英见两人这般模样，不由笑问："子逊兄，可是倪兄发现了什么？"

王谦微微笑道："水声。"他听出方才白义英的调侃之意，便也调侃过去，"白兄方才可是在神游天外，故而听不见那细流之声？"

白义英失笑："是白某失误了。"

赵元昭在一旁倒也并不介意，他虽是上位之人，却也不介意下属私交，只要这私交莫要影响公事，便都随他们去，很是宽宏。

几人说笑几句，马车离那河越发近了。

赵元昭将车窗推开，外面的声音也传了进来——竟有人在唱歌。

那调子很是悠扬，唱歌之人却非一两人，而是此起彼伏，仿佛互相应和。

白义英朝窗外一看，说道："是有百姓在河中打水。"

赵元昭眉毛微挑："哦？我们下车看一看。"

众人自无不愿，都随他一起下了马车。

果然那条河就在道路近前，旁边有浅滩，已经露出许多淤泥，不少壮汉赤裸上身，扛着扁担，挑着两大桶水，深一脚浅一脚往外走。

唱歌之人，正是这些满头大汗的壮汉。

周德安做事细致，见状便主动走近，寻了一个在旁边抽旱烟的老汉询问，大约交谈几句后，便转身回来，对平王禀报。

赵元昭问他："如何？"

周德安便道："殿……"他忽而想起什么，改了口，"禀公子，这些百姓每逢上午便到此担水，回去一日吃用，现下正是担水时。这条安宁河哺育安宁县多年，这一回水线下降一半，但因是活水，水量还算充裕，故若是大量用于灌溉或许不成，少量却是无妨，加之本县方县令下令限水，每日只许来挑一担，如今倒也是够了的，只消旱情不再继续严重，想来此县百姓定然能撑过这一回。"

赵元昭听闻，面色缓和，又问："那方县令考评如何？"

周德安稍一回想便已记起，笃定说道："从前只是平平，但自打公子整顿之后，要一季考评一回，倒是时常是优等的。"

赵元昭微微点头："民生上，似乎做得不错。"

周德安点头道："正是，先前那些百姓每逢提及此人，俱十分敬重，可见此人行事，的确以百姓为重。"

听得此言，赵元昭复又仔细看了看那些担水百姓面上神情，察觉他们并未有太多愁容，不由暗暗赞许。

旋即，他便说道：“去城中瞧一瞧，若是无事，便住上一晚，明日往另一处去。”

赵元昭的命令，众人自然都是应诺。

而后一行人再上马车，一路走，一路远远看一看那广袤田地，直奔县城而去。

不多时，已然到了县城。

在城门口，有兵士把卫，见有马车过来，自是要查看路引等物。这些物事平王府早有准备，白义英与周德安将此物交予兵士看过，便也顺利进城。

城中并不见脏乱，看来是早已做了准备，为免旱灾之后引发瘟疫，一应安排都颇是周到。

县城中百姓同城外担水者神情相似，除却一些贫困者有些愁容外，大多数县民倒是同往日一般模样，只是行走之间，步伐稍微匆匆。同时，城内街道依旧热闹，一应日常所需并不见短缺，且城中不见乞丐，倒是多了几幢屋子，门口有人探头探脑，或身有残疾，或衣衫破旧，似乎并非是无有乞丐在此，而是被收容了去。而那些乞丐身上，也不见往日的脏污，像是洗涮过的。

赵元昭等人一路走一路看，王谦亦紧随其后，然而他走过一段后，忽而觉得有些眩晕，似是有些看不清路了。

倪苍时时刻刻都在关注于他，见状身体微动，已经离王谦更近了些。因在大路上，不便亲近，他便伸出一只手来，时不时将王谦托上一把，以免他因眩晕而失态。

王谦也察觉到自己不对劲之处，只是脑子里发昏，好似有一幕幕的画面闪过，叫他无法同倪苍说话，只得虚弱地笑了一笑，稍稍落后，不去影响赵元昭等人的兴致。

那些画面很是熟悉，分明是他曾经梦中见过的无数影像，只是这一回的影像无须他慢慢搜寻，竟是争先恐后地涌了出来……而影像之中，有无数不同装扮之人，从与如今相似，到后来的奇怪模样：男女老少俱是手持药材，或是书写，或是在奇异器具上敲打。

下意识地，他仿佛明白了什么，便忍着难受，越发仔细去回想。

待一幕幕画面连续闪动数次后，王谦也终是将其中所演示的种种，都记在心上。而他的心里，却是大惊。

这些画面之中所记，竟都是……防治瘟疫之事！

旋即，王谦心里又是大喜。

他深深呼吸，只恨不得能立即有个安静的所在，叫他将所有尽数书写下来，也好迅速呈报于平王，也好尽力预防，以免旱灾之后滋生瘟疫，叫百姓受害！

这般一想，王谦反而不再掩饰，而是轻轻咳嗽几声。而后他对倪苍使了个眼色，便双腿一软，倒在倪苍的臂弯之中。

倪苍面色急速地闪过一丝焦急，立刻低头查看，又去摸王谦脉搏，发现除了些微血气过旺以外并无异象，才略松了口气，回想起方才王谦使来的眼色了。而王谦这般反应，自也被前面赵元昭等人察觉，纷纷看了过来。

白义英同王谦最是相熟，见状急忙问道："子逊为何如此？可是身有不适？"

王谦微微苦笑，说道："想是有些疲乏，热气入体，方会如此。在下……"

赵元昭此时便道："子逊身体不适，自当好生休息一番。义英，我们去找一家客栈先住下，叫子逊歇息歇息。"

白义英也道："想来是最近路赶得狠了，子逊是个读书人，不曾习武，故而如此。也是我疏忽了。"

王谦听得众人这般关怀，他效忠的主公亦是如此，不由心中愧疚，连忙说道："不必不必，叫阿苍带我去客栈即可，殿……公子微服是有要事，不可为在下一人耽搁。不如在下便在客栈等候诸位，等身体好转了，再一起同行。"

赵元昭稍作沉吟，点了点头："如此亦可。义英，你先陪子逊去找一家客栈，随后再来与我等会合，我也好知道子逊入住何处。"

义英自无异议，王谦也是连番感激。

随后，众人兵分两路，一方继续私访，一方则前往客栈。

白义英笑道："子逊啊子逊，你日后可要多多锻炼才是。"

王谦惭愧道："自当如此，在下记住了。"

不多时，白义英便找到了一家客栈，先定下几间上房。

王谦和倪苍共住一间，白义英见倪苍亲自为王谦脱鞋解袜，送他上床休息后，又好好安慰几句，这才告辞而去。

待白义英走后，王谦才靠在床头，轻叹一声。

倪苍坐在床边，问道：“子逊为何突然如此？”

王谦目光微闪，而后稍作思索，才说道：“方才见城中百姓如此，我倏然生出一些记忆，想起那防治瘟疫之事，一时间脑中有些晕眩，便想着索性回来，将曾记得的那些相关之法，书写下来，以防日后忘却了……”

这话自然是有几分掩饰的，但倪苍性情耿直，王谦如何说，他便如何信，既然王谦有这想法，他也不过支持罢了。

旋即倪苍便道：“纵然是有心为百姓多尽几分心意，也不可忽视自身。子逊若要书写，我不阻拦，但切不能太过劳累。”

王谦心里微暖，自是立刻答应，说道：“阿苍且放心，我必不会太过勉强。”顿一顿后，他复又解释，“我于细处比不得周兄，于大处也比不得白兄，还不如回来做些力所能及之事，也是为主公效力了。”

倪苍知他心中所想，却也只说了一句：“你无须多思，只要你愿意做，便做就是。我也不管旁人，只管陪你。”

王谦面色微红，低声说道：“我这便起身去写。”

倪苍说完先前那几句话，也不觉得自己说得有什么不妥，便坦然地同样过去，伸手将王谦扶了起来。

莫看王谦并非中暑，但先前那许多画面挤入脑中，也的确叫他有些虚弱，如今倪苍要扶他，正很及时。

倪苍扶着王谦，只觉得王谦轻若无物，干脆直接带他来到桌面，又给他铺开纸面，拿来笔墨，尽数摆好。

王谦不由苦笑：“阿苍可是妥帖极了。”

倪苍道：“若平日里我也不管，今日你身体不适，我既能做，便多为你做些。”

王谦便不再多言，他神情一肃，以笔蘸墨，便迅速在那铺开的纸张上书写起来。

倪苍立于王谦身后，只见王谦运笔如飞，字迹竟不同于平日里般严谨俊秀，反而显得有些凌乱，仅仅片刻时间，竟已然写出千言之多，而王谦所写他虽不甚明白，但他却能稍微领略到，此必然是极难得之物，否则他所结识的王子逊绝不会这般急切地将其写出，哪怕是以他的眼光亦能瞧出……此中所言，的确不凡。

这般想着，倪苍心中一凛。

旋即他便走到床边，将那窗扇尽皆关上，而他自己也走到门前，屏息凝神，听外面动静，以免有人干扰。

王谦沉浸于记忆之中，只怕不能尽数书写下来，对外界之事浑然不觉，更不晓得而今倪苍为他担了许多心，更警惕了百倍。

这一写便是一个多时辰，洋洋洒洒，数万言有余。

事关瘟疫有多种起因，多种治法，多种药方，而许多治法大略相似，细节之处又有不同，且往往正是这等细节不同，所造成的结果又有不同，一旦有分毫错处，所害者绝非一两人，而是一城乃至一国之人！

王谦不敢有丝毫怠慢，更不敢有半点错处。

他谨慎书写，将脑中所记得的情景翻来覆去，回忆无数次，方敢下笔，方敢列出药方，其中所消耗的精力，难以言说。

待这一个多时辰过去，王谦也不过堪堪写了四五成罢了，尚有许多不曾写下，而起头痛欲裂，已然有些撑不住了。

倪苍见状，便晃身而来，将其双肩扶住："子逊，你该歇息了。"

王谦满面苦笑："歇不得，这一种治法，才刚写到紧要处。"

倪苍皱紧眉头，有意要强行将他带走，却又明白这人向来倔强，尤其为国民有益之事，倘使不能将胸中所想尽皆写出，恐怕便是硬将他摁在榻上，他也是辗转反侧，不得休息，甚至反而要思虑更多，更为疲累。

深吸一口气后，倪苍两手手指摁在王谦额角之处，用了气力，为他揉捏起来。

这揉捏之法颇是疼痛，竟比之那头疼也不差分毫，王谦原本十分痛楚，但叫他诧异的是，揉捏之后，竟舒缓许多，再无先前那般苦痛。

王谦不由露出个苍白的笑容："阿苍，此番又多亏你了。"

倪苍面无表情："快写，写完便去睡了。"

王谦笑容微柔，随即仔细思索，再度急速书写起来。

“这方县令确是做得不错，今日观其审案，也算公正严明。”

“在民生上，大抵已是颇佳。”

“然而在兵防上则有欠缺，不过文武两分，也怪不得他。”

“待今晚书信一封，派一名武官到此整顿一番……”

到了傍晚，门外便有一些交谈之声传来，十分耳熟，正是赵元昭与白义英等人。不多时，叩门声亦响起。

此刻王谦已在榻上，却并未熟睡，倪苍见他示意，便走到门前，将门打开，也将人放了进来。

赵元昭等人走进之后，便见王谦靠在床头，他身后有软枕，脸色很是苍白，一副精神也颇是不振的模样。

白义英暗暗一叹。

这子逊兄，虽有才能，但身子却是差了些。

赵元昭已关切道：“子逊身子可好些了？”

王谦露出一抹感激笑意，说道：“已好多了。”

周德安也见到王谦面色，只觉得他哪里是好些了，分明还吃力得很。若是如此下去，怕是要耽误了行程。

白义英则说道：“子逊兄且好生休息。”又问倪苍：“不知倪兄请了大夫不曾？”

倪苍道：“未请，他说并无大碍，坚持不肯。”

白义英便带了一丝责备：“子逊兄怎能如此不在意身子？观你面相，着实有些不适，不若还是将大夫请来看一看，若是无事自然是好，若是有哪里不妥，也好快些抓了药来。”

王谦歉然道：“当真无碍，不过是有些疲乏，休息一夜自无事的。如今殿下私访在外，还是莫要为我一人折腾那许多，以防万一。”

听王谦如此说，众人便有几分明白。

赵元昭叹息道：“哪里需要连个大夫都要防着了？也罢，我的死卫之中倒也有略通岐黄之术的，叫他来为你瞧一瞧就是。”

连平王都这般说，王谦也不好再做推辞，只好连番感激之后，答应下来。

平王果然很快叫了一名死卫进来。

这名死卫相貌普通，只消在人群之中，便很难有人能认出他来，正是最适合做死卫之人。此时他快步走到床榻前，恭声说道："还请先生将手腕伸出来。"

王谦便坦然伸出手腕："有劳你了。"

那死卫将三根手指按在脉上，阖目不多时后，起身说道："先生此乃心血消耗过甚，暂时还无妨碍，但若想要活得长久，日后不可太过殚精竭虑，须得多多静养才好。近几日里，还是多多歇息为上。"

王谦面露一丝苦笑。

可不就是心血消耗过甚么，为将那防疫之法书写完全，他正是战战兢兢……

赵元昭几人听闻，则是有些诧异。

——心血消耗过甚？

王谦一时不知该如何言说。

若是那防疫之法已然尽皆写完，他倒是可以直接拿出，奉于平王，但如今尚且写了过半，也并未仔细查看过，如何能够贸然献上？

赵元昭观其无奈，却是宽容一笑，并未追问，反而关怀道："既如此，子逊便好好休息，待身子好了我等再来上路不迟。"

王谦只得诺诺答应，连连感激。

待赵元昭等人离开之后，白义英不由问道："公子为何不……"

赵元昭微微抬手，止住白义英的话，说道："以子逊的性情，大约是想到了什么，如今尚未妥当，故而不便说出……义英，从前子逊献来数道法子，怕是也是如此耗费心血而成。"说到此处，他叹息一声，"子逊有心为民出力，本王……我已十分惭愧，便莫要多问了，只是自今日起，子逊的身子还要多多看顾才好。"

白义英闻得，微微一震，再不多言。

周德安也有些惭愧。

他原本也觉那王子逊有些误事，而今想来，却是自己太狭隘了。

此事便到此为止。

自次日起，赵元昭仍是带着白义英、周德安等人在县城中走一走，多多观望。王谦则还是自言身体不适，留在房中休息，实则却是在倪苍监督与帮扶之下，慢慢地将那余下的防疫之法，尽皆写了出来。

渐渐地，已过去有三日了。

王谦坐在书案前，将最后一笔写下。

其实，早在一日前，他便已然凭借自身记忆，将所有的防疫之法尽皆书写出来，只是之后他却有些不放心，便将诸多记忆一一对过，直至确定无误后，又仔仔细细，誊抄一遍。

到如今，不过是刚刚写完罢了。

倪苍仍旧如往日一般，过去给他细细揉了揉额角，又替他捏了捏肩膀，这才说道："总算是写完了，接下来你欲如何？"

王谦道："既然写完，便直接交予殿下。早一日查验过，便早一日用于百姓，防备起来。"

倪苍点一点头："你主意既定，如此也好。"

王谦目光柔和，心中熨帖。

第十五回

瘟疫滋生

这一晚，赵元昭归来。

今日在县中出了一件偷窃的案子，苦主将人告上县衙，他自然也同幕僚、死卫们一同前去观看方县令断案，顺便见一见方县令真人。

在看过之后，赵元昭倒也稍稍放心——这方县令似乎言行如一，断案时也十分仔细，最终是证据确凿，方有决定。

不过因着看他断案，赵元昭等人回来便晚了一些。然而待他们走进客栈、上了二楼后，却发觉旁边王谦所在的房间处房门大开，内中有灯火闪烁。

赵元昭有些吃惊，亦有些忧心。

这房门大开，莫非是出了什么事？照理说有那倪苍护持，应当不会出事才是。

白义英与周德安也是对视一眼，快速进入那房中，人人心中都生出几分警惕。

然而在进门之后，几人却见到王谦坐在书桌后，一手支住额头，似是在思忖什么，倪苍静静立在一旁，见几人匆匆而来，抬眼相看。

王谦也留意到，抬头一笑："公子，诸位，今日回来得晚了些。"

众人见他无事，方放心不少。

白义英笑道："因着去看县令断案，故而回来晚了。子逊你不关房门，可是在等我们归来？真是对不住了。"

王谦起身朝赵元昭行礼："公子，还请进屋说话。"

赵元昭见王谦如此，心中微微一动。

白义英反应极快，闻言立时将周德安拉了一把，随后马上将房门紧紧关上。

王谦就从一旁拿起一叠书稿，恭恭敬敬地，递到了赵元昭手中："公子请看，此书乃是属下近几日整理而成，若是能有几分用处，便是属下略尽绵力了。"

"旱蝗时，民疾疫者，舍空邸第，为置医药[①]……"

头一句话就吸引了赵元昭的注意——这说的，似乎是防疫的法子？

下意识地，赵元昭迅速看了下去，不多时便见到洋洋数言，皆是为此言详述者，内中细处，娓娓道来，十分精妙。

他看得越多，越是目不转睛，难以将目光移开。

白义英、周德安两人只见这平王在接过那书稿后，只看一眼便爱不释手，不由得心中

① 取自《汉书·平帝纪》

诧异，但一时之间，却也不知该如何行动。

过得有片刻，平王仍不曾放下那书稿，又过得半个时辰，他仍是手不释卷。

白义英便凑近王谦，低声问道：“子逊，你献何物于公子？为何公子他竟看得如此入迷？”

王谦微微摇头：“若公子不说，在下亦不能言。”

白义英心中一凛。

看来，那本书稿十分重要，便是连将其写下的王子逊，也不能多言。

当下里白义英也不敢多说什么，只看一眼周德安，同他一起默默等待而已。

大约过了一个时辰，那书稿才瞧了小半，足见赵元昭所看之仔细，然而再这般下去，怕是今日无法休息，白义英思忖再三，还是走上前去，对赵元昭唤道：“公子，公子？”

赵元昭浑然不觉。

周德安见他如此痴迷，也是心中发紧，登时同样上前，加大了声音：“公子，天色不早，该歇息了！”

如此连番数次，赵元昭才猛然惊醒。旋即他反应过来，看向王谦时，目光颇是复杂：“子逊……”

白义英难得见到赵元昭如此神色，也是一惊。只不过他在细看时，却觉得这目光非但不是坏事，反而满是赞赏、唏嘘，甚至还有一丝佩服。若说赞赏唏嘘还是寻常，这佩服……便十分耐人寻味了。

他同王谦颇是交好，见状也有些忧心。

周德安则是不解，但他却明白，平王殿下如此，定是与那书稿有关。

王谦面色平静，朝赵元昭行了一礼：“只盼此书能有几分用处。”

赵元昭一声长叹：“何止有用，若书稿中所言有用，便是成山金银，亦比不得此书贵重！”

周德安也惊异了——竟然、竟然能得到如此高的赞誉？

王谦此时正色说道：“数年前，属下因故溺水，虽得阿苍相护，但若非是遇见一位老人家，怕是也难以囫囵活下来了。当时那老人家居于一座茅庐之中，为属下调养足有一月，而在那调养之时，属下无事可做，便在老人家应允之下，在他书房中看书。那时候，原本只是为打发时间罢了，然而前日入这县城，却倏然想起一些书中所言……”

赵元昭看向王谦，语气中已然是笃定：“故而这几日子逊身体不适，并非是因中暑，而是你殚精竭虑，要将这书稿写出……可是？”

王谦垂目，却是说道：“书稿全凭属下记忆所写，未必没有错漏之处，还请先寻人验证一番。”

赵元昭微微点头：“自该如此。”他旋即语气里也有一丝激切，“若此书中之法有用，子逊，你便立了一个大功了！”

王谦躬身行礼，再不曾多言。

旋即，赵元昭便迫不及待，将这书稿带了回去。

白义英与周德安对视一眼，朝王谦拱了拱手后，也都离开。

人走后，王谦松了口气。

倪苍将他扶到床边：“书稿已交给公子，此后你便莫要再时时记挂，理应好生调养身子了。”

王谦朝他一笑：“我明白。”

倪苍便不啰唆，将他送上了床，又给他将鞋袜除了，外衣脱了，替他将薄被拉起盖上，这才似乎放下心来，抱臂立在床柱前。

王谦轻轻阖目，眉心一直不曾褪去的伤神，在此刻微微舒展。

他的确十分疲惫了，也确是放下了一桩心事。

能做的他皆已尽力做过，之后如何，便看平王殿下的手段了。

过得半晌，王谦声音模糊，却没忘了提醒：“阿苍，你也莫要守我，早些去歇息吧，你也累了……”

倪苍“嗯”了一声。

王谦便以为他答允了，不多时便沉沉睡去。

然而倪苍却不曾当真去睡，而是在床边又静静地瞧了他好一会儿，直至亲眼见到王谦翻了个身，薄被有些凌乱了，才走过去为他细细将被角掖好，为他将垂到前方的黑发拨到一旁。

又是片刻后，他为王谦拉下了床帐，才一个翻身，就近在一张榻上闭目小憩起来。

一夜酣眠。

次日醒来时，王谦方觉得精神一振，前几日因耗神过度而生出的虚弱感，顿时便消弭了许多。倪苍已然神采奕奕守在一旁，见王谦醒了，便出手为他取来长衫。

王谦有些好笑："阿苍不必如此，我手脚完好，也已有力气了。"

倪苍固执地将长衫递过去："你累。"

王谦无奈，但也很是感激，将长衫接来："多谢阿苍帮我。"

倪苍点点头："你不必同我客气，照顾你原本便是我应做之事。"

王谦微微一笑："我却宁愿日后永远不必如此照顾阿苍。"

倪苍一怔，旋即明白他言下之意："放心。"

随后王谦很快穿好衣衫，就起身同倪苍一起去用早膳。

到了客栈大堂，二人稍等了一会儿，也不见白义英等人出来，王谦心里一动，有些猜测，而后正要前去瞧瞧。恰这时，就见刚还念及的白义英已从楼上下来。

王谦问道："白兄怎么这样晚？"

白义英看着他，压低声线叹道："不正是因着你献上的那书稿么？公子昨晚一夜未眠，就看那书稿了，后来周兄也一同去看，只有我瞧着不甚明白，才在一旁打了个盹儿。现下天光大明了，我来取一些早膳回去，总要让公子和周兄填饱肚子——他二人尚舍不得放下那书稿呢。"

王谦恍然，担忧说道："公子还需注意身体才是。"

白义英手指轻点了他一下："你自己尚且如此，又哪里劝得公子？"而后正色说道："自然，公子千金之躯，定不能损耗。"

王谦微微颔首："公子的身体，便全靠白兄多多照顾了。"

白义英自是满口答应。

不多时白义英便将早膳端了上去，待王谦用完后，才又见他走下来。

白义英道："这几日我等在县中颇行走一番，你却是始终待在房中，如今公子正在翻阅那书稿，想是不会很快离去，不若你也去逛一逛。若是常常困在客栈里，不见天日，怕也是烦闷。"

此乃一番好意，王谦谢过之后，便同倪苍一起出了客栈。

先前因一心思索防疫之法，不曾细看，现下这般走一走，也当真心中舒畅。

一如几人刚来时那般，县中街道之上，百姓行色匆匆，却都非无事可做，互帮互助，并无太多愁苦。略走过一回后，王谦只觉得此地同旱情之前并无太多不同，对那方县令自又多出几分好感。

正走时，突然城门处传来几声喧哗，王谦转头，远远看去，就见城门外有烟尘滚滚，竟是有一些兵将策马而来，已到城门之外。

为首将领在城门前举起一块令牌，那守城之人见到，连忙将城门打开，将他们放入城中。

这些兵将也不停马，而是一路一边呵斥两边行人让路，一边朝着县衙方向而去。因他们的马跑得并非是极快，也提前招呼，众百姓虽是急促了些，倒也无甚大碍，都是顺利退到两边，无人受伤。

王谦与倪苍也在此列，待看清这些兵将后，他心里微动——前日里听平王殿下提起要在此地派来一名将领，将那兵防做好，如今这人，是否便是了？

然而就在此时，倪苍倏然说道：“煞气。”

王谦一怔：“什么？”

倪苍拉着王谦后退，两人慢慢走到另一条街上，而后他才说道：“这些兵将身上有煞气，想来是手上刚拿了人命的。”

王谦皱眉：“杀了人？”

倪苍道：“煞气浓烈，应是一场大战。”

王谦眉头仍是锁住：“也不知这大战从何而来……”

消息不多，自是难以推测。

但此刻王谦已无在县中游览的心思，而是轻轻一拉倪苍小臂，要同他回去客栈：“不论如何，且先将此事报之公子罢。”

倪苍点头：“你决定便是。”

两人很快回到客栈，径直去了赵元昭的房间。

这里几乎被当作了书房，白义英、周德安俱是在此。

见两人归来，白义英还有些讶异：“怎么回来得这样早？”

王谦直言道：“见到一队满身煞气的兵将到县里来，不知缘由，故而前来禀报。”

赵元昭闻言，抬起头来：“兵将？煞气？”

王谦便将先前所见与倪苍所言都告知赵元昭，而后便不多言。

赵元昭心思一顿，就往暗处吩咐道：“去个人瞧瞧。”

暗处传来应诺之声，旋即一道黑影破窗而出，转瞬已不见踪影。这正是死卫出手，要去调查一番。

不多时，死卫归来，单膝下跪：“禀主子，来的是一个千户，身上煞气是因来时剿灭了一个山匪窝而来。那山匪窝积年已久，有数百悍匪，这郑千户本事也高，曾立过不少功劳，因此一场大战后，倒是将那山匪窝拔除了。”

赵元昭微微点头：“原来如此，倒是一员猛将。”

周德安细心，则是说道：“此人正是派遣到此地的将领，日后负责县中守卫之事。”

白义英道：“他既然这般勇猛，也就能将此地护住了。”

此刻，死卫倏然又开了口：“只是……”

赵元昭一顿，看过去：“只是什么？”

死卫不敢迟疑，恭声道：“只是属下查探之时，听那郑千户与其心腹密探提到如今各地皆有悍匪，竟还有许多趁着这旱灾之际，打家劫舍，无恶不作……”

赵元昭的眼神，登时变了：“什么？可有详情报来？”

死卫愧然道：“那郑千户不曾细说，故而属下也不知晓，若是主子想要得知详情，属下等立时前去详细调查一番。”

赵元昭微微颔首：“去调查吧，尽量细致些。”

死卫恭声应诺：“是。”语毕，他身影一闪，就再度消失在了角落里。

在自己看过了那本防疫书稿之后，赵元昭深觉其中所言有理，便将那书稿拿出，叫下属等人尽快将其多多抄录几份，务必一字不错。

众人都知道平王看重书稿，当然不敢怠慢，都是奋笔疾书。

王谦也不例外。

这书稿是他所写，早先不过是整理收录颇费心思，但若只是抄写，天底下但凭哪个读书人，都是习以为常。尤其他十分熟悉其中内容，抄写起来，比之其余众人还要快上许多，故而最后其余人等都只抄了一遍，他却写出两遍之多。

待一个日夜过去，众人都将这书稿抄完，就连死卫们也在换班之余，轮换抄录。到此刻，在他们手里，这书稿已然有了十册之多。

赵元昭当即召来两名死卫，叫他们一起将这书稿护送到平王府中，交给幕僚，请府里的大夫仔细验证，不可疏忽，死卫领命而去，不敢有半分大意。

平王府之中，赵元昭已然上下把控，无人违逆。而今派遣死士前去找其心腹幕僚处理此事，那些幕僚自是兢兢业业，不敢有半分拖延。就连王妃在稍有察觉之后，也未细问，而是叫府中上下尽力支持。

经由数名极出色的大夫精心尝试，竟发觉那些方子中，几乎全都有用，而且针对不同疫症，很是全面。当下那些大夫见猎心喜，就捡其中最是普遍的先配了药，又赶紧请王府中主事之人前去采买那其中难得之药材，早早储备起来。

待大略做了之后，死卫自是急忙回来报讯。

赵元昭一听，当下大喜，自是再度吩咐，叫整个南华府都要速速准备药材。此便与那大夫自行配药不同，而是大力推动，威势自又不同。

与此同时，赵元昭派遣下属前往各地将此事通知下去，且有兵士随同护送，如此文武兼用，全力推行，绝不允许任何一处村县之地疏忽大意。而也因着这事，叫不少村庄当真避开了危难……

此为后话，便不细表。

而就在这个时候，赵元昭终于离开了这安宁县，一行人便往东行。

王谦等人还是坐在马车上，赵元昭有感于王谦殚精竭虑写下那防疫书稿，对其更为看重，便不时同他闲聊几句。

这一聊，倒是让赵元昭微微有些吃惊。

王谦是什么身份，他是早已查过了的，自无什么问题，不过他也知道，王谦被如此教养，或者有几分本事，却恐怕没什么大才，便是后面王谦提出的一些“奇思妙想”，应当都是其过后几年在外游历，才渐渐开窍而生出的能力。后面他重用王谦，主要是看中王谦在工农上的本领，待防疫的书稿一出，他更信王谦为国为民一片诚心……但是赵元昭却未想到，同王谦闲聊时，不论说到什么，王谦总能答上几句，便是有些艰难的，在思索一番后，也都能答上，一时之间，不由得让赵元昭大生知己之感，同王谦畅谈起来，也越发觉得愉悦非常。

赵元昭这般看待王谦，王谦看赵元昭又何尝不是满心钦佩？曾经的太子国事缠身，繁忙不已，竟也如此见闻广博，胸中锦绣。再看平王秉性，同其他皇子相比更不知仁厚多少，着实不易啊……先前平王提出的许多话头，若非是王谦在外历练几年，怕是许多都不能答上，且后边越发难答，王谦非得在记忆里诸多影像中好生回顾后，才可以说出一二，这前太子的见识，也着实让他惊艳极了！

两人越聊越是投机，不知不觉间，就又抵达了另一座县城。

这一座县城显然不及那安宁县，其县令也是不功不过，好在但凡上面下达的命令倒是都依从了，百姓虽有颓色，却无太多慌乱之感，也算能活下去。

在看过一遍，确信并无不妥之后，住了一日，一行人复又往其他县城而去。

第十六回

亡命之徒

整个南华府占地不小，若要全数走过一遍，非得过个数月不可。

赵元昭既来微服私访，自不会半途而废，走过一处又一处后，自然便觉察到，越是距离南华府府城近之地，越是管理妥当，越是离得远的，大多平平，少有大善者。

走得越远，赵元昭眉头皱得越紧："若非是亲自来这一遭，端坐于王府里，怕是见不到这些，也难以知晓百姓真正所求。"

白义英说道："不过公子出来了，也已知晓，再安排时，必能更加周到，而此番不听令者，也可处置。"

赵元昭微微颔首："那些不堪用者，自不能再让他们占了贤才的位置。"

只不过，现下赵元昭即便来了，短日之内，也无法处置，只能将消息传回王府，叫那处心腹安排人手，速将庸人取代。而赵元昭见得多了，也不敢就此停下，生生又将南华府每一处村县都走过一遭，才叹息一声，打道回府。

然而于回府途中，一行人却并未有那般顺利了。

车行于路上。

路是大路，但并非官道，自然是有些难走。不过如今久旱无雨，路面并无泥泞之感，倒也还算顺当。

走不多时，突然间，一支利箭疾飞而来，竟是直冲那赶车的死卫！随后又是接连十多支箭，噼噼啪啪，扎在车厢上。

王谦正在车中看一卷书，赵元昭与白义英等人则在品茶，原是下午颇是惬意时，没料想竟然突然出了这事。

刹那间倪苍身形闪动，就将王谦半搂了过来——这般姿态，一旦有什么不对劲处，必然可以将他径直带走。

王谦神情略有尴尬，心里也有一丝慌乱。

车厢里还有平王等人，阿苍这般只顾着他，却是不妥，不由轻轻将阿苍推了推。

倪苍也非愚钝之人，先前不过本能罢了，而今反应过来，身形弹动直至车厢门处，周身俱是警惕之意。与此同时，他拔出背上长剑，拦在了面前。

赵元昭心胸宽广，倒是并不介意，只是吩咐道："诸卫前去相助！"

在赵元昭的一声吩咐后，便有数道身影从各处蹿出，直接来到那赶车的死卫近前，同时纷纷拔剑四顾，守卫起来。

在两边的土山野草之中，有二三十人影急冲出来，各个手持大刀，满面凶厉，他们口中呼喝有声，直往车厢处杀了过来。

更远之地，还有十多个手持弓箭的汉子，将弓拉了个圆满，还在不停朝车厢射箭。

——他们这是遭了山匪了！

众多死卫也是满身的杀气，出手时毫不留情，便是有那许多箭矢射来，他们却是能将刀剑舞得密不透风，将其阻挡。先前那箭矢能射到车厢，不过是因着一时侥幸，而今死卫们有了防备，那车厢之上，就再无一支箭矢能够射中。

很快，有两三死卫纵身而出，同那些山匪战到一处。

这些山匪也算是悍匪了，虽出手之后并无死卫招式精妙，但也很是狠戾，自有一股拼命之感，每每不惧受伤。如此一来，便给死卫添了一些麻烦。

一炷香后，就有好十来个山匪都死在了死卫的手下，还剩十来个却不惧怕，竟好似被激起了凶性一般，都要往那车厢扑去！

死卫连忙阻挡，然而陡然几个山匪拼命过来，就算死卫再厉害，也不免被缠住了几个呼吸时间，那些山匪便趁着这时间，迅速地来到了车厢前，大刀一挥，就往车厢里面砍去！

然而，车厢之内的人，反应也是极快。

只见一道凛冽的寒光闪过，那大刀就被打飞出去，与此同时，持刀的山匪脖颈上也出现了一道细细的血线，霎时间，那山匪双目圆睁，还未扑过去，便刀势颓尽，整个人倒了下来，满心俱是不甘。

这还未完。

扑到车厢前的，并非只有这一个山匪而已，原本同这山匪一同上前的几人，在见到前者被杀之后，都觉出不对，然而他们已来不及后退，紧接着又是数道剑光迸发而来，只一瞬间，就将这几个山匪全数杀光！

随即，在这车厢之前，便赫然出现了一名身形高大的男子，他相貌英俊，气质冷肃，此刻正手握长剑，守在了车厢之前。

余下的山匪也有不要命冲到车前的，然而不论他们看起来如何狠辣，却都在那男子面前被一剑割喉，彻底没了性命。

眼见周围的山匪被除灭得差不多了，一名死卫看向那更远之地，那处的十几个汉子瞧着似乎情形不对，抽身便要逃走。众死卫迅速对视一眼，就分出三四人直往那更远之处而去，而这近处的死卫，则是快速将车厢附近的最后几个山匪尽数杀了，这才快步跟上先前那些死卫，去与他们合作起来。

远处射箭的那些也不过只是山匪，哪里比得上百般磨砺而来的死卫？才不过一炷香的工夫，就被杀了大半，还有三四人，则是被生生擒拿住。

赵元昭等人在车厢里警惕，在听得外面没了动静后，心下稍微一松。

下一刻，面无表情的青年走了进来，他身上不带一丝血迹，目光直接落在了王谦的身上。

王谦略有担忧，便问道："阿苍，如何了？"又迅速在他身上扫过一边，"你可受伤了？"

倪苍说道："没事了，没受伤。"

这时候，有一名死卫也来到了车厢前，恭声说道："禀公子，山匪大部分皆已伏诛，生擒三人，等待公子发落。"

赵元昭微微点头，便对其余几人说道："我等下去瞧一瞧吧。"

众幕僚自无不愿，都是说道："是，公子。"

旋即，众人便一起离开了车厢，走到旁边的斜坡下。

此处也有一些树木掩映，在这里询问，倒是比在其余之处少引人注目些。

有三个或瘦小或剽悍的汉子被五花大绑捆起来，丢在一棵大树下，他们眼里冒出凶光，都恶狠狠地看着众人。

王谦见状，不由一怔。

亡命之徒，这些分明都是亡命之徒！

他们似乎……一点讨饶的意思也没有？

白义英向来为赵元昭管理许多事务，此刻也是上前一步，问死卫道："能从他们口中套出些有用的东西吗？"

那名死卫说道："他们嘴很硬，什么都不肯说。"

白义英皱眉，又道："既然不肯说，就先杀一个，震慑一番。"

死卫听闻，自然是立刻答应下来，

这番话并未回避那几名山匪，此刻王谦也细细观察那几人神情，便见到其中有一人在听到这番话后，神情虽还是凶狠，目光却是微微闪了一闪。

白义英也察觉这点，便朝几个死卫做出示意。

几个死卫领命，当即分别出手，一人一个，就将三个山匪带到了一边。

王府里出来的人，自然比寻常人更多出不少手段，虽说一开始三名山匪都很嘴硬，但其中一个毕竟已然动摇，而他动摇了，说出一些事情，再被死卫拿去冲另几人威逼利诱一番，果然就从他们的口中，掏出不少消息。

得知了自己想要的之后，几名死卫就将消息报于白义英，而白义英将其梳理一番后，就来到了赵元昭的面前。

赵元昭被山匪袭击，此刻神情严肃，问道："义英，问得如何了？这些山匪是什么来历？"

白义英道："这些山匪来自黄虎寨，是附近黄虎山上的匪徒，本来只是一群不事生产的乌合之众，平日里能抢几个小商人便是最好，后来有一名退伍的老兵突然投了山，一番表现成了二当家，就将山匪都操练起来，而后又趁几次灾年招来不少青壮，如今在那黄虎寨里，单是能出来同人作战的山匪就有四五百个，比之寻常的卫所人数也不差什么。因此到后来，这些山匪便都挑一些富商下手，若无富商时，小有家资的行商也逃不过，已伤了不少人命了。"

赵元昭皱起眉："竟是如此？那老兵缘何要同山匪为伍？"

白义英道："据那老兵说，他退伍乃是被权贵所害，回村以后，家中的娘子早已同人私奔，更将他襁褓中的孩儿饿死。他自己不忿，前去找那奸夫麻烦，孰料那奸夫也有些背景，不过是看他娘子貌美，纳来做了小妾，见到那老兵后，竟聚来一些官兵，将他生生打断了腿……"他稍一顿，"而后老兵去医馆验伤，便发觉自己虽还能人道，日后却于子嗣有碍了。"

其余几人虽也想过那老兵或是有什么怨恨在身，却未想到他竟是家破人亡后，还被弄得断子绝孙……于一个男子而言，这着实是太凄惨了些。几人由这二当家的经历，倒也不是想不明白他缘何明明是个兵士，后来却做了那无恶不为的山匪了。

赵元昭道："倒是可怜。"

王谦轻叹一声。

他虽敬重平王殿下心胸之宽厚，然却并不以为那二当家可以怜悯。

白义英显然也瞧不上那老兵，说道："话虽如此，但他如今所为，与他曾经痛恨那些人也无不同。"

周德安则是心思更细密些："恐怕最初时那二当家不过泄愤而已，后来渐渐尝了甜头，已被蒙蔽心智，与穷凶极恶之徒并无不同。"

赵元昭原本当真觉得那老兵乃是逼不得已，但后面听几位幕僚如此说，顿时也觉极有道理，便点一点头："的确如此。虽可怜悯，律法却不能容。"

白义英等人由衷道："公子英明。"

随即，几名死卫就将先前那三名山匪都处理了。

尽管最后他们也吐露出不少消息来，但他们到底也曾作恶多端，杀了许多人，平白放过却是不能。

处理之后，赵元昭道："先去最近的县城，寻卫所中人来荡平这匪窝。"

白义英却是说道："这怕是不成，若是此地卫所有作为，那些山匪也不会坐大至此，还能处处杀害人命了。"

赵元昭一怔，旋即了然："亦要先去瞧一瞧，我倒要看他们如何不作为，若是当真不济，便换上有作为的人来！"

此言一出，众人也明白了赵元昭的意思，纷纷再次赞道："公子英明。"

说定了，几人也没了慢慢走的心思，让死卫们将那些尸体稍微处理一下，也就都很快离开了这个地方。

没过多久，他们便来到了最近的县城。

通常每个县城的卫所都驻扎在靠城门处，为的就是在保卫县城安危的时候，能最快反应过来，进行处理。

交了入城的费用后，一行人也不曾大剌剌找上卫所去，只是寻了一家比较近的客栈先入住了，等到夜深之后，再来查探。

县城中的卫所，兵士往往谈不上本事奇高，这查探之事，由死卫过去也便足够。

赵元昭等人在客栈里等着，大约过了有半个时辰，那过去查探的两名死卫便一齐归来了。

见到两人，众人不由问道："那卫所如何？"

两名死卫对视一眼，摇了摇头。

赵元昭脸色一沉。

白义英道："两位请速速道来。"

两名死卫便分别说道：

"卫所防卫十分稀松，我二人前去几乎不曾遇上阻拦。"

"守夜的兵士毫无警惕之心，竟都熟睡了。"

"兵器库前守卫极放松，换班之间随意走动。"

"守卫粮仓者擅点火油，且不甚谨慎。"

你一言我一语，说得越多，在场之人面色就越是难看。

最后，一名死卫说道："我等观察卫所中兵士军备，盔甲、兵器皆是劣质之物，若是以此前去同敌人拼杀，怕是几个冲锋便会折断，敌人的兵器则能轻易将盔甲破坏。"

另一名死卫垂首道："我二人前去千户窗前偷听，方知那千户言及过不多时上面便要下发军资，当如何转换军备，以贪墨银两云云。"

赵元昭听到此处，终是忍不住露出怒意："竟敢如此张狂！"他问道："此地卫所千户乃是何人？"

一名死卫答道："钱松钱千户。"

赵元昭怒气沉沉："何人允他这千户之位？"

另一名死卫答道："此人也非全然无能之辈，不过当初在晋升之际，他确是贿赂上官，方从众百户之中脱颖而出，得了千户的位子。"

赵元昭又问："他上官又是何人？"

那死卫便说："乃是如今南华府三卫指挥同知刘通。"

刘通此人，赵元昭并无印象，可见其做事不功不过，功绩平平。若非如此，他总是能听说一二的。

赵元昭道："既然不功不过，回去便好生查一查他，若是始终无有建树，又贪下许多钱财，就拿出证据，叫他回去反省罢。指挥同知的位置十分重要，绝不可叫这些蛀虫占据。"

这话是说给死卫听的，也是说给幕僚们听的。

因此，众人都答应："是，遵公子之命！"

已经决定处置刘通了，但赵元昭的心情还是不太好，他叹口气道："不曾想卫所之内，也有如此贪婪之辈。早年我朝兵士勇武，而今勇武不见，这贪婪却是比之一些小人佞臣都不差了。长此以往，于国于民不利啊！"

周德安等人也知道这个道理。

王谦微微点头，眸光悠远。

比之这些幕僚来，他或许体会更深刻些，旁的不说，只说他同倪苍在外流浪那几年，就见过不少类似之事。不仅兵士如此，朝堂上下贪污索贿成风，便是那等小吏，都是惯于贪婪，许多百姓求诉无门，十分凄惨。

若非如此，以王谦性情，倒更喜欢能同倪苍四处走一走，寄情于山水之间悠闲度日，但如今虽还未到山河破碎的地步，却也处处有颓败之象，叫人怎能只顾自己的日子？故而才来寻一位明主，愿能祛除这上下弊病，还百姓一片朗朗山河！

思及此，王谦稍作迟疑，还是说道："公子，南华府地方不小，即便多有整治，也难免有疏忽之处。尤其如今，虽说是政令通行，却因有旱情之故，总无法照管到每一位百姓，也难免会有百姓过不下去日子，做那于人不利之事……"

赵元昭微微点头："子逊所言有理。"

说话间，他神色之间有些黯然。

白义英见状，连忙劝道："正如子逊所言，南华府地方不小，公子初来乍到时，又有那上下根系一同使绊子，如今将其中权力收回已是大为不易。民间俚语有言，这路总要一步步走。其余诸事，凡对百姓有利者，日后也当真一步步慢慢来就是。日子还长，公子不可过于心焦，如今愿为百姓着想者甚少，公子既有此心，当保重贵体为上。"

王谦原本也只是提议，见赵元昭知他之意，竟有些自责起来，便也不再多言，只道："白兄说得是，公子保重贵体为上，其余之事，可徐徐图之。"

经一番劝慰，赵元昭也不再做那等颓然之态，转而振奋精神："两位所言甚是，徐徐图之，许多事急不来，本王……我再不会这般作态了。”

不过话是这般说，赵元昭已下定决心，此次回去以后，定要好生监察卫所，也要将在这南华府驻扎的卫所指挥使及其副官尽数掌握起来，不可叫他们将军队如此荒废下去，该操练的兵士，也要尽数操练起来。

——他再不愿看到有任何一处卫所如此次所见一般糜烂。

思及此，赵元昭不由又想起那日见到的一队强悍兵将，因那位郑千户言及如今各地皆有悍匪，曾派死卫前往调查，只是地域甚广，一时消息还未传来，他们便已然在这城外遇上了……

他便对白义英说道：“回去后，对那郑千户也好生查一查，若是个可造之才，只看他还知晓关心百姓被悍匪骚扰之事，便可以将其提拔一番。再者我看他麾下的兵士也很骁勇，应是他一手调教出来，他若是能大气些，说不得可有大用。”

白义英在赵元昭刚提起时，还有些不解，随后便想起那郑千户乃是何人了，当即点头应道：“是，属下记住了。”

说来他也不愿叫殿下总是伤神，若能多挖掘出几个领兵的人才来，也是一桩好事。

而且，在他心中有个更隐秘的念想——如今这天下，能称得上明主的只有殿下一人，日后这江山，也不当落在那等……之手。

不过赵元昭再如何打算，那也是以后的事，而今最为紧要的剿匪一事，却绝不能交到此处的卫所手里。若非如此，到时候未必能剿灭山匪，恐怕还要叫这上千人马都死在此处，那便太叫人难堪了。

叹口气后，赵元昭道：“今日除灭那些山匪，却是有些打草惊蛇了。也罢，先送封信回去，叫李指挥使调派一些兵士过来，将山匪除了罢。”

众死卫听闻，便走出一人，将赵元昭迅速写出的那封简信带走。

之后，赵元昭也再没了多巡游一番的意思，便同众人说定，自次日起，就尽快赶回南华府。

第十七回

造船出海

南华府中一切正常，一行人回来以后，刚要各自安顿，那厢王妃已然先准备好了酒菜热水，叫众人能够好生休整一番。

赵元昭在外一行，原本心中沉了许多事，颇有些郁郁，而今见王妃这般体贴周到，倒是被抚慰了不少。

平王妃也不在这里多留，只道过“诸位自便，多多享用”后，便回去自己的院子中去了，又是细腻心思。

众人一路上该商议的都商议过，此刻都没什么精神多聊，很快用好饭好菜安抚了肚皮后，也都要各自散去。

临行前，又有王妃手下的丫鬟过来送上醒酒茶，大家各自吃了再走，也在心中暗暗思忖，觉着这回殿下当真是找到了一位贤内助。

王谦回去时，因酒量不大，便是吃了醒酒茶，也有些摇摇晃晃。

外面天黑，倪苍出去之后，也就伸手将人给扶住，叫他能安安稳稳地走回去。只可惜王谦的院子离这前面有点远，走不多少步竟是有些腿软，倪苍扶过一阵，又半揽住，后来干脆把人直接背起来了。

王谦趴在倪苍背上，呼出的热气都带着酒气。

倪苍耳根微微发红，却走得平稳，只不过再如何平稳，也终究是不能全然没有晃动，但这晃动轻微得很，王谦很是安逸，又有些舒坦。

这般晃着晃着，王谦的眼皮耷拉下，慢慢地闭上。再过了一会儿，他呼吸绵长，竟然就如此睡着了……

倪苍老老实实将他背回去，再老老实实给他褪了鞋袜衣衫，将他塞进去被窝里。

次日王谦醒来，同在窗外练剑的倪苍对视一笑，便起了身。

前头数月都在外面陪平王一同私访，尽管都是坐在马车上行路，却也是颇为疲惫的。昨夜喝了一些酒，又好生睡了一晚，这时候倒是有些容光焕发之感。

倪苍见王谦醒来，便收了剑，端一盆热水过来问道：“你好些了么，头可疼？”

他之关怀，叫王谦心里熨帖，便回道：“并不疼，也无不适之感，便是出去跑上几里路，也是无妨。”

倪苍道：“若是你想跑，我同你一起去跑就是。”

王谦连忙摆手："不用不用，我说笑的。"

几句话后，两人一起用了早膳，之后似乎就有些闲了起来。

王谦颇有些不习惯，也不知如今做些什么为好。

倪苍向来是提不出什么建议的，于是干脆跟在王谦身边。

王谦在院中走来走去，倪苍便随他一起走来走去；王谦坐在石凳上喝茶，倪苍就去小厨房里拎了开水出来；王谦望着天上的白云蓝天发呆，倪苍就站在他后面跟他一起发呆……总之，王谦做什么，倪苍也做什么。

这般荒废了半日时间，小厨饭做了午膳过来。

王谦回过神，这才发觉这半日里，他竟是闲得发慌，什么也没做成。

到了下午，王谦虽还是不太适应，却是不曾再如上午这般了，而是去了书房，拿出纸笔来开始练字。

也罢，若是一时不能静下心，就做些能静下心的事吧！

练过一轮书法，读过一轮卷轴，王谦的心绪终是沉静了下来。

待到晚膳之后，倪苍陪同王谦在王府中走一走，不知不觉间，便走到了白义英的居所。

顿了顿后，王谦看向倪苍。

倪苍道："若是想进去拜访，我替你叩门即是。"

王谦一笑："还是我自己来吧。"

随后，两人走到门前，将门叩了一叩。

不多时，便有小厮自院中走出，见到是王谦和倪苍二人，急忙将门打开，说道："两位快请进，公子有言，若是王先生过来，便不必通报。"

王谦一怔，旋即笑了笑："无妨，还是劳烦你同白兄说上一声。"

小厮闻言，也就迅速去了屋中。

不过须臾间他便走出，脸色已然垮下来："对不住了两位贵客，公子先时出去了，恰那会儿我换了班，竟不知此事……"

原本这小厮以为白义英就在屋中，自是依他从前的吩咐，直接将两人放了进来，孰料他疏忽了，白义英竟是不在……这时他将人放进去，哪怕是熟人，多少也有些不妥当。白义英本人或许并不如何在意，但终究是他失职，还叫外人知道了，可不是心中发苦么？

好在王谦和倪苍并未真的走到屋里，而是在院中等待，倒是叫他有了些回转的余地。

一时间，他对王谦的守礼，竟颇是感激起来。

见到那小厮神情，王谦笑了笑，摆一摆手：“既然白兄不在，我便先走了。”

小厮急忙问道：“王先生可有话留下？若是公子回来……”

王谦道：“只是在府中散步，恰好路过此处，才有意见一见白兄。如今既然白兄繁忙，在下便不打扰，也不必同白兄提起了。”他面色平和，“在下并无要事。”

小厮听王谦如此说，当然是连忙答应。不过他也在心里暗暗记下，要将今日王先生拜访之事告知公子，只是细节上便不必多言……

随后，王谦带倪苍一同离开，复又往另一边行去。

一路走，他一路同倪苍开口：“白兄此时不在屋里，想必是殿下吩咐，让他做事去了。”

倪苍“嗯”一声，应和。

王谦习惯倪苍寡言，此刻思忖一番，续道：“白兄深得殿下信任，又极得力，想来殿下吩咐他的，便是防疫与兵防二事。”说到此处，他叹一口气，“两件事都不好做，白兄这番该辛苦了。”

倪苍再“嗯”一声。

这般小谈片刻，王谦又去寻人打探了一番关于两件事的进程。

那防疫之事还好，因王谦所书详尽，那些有本事的大夫稍做验证后，已确定这些法子皆有大用，便速速择取其中易为者推行下去，很是有效，亦未耗费太多财物。同时更有一些奏报上来，言道那红薯、土豆等物的确耐旱充饥，只要种了这两物的村县，大多不曾死人，便有死伤也是极少，并未造成什么民心动荡。

得知这些，王谦心下微微一松。

殿下果然是仁德之人，行事也极利落，他才将其提出，便能迅速落在实处，叫百姓受益。相较起来，他所做之事，也只能说是略尽绵力罢了。

兵防之事，便并无那般容易了。一来有些将领早已将下面的兵士收服，若是换了人，兵士未必听从命令；二来大部分兵士竟因种种缘故，也皆与他们先前所见的某些兵士一般，上下可谓全是一摊烂泥，若是逢着什么战事，莫说是能制胜了，怕是只要到了短兵相接之时，便会立时被打得落花流水，溃败而逃！

当然了，能得将领收服且忠诚听命的兵士，资质不会太差，那将领往往也不会太过无用，这等人倒也可用。但那上下一摊烂泥的却非得先将将领换了不可，否则再来个无用的鼠辈，如何能将羊群养出狼性来？而兵士若无狼性，谈什么百战百胜，守护国门！

王谦是个文人，在领兵练兵上着实没什么本事，也不好纸上谈兵，胡乱提出一些什么并不实用的建议来。不过他好歹也是知晓，此事再难也要做成，否则南华府上下弱处尽数暴露出来，一旦敌寇来袭，便只有死路一条了！

恰此刻，王谦正在院中苦思时，白义英过来拜访了。

原来他从那小厮口中得知了王谦前去寻他之事，而今特意来问缘由。

王谦请白义英入了屋内，倪苍倒了茶过来。

白义英入座后，面上带着询问。

王谦笑道："并无什么事，只是路过罢了，白兄还特意过来，真是客气了。"

白义英松口气："原来如此。"

他对王谦很是看重。

要说最初，单是因那两样能充饥活人的好物，他便已对这王子逊颇有好感，后来此人做出太平土、玻璃等物，既为平王殿下扬名，又能积攒钱财，还能使百姓日子越发好过起来……可以说是功劳极大，且不图名利，更是叫他信任。待后来出去一趟，王子逊呕心沥血录下那一本防疫之法，再度救活了无数人的性命，经此一事，他便不再只是信任，而是真正的敬重了。

因此，哪怕王谦只说是路过他的居处，白义英也禁不住要亲自来一趟，不肯怠慢。

王谦不知白义英的心思，却也看出了白义英对他很是尊重，心里熨帖的同时，待白义英自也更亲近些。

两人这般饮了一会儿茶水，白义英便主动对王谦说起他所负责的诸多事务来。

防疫、兵防等事，同王谦自己先前打听到的并无多少差别，只是在细处更详尽些罢了，只不过说到最后，白义英到底还是一声叹息。

王谦面带担忧，看向白义英："白兄何故如此？莫非那兵防之事，当真无法可想？"

白义英苦笑道："子逊兄有所不知，养兵除却要有猛将带动士气以外，平日里操练必不可少；而若要兵士有足够的气力操练，则吃食必不可少；那吃食若要足够兵士食用……

钱财必不可少。”他眉头紧蹙，摇了摇头，“先前防疫时，尽管选用药材俱是平常之物，偌大个南华府下来，耗费的钱财也是不少，如若又要养兵……实在是支撑不住。”

王谦听得，顿时了然。

原来如此。

养兵的确耗费甚巨，一旦真正开始打造精兵，那当真就是花销如流水，再如何俭省，也必然打不住的。

南华府早先是个贫府，又因着原知府上下勾连贪墨，使得贫者更贫，产出更少，哪怕是倍加压榨，也只是榨干了血，榨不出更多的财物。后来好不容易平王将府中上下理清了，也逐渐将人手安插进去，把整个南华府把握住，可毕竟时日太短，只能叫百姓的日子渐渐好过些，却还远远称不得富庶。再有平王怜悯百姓，那些胡乱加上的苛捐杂税尽皆免了，这收入自然更少。

若非是先前王谦献上的几个法子解决了不少问题，怕是平王库中财物连先前那防疫之事都铺展不开……南华府若要真正养兵，以目前的财力，实在难以做到。

王谦思忖之后，也是轻叹一声。

难，的确很难。

不怪白义英如此忧心忡忡。

白义英感慨之后，摇摇头：“如今只能徐徐图之，先节流再说。至于开源之事，还得从长计议。”

王谦思索片刻，倏然间，他说出一句：“白兄，不知殿下可曾想过……出海？”

白义英一怔：“出海？”

王谦微微点头：“南华府内，不伤百姓而大肆敛财，怕是不成。南华府外，殿下或可差遣人手，慢慢打通商路，可这也未必能成。唯有出海——我曾于一些奇闻游记中得知，海外尚有诸多岛屿，大小不一，而岛屿上有人，其往往积蓄珍奇异宝，视为寻常，却少有我朝精细之物。若能使船带去，与之交换，想来必然有利可图。再者……”

白义英不由问道：“再者什么？”

王谦压低声线，说道：“在下想着，在我朝境内多有金银矿脉，将其起出而富我朝，那海外之人不及我朝，其岛屿上或者也有金银矿脉，尚无人挖掘……若是殿下能找到一些寻脉的好手，请他们与船工一同出海，到各岛屿勘察，未必不能寻到新的矿脉，起出来，以富殿下。”

白义英听完，深深吸了一口气。

他倒是从不曾想过……还有这样一条道路可走。

但是，这条道路也未必好走。

白义英皱眉说道：“本朝虽不曾海禁，但造船之事上很有欠缺，如今的船业能出的大船，在近海走一走倒是无妨，可若是去得更远处，怕是禁不起风浪的。”

王谦顿了顿。

这倒是个问题，不过……他淡淡苦笑。

在他的记忆里，倒是有一些造船的影像，只是他并非船工，总不能再托词其他，将此事说出来吧？

一时间，两人倒有些沉默了。

白义英还是说道：“子逊所言，也是条路子，待我回头好生想一想。若是真能想到出海的法子，说不得养兵之事便可迎刃而解了。”

王谦轻轻点头。

白义英得了王谦这话，多少也多了些想法，再同王谦叙话片刻后，便忍不住先行告辞，回去仔细思索了。

而白义英走后，王谦在室内也陷入沉默。

他极想出一份力，然而记忆中有那般影像太过惊世骇俗，他实在难以启齿，更有那一梦三年之事，也只能深藏于他内心罢了，绝不能说出来的。

因此，便叫王谦心思郁结起来。

他在院中树下呆呆坐了一个下午，仍是想不到妥帖的法子。

王谦发呆多久，倪苍便在一旁陪了多久。

直至傍晚时分，夜凉露重，王谦竟还不曾回房，倪苍方来到他身后。

随即，一件厚实的衣裳便搭在了王谦的身上。

王谦回过神，微微抬头，看向倪苍。倪苍的眉眼神情，一如从前。

王谦心里微动，不知怎么地开了口："阿苍，我……"

倪苍低头看他，眼中似有询问。

王谦沉默，摇了摇头。

倪苍道："你有什么为难，我必尽力为你达成。"

王谦心里一暖，仍是默然不语。

倪苍向来少言，却不吝于开解王谦，此时又道："你担心造船之事？可是想起什么来了？"

听得这话，王谦心中一凛，倏然提起头来。

倪苍心思通明："你要是知道，却说不出来历，只管推到我身上就是。"

王谦猛然一顿，不由得眼眶微红。

他同倪苍相交这些年，形影不离，他有何不对劲处，倪苍便是不多留意，也能推知一二，但他却始终不曾多言半句。得此奇遇，他心中未必没有惶恐，而倪苍今日之言……却是叫他的心一定。

总归……不论发生何事……也有倪苍相伴罢。

倒也不枉了。

既有决定，王谦的心情平复，再不同之前一般心思郁结。而后他便将倪苍拉进书房，将记忆中所看见关乎造船所有，尽数告知倪苍，仔细讲解。若是自己在看过影像后仍不明白的，也同倪苍好生探讨，而倪苍初时虽不太通，但领悟却快，不多时，竟显得比王谦还明白些。

王谦见状，自是大喜。

之后，两人反复斟酌多次，说出的话也对了多次，确定不会有什么前后矛盾，也无什么疏漏后，才将所知整理一番，随时准备献于平王。

不过在此之前，总要先打探打探，弄清楚平王是否当真愿意派人出海，是否有意重新造船方可。

当然了，若要造船，也是一笔不小的花费，但如今南华府民力甚多，若是雇用了来，也能省却不少。而且这造船的花费比起养兵来，可谓是九牛一毛，能将船造成了并顺利出海归来，所得必然远胜所出，养兵也当真有望了。

这打探之事，倪苍自告奋勇。

他平日少言寡语，要用言语打探怕是不成，可他却是个武学高手，晚间白日地运起武功往四处听一听那些闲言碎语，或者到白义英等幕僚处听一听墙角，再回来尽数说与王谦听，渐渐也就都能推知不少了。

不过那四处的闲言碎语并不能说出什么来，大多都是言道这位白先生数日不出房门、似有些胃口不佳之类，而白义英嘴紧，在倪苍听墙角时，便发觉他对其他幕僚也不曾详说什么，只是时常在大书房里寻一些书册典籍游记之类仔细翻阅罢了……由此也可见到，他尽管知道其中麻烦多多，却也是在想着是否有可行之处。

王谦听倪苍带回的话，也就叫他不再出去。

想来白义英是将此事放在心上了，那么日后只待白义英再做出什么决定来，他这边便宜行事便可。

随后，王谦便仍是同倪苍再度翻阅那些整理出来的造船之法，倪苍在此道更是仔细修学，渐渐地比之前就又有了进境。王谦察觉倪苍有如此悟性，心情极佳，忍不住笑容也比往日里多了些。

再后来，王谦干脆叫人购置了些造船的材料来，但是量并不大。他决意让倪苍以此材料做些影像中所言的“模型”来，瞧瞧功用如何。倪苍武艺高强，做起“模型”来很是顺利，不必借他人之手，不多时将简易“模型”做成，又在院中引水，做出个类于海面的池子来，将这“模型”放置其中，慢慢尝试……

一日日过去，不少材料做得不妥，又或者有些材料同影像中对不上，再或者“出海”不利等等，这般慢慢调整下来，那“模型”也制得越发精细了。

一段时日后，倪苍对这“模型”越发有兴趣，王谦见状很是喜悦，便想着纵然这造船之事最终不成，但能叫阿苍晓得一桩喜爱之事，也不枉二人一番辛苦，将影像中所述慢慢拓出来了。

正这般想着，倪苍忽而道：“子逊，你来。”

王谦便凑去看，就见那平静“海面”上，一艘大船正缓慢航行，周遭无风。这船虽是精妙，到底内中并无船工在内中划桨摇橹，故而只看风帆如何。既然无风，便难以检验了。

但下一刻，就见倪苍伸出手掌，朝着那“海面”赫然拍去。

刹那间，一道劲风激起，“海上”陡然生出数道流风，自南朝北刮起，那“模型”便随风而行，诸多风帆摆动，利用那劲风之力，竟倏地前行数尺之远，当真是厉害极了。而后倪苍再一掌打进水里，那水上倏然出现一个水眼，有一股龙卷风自其中盘旋而出，搅动水流。“模型”自然是很快被那小小的龙卷风卷住，直绕圈子，但那“模型”却还是坚固得很，竟并未在这风中有半点毁损……

王谦看得有趣，不由笑了笑。

倪苍见王谦神情愉悦，眉眼之间，也带上几分舒缓之意。

不说旁的，只看这小小的“大船”在池子里的诸多表现，两人便可以知晓，若真能造就一艘真正的大船，再调试一番，那么不管是行船快慢，风帆之灵活，船身之稳固，都将在从前所见的诸多船只之上！

第十八回

烟消云散

另一边，白义英前去拜见了平王赵元昭。

赵元昭近来处理积压事务以及新的事务，很是繁忙，故而在白义英前来寻他时，他也正在书房中忙碌。

白义英进来后，先同他见礼。

赵元昭道："义英免礼，坐吧。"

因白义英是他心腹之故，他也将许多事都交由白义英去办，叫白义英也忙得脚不沾地。所以他知晓白义英此来必然有事，却并不催促。

白义英行礼之后，坐在一旁："殿下，属下是因兵防一事而来。"

听得此言，赵元昭原本正在动笔书写，这时却是停了手："哦？"

兵防一事，乃是他之心病，叫他觉得刻不容缓，然而暂时却没有法子来做。

白义英道："兵防之事，最重乃是钱财，若是库房足够充盈，便省了大半的心思。"

赵元昭微微点头。

他也知晓这缘故，不过既然白义英主动来提出，想来是有了些法子？

白义英果然续道："不知殿下是否想过……出海之事？"

赵元昭一怔："出海？"

白义英遂道："海外多有藏宝，只是须得有那八面玲珑之人同其土著交换罢了，又要有寻矿探脉之人……"

如此云云，白义英将先前同王谦一起谈过的猜测，尽数同赵元昭说了一遍。

赵元昭听着，面上带着一丝喜色，但他也不是不知疾苦之人，他很清楚，若是这出海之事当真可行，白义英怕是早就想到了，纵然是刚想到，此刻面上亦不会仍是一片凝重。

果然，白义英又道："只是……若要出海，如今所造大船，却是不成。"

赵元昭眉头蹙起："如今我们的船只如何？"

他虽是王爷之尊，也十分关切百姓民生，但到底不是事事通晓，而今须学之物，仍是不少。譬如这出海、造船之事，正是他所不了解之处。

白义英便将自己先前数日仔细打听来的，一一同赵元昭说分明，最终道："若是想要出海，得先将造船的技艺改进一番，其中想必花费也并不少。但若是当真造成，能顺利出海归来，所得金银钱财也必然不在少数。到时候，只论养兵的耗费，必然是绰绰有余。"

听白义英这般说，赵元昭不由起身，在屋中踱步。

如此说来，要想快速聚拢钱财，去海外寻觅无疑是绝佳之法，且此法实行后，只要小心行事，并不会影响国内形势，麻烦也少许多……赵元昭心中，很是激动。

然而，造船之事便迫在眉睫了。

略作思忖后，赵元昭说道："即日起去寻造船技艺卓越的匠人，若能有在造船上有大改进者，给丰厚赏赐。"

白义英连忙答应。

顿了一顿，赵元昭又道："你吩咐下面，去寻一些身体健壮熟知水性的兵士，先好生操练起来。若有出海一日，船工只挑几个常年的熟手，其余之人，皆用这些操练好的兵士代替。"

白义英道："我明白了。"

两人又商议了一番细节，白义英便离开书房——寻匠人、挑兵士都颇是重要，他须得亲自督办方可。

之后，白义英越发繁忙起来，尤其要秘密行事，故而不少事务不能假手他人，也就越发显得分身乏术。

这一来就过去有半月之久。

待二事开头做好后，白义英惊觉已然颇长时间不曾联络同僚，便去拜访了几名幕僚，说了说为平王殿下如何效力，以及南华府一些事务等等。

最后，他才去见了王谦。

倒不是王谦在他心中最不重要，反而是因为白义英最看重王谦，且不知为何同王谦关系更好些，才会如此。

然而到了王谦那院中后，白义英先叩了叩那虚掩的院门，发觉无人理会，稍一思忖后，推开院门走了进去。

进去后，白义英便听到一些水声传来，叫他有些诧异。待他循着声音走到那院子一角的时候，便正见到不知何时那处被挖出了一个水池，此时其中有一股水流上涌，一只巴掌大、似乎船只般的物事被猛然抛起，又"轰"的一声，落在了水面上打了个圈儿。

水池边，一位气质斯文的青年半蹲在那里，身旁则站着个健壮武人，正是王谦与倪苍二人。

他们似乎……在玩耍？

白义英一怔。

此刻，那两人也正好转过头来。

王谦露出个笑容来："是白兄来了？"

白义英答应一声，走了过去："子逊兄，你们这是——"

王谦态度自然，用手将那池中之物指了指："先前在下对白兄提及出海之事，白兄担忧船只不能久行，待白兄离去后，在下也十分忧虑，却毫无办法。而后还是阿苍见在下心绪不宁，询问了来。"

以倪苍的本事，纵然是在玩耍，在白义英到门外时也能听见他的脚步声，但两人稍一思索，便决意将那"模型"再度试验一番，恰好叫白义英见着，也是引他主动来问的意思。

果然，白义英被吸引了注意力，心中好奇，开口询问。

白义英听王谦之言，不由心里安慰，只觉得王子逊这人对殿下果然极是忠心，殚精竭虑都要为殿下分忧。

而后他又听到王谦继续说道："阿苍得知在下忧虑之事后，才告知在下，原来他对这造船之事，倒是略知一二。"

白义英听了一震："此话何意？"

王谦道："阿苍师从一位隐士，那隐士不仅武艺高强，而且因年轻时多有游历之故，见识也极广博，但凡有兴趣之事，皆会钻研到底。他曾在海上行走，却因海浪抛碎了船，险些丧命于海上。而后那位隐士死里逃生，便寻了许多长于造船之人，寻访许多经验丰富之船工，要造出一艘能在海上通行的巨船来。只是当年他有些成效后，便已然因高寿之故再不能行，而阿苍为其弟子，自小被其养大，虽大多只随他学习武艺，却也对其平日里钻研之物有几分了解。这些时日来，阿苍将曾经见过的那些梳理一番，能记住的，也都与在下一同写下来了。这一艘小船便是我二人多番尝试后，做出来的。"

白义英闻言，几乎不能相信："竟然有如此巧合之事？"

王谦也知这事的确是巧合了些，便道："想是殿下仁德，有……"他略一踟蹰，"人君之相，故而上天多助。"

白义英瞳孔蓦地收缩——

王子逊所言，有些大逆不道了，然而这又何尝不是他心中所想？

故而白义英虽不曾接话，却是默认了，又说道："不知子逊兄与倪兄有几分把握？"

王谦摇一摇头，说道："把握说不上。此前同阿苍一起写了些东西，然而毕竟也不过是阿苍回忆所得，恐怕不甚严谨，待会儿便交予白兄，若是真能有些用处，也便足够了。"

不论是否真的有用，白义英平静下来，也是十分喜悦："想来能教出倪兄的隐士高人必然不凡，倪兄所记下的东西，必然也非凡物。"

王谦笑了笑，当下就将他与倪苍写下的那叠纸张取了出来，递给白义英，而倪苍亦去那水池里，把那"模型"拿出，也交给白义英。

白义英急忙将这些尽数接过："白某这边带回去给那些老船工瞧一瞧。"

王谦诚挚道："但愿能够成功，到时候，为殿下筹措金银之事，便能有七八成的把握了。"

白义英也笑了笑，便将东西带着，快步离开此处。

王谦同倪苍对视一眼，而后松了口气。

白义英出门之后，便立时将东西拿去见了平王。

赵元昭没想到白义英这么快就带了法子过来，而当他听闻此事又与王谦有关时，也不由感慨："王子逊乃本王大助也。"

白义英笑道："也是殿下仁德，善于用人，不然王子逊始终是王子逊，他从前漂泊数年都不曾安定下来，却为何在遇见殿下时，前来投效呢？即便投效，若非殿下值得如此，那王子逊也不会殚精竭虑，一心一意。"

赵元昭闻言，也颇喜悦，就说道："义英，你将这些拿去给那些老师傅瞧瞧，本王看那王子逊很是稳重，若是无几分把握，并不会贸然将此物交予你手。而后若是因此成功造出大船来，也是省了本王不少消耗，到那时，本王定要重重给他赏赐才是。"

白义英恭声道："殿下英明。"

赵元昭说道："王子逊功劳颇多，本王虽都有赏赐，比起其功劳来，却是不算什么。如今你且替本王记着，待日后本王定要一并赏过才可。私下里，你同王子逊交往时，也替本王表达一番心意，万不可叫功臣寒心。"

白义英自是连声答应："属下明白的。"

且说平王将整件事都交给白义英后，这白义英再度繁忙起来，王谦和倪苍两人轻易见不到他的人影。但造船之事两人是除却栽种土豆、红薯以外，头一次携手钻研，心里很是惦念。

倪苍义不容辞，时常出去打探一番。不过这一回许是白义英得了平王吩咐，确信此事必为，故而守卫森严，难于不着痕迹地潜入查探，纵然是倪苍自己，也难免会露出些许端倪来。

思忖之后，王谦便叫倪苍莫要太过接近，只留心一些消息即可。

倪苍原本想要全力施为，听王谦这般说，也就收了那些心力。他大半时间还是与王谦形影不离，更不知何时学了照料王谦的诸多法子，平日里对王谦越发周到起来，小半时间去探听一番，将所得知的消息，转而告知王谦。

渐渐王谦也陆续得知，白义英给那些老船工带去了一份极重要的东西，那些老船工如获至宝；又每过上几日，那边都说起所造大船上有什么进展；再十几日，有船工尝试造了较为粗陋的大船，比之从前有不少强悍之处，还可以继续改进云云。

而得知一切进展顺利后，王谦到底不舍倪苍时常在外，便将他叫回来，再不去关注这造船之事了——想来待大船造成，他们总会知晓的。

不再关注造船之事后，王谦的目光，就落在了他们为造船而挖出的池子上。

倪苍问："怎么？"

王谦收回视线："阿苍，我只是想着，这池子要用来如何……"

倪苍想了想："便给你种上一池莲花吧，衬你，景色好。"

王谦神情一怔，旋即耳根微微闪过一抹红霞。

在池子里种上荷花乃是一桩小事，王谦既然有意，倪苍就去找人寻了种子过来，将其栽种下去，只是这才刚刚种下，若是想要看到满池的荷花，却还得等上一年，但于王谦而言，同倪苍一起将这花种下，便已很是愉悦了，一时见不到这红莲碧叶，却也并不会影响他的情绪半分。

此后，王谦再没了什么事，便多是专心读书，若是想到什么，多半都同那白义英说一说，有用便用，无用便罢。

转眼间，一年光阴过去。

这一年里，南华府几乎是肉眼可见地发生变化。

原本诸多不平山路、土路俱是逐渐引入太平土铺平，形成虽不似青石坚硬，却也是平整耐用的太平路。因修路事忙，凡府内贫苦百姓，但只要不惫懒的，只要家中能出上一二壮劳力愿意修路，便必然不至于食不果腹、衣不蔽体。又有新起的茶楼、商行、百货杂铺，不多时已开遍南华府，精美琉璃、大块玻璃等诸多虽并不稀奇却不可或缺之物，都自南华府流向整个大赵，同时也为南华府揽来许多财富。尽管这些财富于久贫的南华府而言只是杯水车薪，但久而久之，再这般持续几年，一切便都会有所不同。

除此以外，更有一个好消息。

平王妃傅莺莺有孕了。

得知此事，平王赵元昭诸多幕僚无不振奋欢喜。平王如今早已过了二十，一直未能娶妻，而今好不容易有了正妃，且正妃这样快有孕……这足以证明，平王后继有人了。再加上南华府如今已脱离早先的贫困，正是双喜临门！

王谦听闻之后，也十分欢喜。

不说那傅莺莺曾经作为盼儿算是同他有一丝渊源，只说作为平王殿下年纪颇大终是有妻有子，就足以成为平王府众多麾下的一根“定海神针”。

而且他内心深处渐渐生出的那个隐秘的念头中，平王后继有人，亦正是极紧要的一件事了。

不过，平王妃有孕不过三月，刚刚将胎坐稳，之后若是要平安分娩，就还需要平王多多保护，府中之人多多照料了。

下意识的，王谦的脑中又出现了许多影像，而这些影像的出现，则是叫他的面色有些微微发窘。

倪苍见他神情不对，便问：“你想起什么？”

王谦神情略有微妙：“女子有孕时，须留意之事。”

倪苍不曾想到这，不由也怔了怔。过了一会儿，他方说道：“先前你献出防疫之法时，曾提起那一名长于医术的老人家，如今想来也可以推说其上。”

王谦也想起来，却还是摇了摇头：“不忙，不忙。王妃有孕事关重大，然我毕竟乃是外男，平白关心此事，并不妥当。近来还要阿苍你留意一二，若是府内之人照料得妥当，便不去多事，若是哪里不妥，提醒一二便可。”

倪苍闻言，点一点头：“你放心。”

王谦微微一笑：“此事有些……便劳阿苍多多担待了。”

倪苍又摇一摇头：“无妨。”

当然，话是这样说了，王谦一介男子，却不会时时刻刻将此事挂在心上，只是平日里偶尔叫倪苍去瞧一瞧，也就罢了。

好在这一回乃是平王妃头次有孕，不仅内宅十分在意，平王赵元昭本身也对她十分保护，手下之人皆用心尽力，密密小心，倒是无须王谦去提醒什么了。

内宅里。

傅莺莺坐在床边，一手轻抚那仅仅微有凸起的小腹，年轻娇美的面容上，俱是一片慈爱。她目光柔和，在轻轻拨了拨那再普通不过的一盆兰草纤长叶片后，轻声问道：“花容，王爷呢？”

在傅莺莺的身后，小心翼翼照管着她的乃是一名豆蔻年华的少女，她挽着双丫髻，小脸上一片紧张：“王妃，慢些，如今这花草之物还是少碰一碰罢。”劝谏之后，她方想了想，回答道：“昨日里王妃说想要吃酸橘子，但王府里没有，今日王爷便亲自前去为王妃寻了。”说到这里，她的脸上露出几分羡慕的神色来，“王爷对王妃真好，工妃日后定然还有大福气的。”

傅莺莺听她这样说，心里也很是熨帖，就笑着说道：“就你嘴甜。”

花容小丫鬟连忙又哄了好几句，叫傅莺莺越发欢喜起来。

正这时，门外渐渐有人声响起，花容冲着门口守着的另一个丫鬟抬抬下巴示意，做个口型：“月容，去瞧瞧。”

月容急忙踮脚看看，又侧耳听听，露出了喜色：“应该是王爷来了！”

房中众女婢登时忙活起来，尤其傅莺莺的几名大丫鬟，花容、月容、云容、玉容，沏茶的沏茶，整理的整理，拉帘子的拉帘子，正是衣香鬓影，兰佩叮当。

傅莺莺仍是倚在窗边，却稍稍理了理鬓发，朝着门外看去。

果然在小路的一头，有一名相貌英俊的男子大步走来，他身后小跑步跟着两名小厮，一左一右全都拎着个大篮子，满头大汗的。

那男子快步进屋，人还未至，声先至："王妃可还好，今日胃口如何？"

傅莺莺就朝着他嫣然一笑："王爷回来了？"她轻声言语，"身子还好，胃口也还好，就是偶尔腹中有些不舒坦，能压一压最好。"

赵元昭叫两名小厮走到近前来，笑道："本王寻了些酸橘子来，还得了两种，王妃且瞧瞧哪一种更合胃口，本王便多去摘些过来。"

傅莺莺闻言，面色一喜："王爷亲手摘的？"

赵元昭语气温和："王妃为本王绵延子嗣着实辛苦，不过是摘两个橘子，又算得了什么。"

听赵元昭此言，傅莺莺心中一甜，只觉得这些时日的不痛快都散去了。

早先嫁给平王，她不过只是有些伤情，又因平王名声不错的缘故，但嫁了之后，她便越发瞧见他人品出众，心怀仁德，如此男子，她自然是将一颗芳心慢慢倾斜了过去，也才会在有孕后发觉一些丫头面含春意，而生出不快。眼下见平王目不斜视，只一意待她体贴，自是心情好转许多。

此时见赵元昭主动为她剥橘子，她也面带笑容，纤纤十指将那剥开的橘瓣取下一个，难得主动地送到赵元昭的唇边："王爷也尝一尝。"

赵元昭温和地笑一笑，张口接过来。

两人一时间气氛颇是和睦。

傅莺莺才说道："最近王爷不比从前忙碌了。"

赵元昭闻言，也并不忌讳她的询问，反而是笑意不减："早年本王做了个决策，而今有了成效，眼看着可以用上了。"

傅莺莺讶然，旋即笑言："原来如此，妾身恭喜王爷。"

赵元昭坦然道："也是本王运道不错，遇上一位有大才之人辅佐。除却这一桩事外，还有几个决策也是由他提出，义英等人都助本王良多。"

傅莺莺笑容温婉："如此便更要恭喜王爷了。"

赵元昭道："说来这一位大才之人，王妃也是识得。"

傅莺莺一怔，倏然想起些什么。

赵元昭便道："正是那王谦王子逊，还曾相救王妃，说来也算是本王的恩人。"

傅莺莺原本心里一紧，然而她听赵元昭此言，便知平王心胸远胜寻常男子，反而越发觉得熨帖。她想了一想，有些赧然："当初妾身年少无知，也多亏了子逊先生相救，若非如此，妾身怕也是……不过，子逊先生还有如此才能，妾身却是不知了。想来是王爷品德出众，才叫子逊先生甘心辅佐。"

赵元昭笑道："本王得他相助，实在幸运之至。"

夫妻二人说笑几句，至于早年间有点什么极微妙的瓜葛，早已烟消云散了。

第十九回

海船归来

一年过去，院中已然开了一池荷花，随风浮动，满院荷香。

池中之水青碧澄澈，池边有一人正在抚琴，而那抚琴之人的对面，有人在荷花池边舞剑，身姿矫健，腾跃似龙，真是人景相衬，可以入画。

有人将院门推开，远远有人声传来，“子逊兄，倪兄，你们两个可真是惬意得很呀！”

来人身形颀长，眼带英气，正是白义英。

他笑着走过来，脸上带着喜悦，语气里有着打趣。

王谦的手指一顿，琴声便停了。

白义英笑道：“看来是我来得不巧，打扰了你们的雅兴。”

王谦也是微微一笑：“哪里，只是随便弹一弹罢了。”

那边倪苍也收了剑，立在王谦身侧。

白义英见状，心里不免感叹。

这倪苍同王子逊当真是情谊极佳，这般厉害的一名高手，竟甘愿如同侍卫般时时守着王子逊，十分难得。

不过他观王子逊待倪苍也极是亲厚，这般亲厚却又同平王殿下待他们这些心腹麾下有所不同……至于为何不同，一时之间，他却是难以分辨。

白义英在王谦邀请之下，寻了个石凳坐了。

而后他才说道：“此番过来，白某确是有事相告。”

原来，白义英给王谦带来了一个好消息：“殿下的工坊里，已然有一艘大船造成，前日里送其出海，航行之快，载重之多，船身之坚，皆远胜从前所造。下海数个时辰后，船身丝毫无损，听闻有老船工估摸，言此船想来可以航行数年不散，且若遇风暴，也有抵御之力了。”

王谦没想到那大船竟然这样快便造好，不由也喜出望外：“当真？”

白义英感慨道：“当真。倪兄所出那些法子，大多都极有用，而少数有些不合此时的，只消改动一番，也有妙用。若非如此，要造出这等大船怕是要数年乃至十数年之久，耗费的时间便太多了些。”

王谦微微一笑：“这都是殿下有天福所致。”

白义英也是说道：“不错，殿下天福。”

而后，白义英又同王谦说道：“殿下有意这一月间将先前培养的船工水兵启用，同那大船磨合一番，待磨合成了，一月后就叫他们先尝试出海一回。自然，这头一次不能去得太远，可以先到几座海岛，去与当地土著换取一些有价值之物……”

这些也算是隐秘，但白义英不曾瞒着王谦，王谦便也知晓，这是平王殿下亦不瞒他之意，为其信重之心。

王谦想到，心里自十分熨帖，耐心听过之后，同倪苍一起提出几个疏忽之处，也被白义英牢牢记下。

聊了一两个时辰后，白义英告辞。

王谦由衷说道：“但愿此番出海能成，为殿下解忧。”

倪苍轻拍一下他的肩：“殿下宅心仁厚，应有福报。”

一月后，白义英再来，请王谦与倪苍同往。

白义英道：“今日开船，殿下让我来唤你二人前去观看。此事知晓之人并不多，殿下之意是，如今还是暂且莫要引起太多人注意为妙。”

王谦自也明白这个道理，便点头道：“正该如此。”

而后王谦与倪苍便在白义英带领之下，朝着赵元昭居处而去。

不多时同赵元昭相见，众人就从后门而行，一直到了海边一处私人码头所在。

这码头很是简陋，亦是这一年来赵元昭遣人建造，若是要叫船队停在此处自然不成，但若仅仅只容一两艘大船于此，却是十分容易。

尤其此地甚是隐蔽，轻易不会被人发觉，也正合适如今的平王府大船试航。

南华府亦有临海之处，不然早先王谦也不会提及出海之事，现下就正有一艘大船落在那海岸前，只远远看去，便觉得它巍峨壮丽，筋骨结实，十分美观。

王谦虽在记忆中看过一些比之更大的船只影像，但影像毕竟只是影像，与所见真实相比，便逊色得多了。

现下看到这艘大船，他也禁不住生出几分震撼之感——若是再多多研究下去，怕是终有一日，他可以见到在记忆之中曾出现的那等，于海上畅通无阻的庞然巨物！

不仅王谦觉得震撼，同来的幕僚，甚至曾督工的白义英也觉得震撼。

赵元昭满面赞叹：“此船果然不凡！”

这船长达二十余丈，上有十帆，船体底尖上宽，瞧着蔚为壮观。待其入水后，可见它吃水颇深，航行时稳定性也是极佳。

如此之船，堪称宝船。

白义英暗地里对王谦说道：“此船虽也很是不错，但并非是最大的船只。造船的老匠人还在尝试，且已然有些领悟。过些时候，想来就有更大、更稳定的宝船可以造出了。”

王谦顿时了然。

原来如今不过只是用稍小的船只试上一试，倘若可行，对那更大船只的建造自也更有信心，而若是不成，便先将这小些的造好了，也为建造那大船增添几分熟练。

王谦便点点头：“造船师傅的本事极好，想来这船亦能平安归来。”

这一艘大船上，有船工百人，兵士百人。

赵元昭早有言明，此船出海至多不越两月便要归来，到时再瞧一瞧船体毁损程度，便越发能多些把握了。

不多时，那船上众人拜别赵元昭后，已然缓缓而行。

船头立着一名身着甲胄的武士，正是赵元昭一名心腹，如今便载着重任，代赵元昭乘船远去。

待那船的影子已然消失在远方，赵元昭方才收回视线，对众人笑道：“为贺此船建成，本王设有小宴，诸位可赏光吧？”

众人连道“不敢”，又都纷纷说道：“却之不恭，多谢殿下。”

随即王谦等人便随赵元昭同去府中一处园子内。

在那处早有备好的好酒好菜，忙碌一年，那船终有所成，众人一时十分欢喜，用起酒食来，也不同从前拘谨，故而……俱是尽兴而归。

转眼间又是两月过去。

照理说那船应要归来了，然而却是比之原定时间多了三日，还不曾见到。

平王府内，平王与其幕僚等人在那船出航之后，很是惦记，原本抱有不小的希望，然而两月不归，渐渐众人心中就有些焦躁起来。

有幕僚心中猜测，莫不是……出事了吧？

海外多有珍贵之物，并非是只有他们曾经想到，商人逐利，相较于这些长于国事、政事之人，商人对于钱财极为看重，自然会将能想到的法子，都想过一遍。而之所以并不曾有人蜂拥出海，自海外谋得暴利，正是因那船只不成的缘故。如今好不容易造成了好船出海，难道说竟然也还不成？一时间，便叫人十分沮丧起来。

王谦的心情亦有些不佳。

倪苍给他倒了茶："天有不测风云，未必是船只不行。"

王谦也知晓这道理，但出师不利，到底叫他受了些打击。而且，便是他这个提出点主意之人都如此，换作白义英那督办此事之人，平王那忧国忧民、意欲借此养兵之人，恐怕更不好受。

事实也确是如此。

白义英虽还称不上绝望，却也已经多日不曾露出笑颜了。

竟然不成……为何不成呢？

察觉白义英心思，平王原本心情沉郁，如今平缓过来，倒反过来将他安抚了几句："但凡一件极重要之事，都未必能一蹴而就，现下暂且失败，但那船的确极好，此后再来就是。"说到这里，他顿了顿，面上露出几分愧疚来，"只是那些同去的船工与兵士……都是本王的过错。"

如今那船尚且未归，怕是在海上遇见了风暴，而若是遇见风暴，怕是十死无生。

这些船工、兵士乃是为他而往，如今这数百人命……叫他如何能不愧疚？

白义英听得安抚，也很快回过神来，旋即便发觉平王殿下竟是如此愧疚，唯恐他心思郁结伤及自身，反而再顾不得沮丧，而主动对平王说道："殿下不需自责，这海上之事难以预料，他们心甘情愿为殿下效力，哪里能说是殿下的过错？更何况，他们不过是晚归，却未必当真出事，或许是在路上耽搁了也未可知。"

赵元昭听白义英此言，虽说知晓他不过是在宽慰自己，倒也真觉得有几分安慰。只想着，若是果然只是耽搁了，便是再好不过。

因此他按捺住焦躁心思，沉心定气，决意再多等一些时日。

平王沉下心来，便能影响周遭之人。

因此平王府中原本被无形影响而变得压抑的上下仆婢，在气氛渐渐安定之后，亦是不再如死水一般，气息似有流动。但饶是如此，仍旧谈不上多么愉悦，仍旧带着些许沉闷。

王谦叹口气，却未说什么。

他想着，若是要叫气氛好转，怕是得等有下一个好消息传来吧——不论是关乎于何的好消息。

刚这般想，便当真有好消息骤然传来了！

有一名矮个子小厮般的人急匆匆过来敲门，待敲开了跑进来，便快速对王谦说道："王先生，回来了！"他一脸的喜悦，"船回来了！"

打他一进来王谦便认出此人乃是一名死卫乔装而来，故而仔细听他说话，但乍一听时亦不解什么"回来了"，待那死卫补充后王谦方明白，顿时不自觉起身，惊异道："你所言……是那两月余之前出海的——"

他没忘了压低声线，却难掩喜色。

那死卫所扮的小厮急忙说道："正是如此，船回来了，悄悄靠在了那个私人码头里。有在那守着的死卫发觉，便回来禀报了殿下。而今殿下已然去了，白先生叫我来同王先生说一声，请你们二人也去瞧一瞧。"

王谦闻言便道："自然，求之不得，在下与阿苍这就前去。"

那死卫就先行出去："快请，殿下有言要尽快将那船上之物收取，若是去得晚了，怕是便看不清了。"

王谦自是立刻动身，倪苍也紧紧随他左右。

不多时，两人便和那死卫一起，顺利抵达了大船出海时的那个隐蔽的码头。

刚到那里，王谦便见到那艘大船正靠在码头边，船上那些船工、兵士正不断将货箱自船舱里搬出，人影络绎不绝，可见那货物也是极多的。

赵元昭、白义英并几个幕僚立在一边，都是满脸欣喜。

王谦略一思忖，走上前去，说道："恭喜殿下，那船顺利归来了。"

赵元昭语气里亦是如释重负："原来是这回去得远了些，方才耽误了几日，可是叫本王骇了一跳。"

王谦也是放了心。

既然这船出行一次并无差错，那么便足以证实造船之法大有可为，日后再想要第二次、第三次便不困难了。

白义英亦在一旁笑着说道："恭贺殿下，燃眉之急可解矣！"

赵元昭面上含笑，看向王谦时，眼中既是赞赏，又有柔和："多亏子逊提议，又有倪苍相助，本王才能一解烦忧。子逊诸多良法，皆助本王良多，不知子逊可有所求，本王若能达成，必尽全力。"

王谦微微一怔，随后笑道："殿下不必记挂心上。在下所为，是因敬佩殿下一片拳拳爱护百姓之心，区区之法，不足一提，更不足以担当殿下如此承诺。近年来天灾频频，百姓困苦，在下衣食无忧，又怎能眼见于此，却毫不作为呢？"

赵元昭叹道："若天下有才之人皆能如同子逊你一般，百姓便不至于如此拮据。"

王谦仍是带着笑容："有才之人多心系天下，只因无处可投，自然不能效命。殿下胸怀百姓，正是可投效之人，待南华府更进一步，自有大才投奔。殿下还请保重自身，若是这南华府换了个人来，恐怕又要回到当初了。"

赵元昭闻言，心中有些激动，但还是很快按捺下来，郑重说道："子逊放心，本王必会叫南华府百姓衣食无忧，再不必劳苦奔波，却一无所得。"

王谦道："我等相信殿下。"

将这些货物卸下后，那些船工又充当劳力，趁着天黑之后，将这些箱笼全都运到了平王府赵元昭的私库里。

随即，赵元昭便在那名出海心腹黄文宇的陪同下，带王谦、白义英等众多幕僚，将那些箱笼内之物尽数清点。

才刚开启第一个，刹那间，便是一片宝光闪烁，几乎将众人的眼都要耀花了。

黄文宇一脸喜悦，带一丝自得说道："殿下请看，这些都是那海外出产的宝石，品相不俗，色彩明丽，若是镶嵌于各类首饰之上，再辅以宣扬，必然能引得众多夫人小姐追捧，赚得大笔钱财！"

的确，那些宝石五彩斑斓，华美非凡，若是请巧匠来将其打磨了，定是叫人爱不释手，恨不能将其全数带回家中才好。

随即，黄文宇接连打开了有上十个箱笼，全是此类宝石，一眼望去，满目华彩，直叫人眼花缭乱。

就有人禁不住深吸一口气的，都是震惊无比。

接下来，黄文宇亲手将那些箱笼一个个打开。

便见到有拇指大的浑圆珍珠成堆，血红的珊瑚成片，有珍贵香料，有清透的玉石，甚至还有一箱箱瞧着并不那般纯净，却是十分沉重的金子！

到此时，赵元昭也有些难以冷静："文宇，这是——"

黄文宇此刻的神色终是不再控制，声音也扬高了些："殿下，海外一处岛上，有当地岛民披金戴银，视金银如土石，我等方知，原来在那座岛上有金银矿山，故而如此！而那些岛民见我等所穿丝绸棉麻衣衫，却是十分喜爱……"

赵元昭仔细听那黄文宇的叙述，目光微亮，唇边也带上了喜色。

他原本见到这些琳琅宝物便已然很是安慰，只觉得先前诸多努力，皆是无错，待得知本地棉麻丝绸于海岛上大受欢迎后，便是他本来不善于经商，却也可以从中听出许多商机来。

黄文宇不仅说了这些，还有一些海岛小国上风土人情、各类特产，也全都说得清楚，可见他这段时日出去，经历不少，且十分尽心。

最后，他言道："虽说属下去得比从前所知远些，但更远之处，还有许多海岛不曾见过，那些海岛之上，或者也有珍稀之物，可堪取回。属下以为，出海与那些海岛之民交易，应是大有可为。"

黄文宇都这般说了，赵元昭自是十分心动。

他深深呼吸之后，说道："此事本王知道了，之后这艘船请那些老匠人好生照管修补一番，待众船工休息一段时日后，便可遣这船再去一回。"

黄文宇道："下一回但愿能多让几艘船同去，这独一只船出海后势单力薄，恐怕会遇上一些危险，若是船多了，便安全许多。"

赵元昭自然是应允下来。

黄文宇顿了顿，心情也颇有几分激动。

这一回出海叫他已然极喜爱这差事，如今他走过一次，比旁人手熟，待到下一次时，多半也能叫他过去。若是日后每一次都可以由他领头，不仅在殿下那里能更受重视，也能走得更远，开阔眼界，真是再好不过。

赵元昭也有意下一次仍让黄文宇前去。

正如黄文宇所想，黄文宇出去过又能安然归来，不仅如此更带回许多财货，那众多船工兵士也不曾损失一人，这般能干，自是还要叫他过去。只是下回还要派几个人与他同去学一学，做个副手。倒并非是对黄文宇有什么忌惮，而是总不能将一桩事尽数只托付一人之手，不然若是黄文宇身子不适，又或是其他状况时，便无人替换，耽误事了……

此刻有多人清点货物，将它们一一入库，而其中珠宝、玉石、珊瑚等贵重之物有何用途，也都好生商议过。

商量完了，大致有了章程，赵元昭便吩咐麾下能干之人，各自操办一桩，要迅速在南华府府城铺开，并打响名声，主要往南华府外宣扬。

南华府如今富裕之人并不比府外豪富之地，赵元昭以为，对南华府内当以百姓发展为重，一应贵重之物，最终还是要去南华府外收揽钱财。

这些事，王谦都不曾插手，因不懂经商之事，他亦不曾插言，只是看一看那些货物，听平王与心腹一番商议，也就同倪苍一起离去了。

之后没多久，南华府中便新开张了不少的大小铺子，如雨后春笋般，频繁冒出。

其中最多为金铺银楼，内中有无数精美首饰，色彩艳丽、别有风情；还有一些珍玩店面，售出极品血珊瑚，雕工精美、引人注目；又有那偌大的珍珠，颗颗浑圆，成串十八子，更是粒粒饱满、熠熠生辉。

更莫说还有些罕见的小玩意儿，贵重的紫檀、沉香各类木材，还有无数香料、海货，种种奇石妙物，直让人禁不住诱惑，为之驻足，大肆采买。

不几日，已然有无数金银入账，那些有财富的人家，只唯恐日后再遇不上这般好的东西，什么珍珠珊瑚首饰好木头，都要早早积攒下来。待来日，不论儿女，行嫁娶之事时，都最是合适不过，最长脸面不过。

饶是王谦长居府内，也能听说那些铺面中的热闹，也无须细算，便可以知晓平王近来定是日进斗金，心情极佳的。

后来他也生出些兴趣，由倪苍陪同，出府到那些铺面前看了一看。这一看之下果然见到那处人头攒动，来往之人摩肩接踵，气氛真是热烈得很。

看过一遍后，王谦也就回去了。

他心里也很喜悦，这般下去，想来过不了多少时候，平王便可以积蓄到足够钱财用以养兵，再操练一段时日，这南华府上下的安危，就会更有保障。

跟着他也需要想一想，养兵之后，还能再做些什么。

在而今这年月，但凡遇上战事、天灾、伤病诸事，兵士都要损失不少……总是要想一想法子，瞧瞧要如何才能减少这折损的。

倪苍见王谦苦思冥想，知他性情，也不阻拦。只是每日里将饭食备下，也替他将身边诸事尽数打理好罢了。

还未及王谦有个囫囵想法，那边平王因着积蓄不断增加，也决意提前开始养兵了。

毕竟如今南华府上下于兵事上的确艰难，若是能早早开始，自然就莫要太过拖延为妙，现下主要是先将兵士征集，前头好生操练培养，这便首先须得有大笔的钱财，而待一切步入正轨之后，陆陆续续，都要投入。

先前平王之所以觉得艰难，正是为此。

现下有黄文宇带回大量金银财货，已是有了点底气，而珠宝首饰卖得那般紧俏，就叫他们更有几分把握了。

不过，王谦也只是隐约听说一些，具体如何并不知晓，只晓得白义英又忙碌起来，一些并不同他们常常相见，却是平王麾下长于兵事的心腹，已逐步开始征兵，要调教出大量精兵强将来。

自然，这一切总得慢慢谋划。

许是头一回出海着实是十分成功，那些老船工、老匠人们也都欣喜若狂，对日后新船的研究更多了许多信心，故而此番居然还没等多少时日，就将那船连番改进，比之上一次那艘更强很多。

赵元昭有金银在手，并不很发愁，故而应允这些老师傅速速做出更多大船来，这回至少要拿出个三五艘一起出海，弄来更多的海外珍宝。

老师傅们领命，于重赏之下更为尽力，果然就造起新船来，又更快了几分。

并未过上太多时日，那些海外珍宝还未售罄，这新船也出来了。

众志成城之下，新船竟当真足有五艘之多。

仍旧是那黄飞宇带头，再配有四名副手，一行人在那私人码头大船之上，遥遥朝赵元昭行礼告别。

赵元昭挥了挥手，扬声说道："盼你等平安归来！"

黄飞宇等人心中感动——临行之前，殿下最为担忧的仍是他们的安危，而非单单财货，俱是再度行礼："请殿下放心，我等定不负殿下所望！"

而后，这五艘大船也都远远而去，在众多船工齐心协力之下，顺风吹拂之间，消失在海面上……

这一回仍旧是众多幕僚齐齐相送，王谦和倪苍自是到场，在见到那大船远去后，王谦禁不住感慨道："听闻海外更有风情，航海亦叫人心胸开阔。若是能有机会也出海一行，想来叫人十分畅快。"

倪苍在一旁还未说什么，那边白义英已然说道："出去在近处航行一番也就罢了，若是去得远了，海面固然辽阔，却久久不能上岸，到那时也极辛苦。"

王谦一笑："风暴来时，怕还更是危险。"

白义英拊掌而笑："看来子逊兄也极明白内中难处。"

王谦叹道："故而难以成行啊。"

白义英对于出海之事，也很向往，当即安慰他道："总有能去的一日，只是如今来说，尚是太早。"

但凡是有雄心的男子，哪个又不想去多长一长见识呢？

只不过……正如王子逊所言，难以成行罢了。

众人回去自又是数月等候，五艘大船不负所望，再度成功归来，而且因着船只更大，且带去了不少丝绸瓷器等物，更换取了大量的海外珍宝归来，几乎在每一艘大船上堆积成山，让赵元昭等人便是仅仅清点，都耗费了大量时间。

黄文宇等人立下了大功，赵元昭论功行赏，便另立一部，专管这出海之事。黄文宇自是大喜过望，叩谢平王，将这差事领下。

待再休息一月，黄文宇竟有些迫不及待，再次带领几名副手一起出海了。

再说得了这些财货的赵元昭。

此番所得比之上次更多十倍不止，其中珍物宝石多不胜数，区区一个南华府果然无法将其完全消耗，赵元昭便依照最初的打算，挑出里面最为贵重的珍宝打造起来，以各类途径，送到一些豪富府城中去。

果然这些珍宝如同上次在南华府内一般，受尽喜爱，尽管数目不少，却还是有诸多豪富贵胄之人竞相争夺，使得平王寻到的匠人日夜赶工，都难以供应。不过既然难以供应，便有限量，反而显得这些珍宝之物更加稀罕了。

短短半年时间，赵元昭也算暴富，不仅不再有捉襟见肘之感，更是能将大量金银投入养兵中去，也是因着有这些金银供养，那些原本不堪一击的兵士，就在诸多供养之下，逐渐变得健壮强悍起来。而这些兵士为能吃饱饭食，更是拼了命地操练，没过多久，竟已有了几分样子了。

王谦苦苦琢磨，脑中一些影像渐渐清晰，便时常将自己关在书房之内，拿笔取纸，写写画画，将它们一一先行记下。

至于这些是否有用……还需细细斟酌，一时半刻之间，却还不能正经提出来。

第二十回

风云变动

帝都，安国公府。

书房里，温婉的妇人为正在书桌后忙碌的威武中年男子送上一碗甜汤，男子拿汤勺舀了吃着，问道："冲儿呢？"

温婉妇人眼中带着一丝轻愁："他去给谦儿上香了。"

听得刺耳，中年男子叹一口气："谦儿去了好几年，难为他还记着谦儿的事，也是有心了。"

温婉妇人垂眸，语气柔和："兄友弟恭，本是应当，冲儿若是忘了他哥哥，我这做娘亲的才要打他手板，叫他长一长记性。"说到此处，她微微一顿，"只可惜当年连……尸身都不曾寻到，只能用谦儿贴身的衣物做了个衣冠冢，竟让我们连最后一面都不曾见到……我可怜的谦儿……"

这般说着说着，温婉妇人美目泛红，竟是有些泣意。

中年男子的气息也凝滞了片刻，而后摇了摇头："我原本想着，冲儿好武，正可传我衣钵，谦儿喜文，待他科举入仕，我也为他谋划一番，叫他能位极人臣。只可惜，他自幼身子不好，如今也没有福气，叫我们白发人送黑发人。"他的语气温和，"我知你对你姐姐愧疚，一直将谦儿视为亲子抚养，不过忧极伤身，你也莫要太记挂了。"

温婉妇人拿出帕子轻轻擦了擦脸，又轻轻地点头："建哥也是，别太伤神。"

中年男子安抚地拍了拍温婉妇人的小臂："回头跟冲儿也说一说，给谦儿上香当然好，但他也莫要绷得太紧……谦儿的尸身是当真寻不到了，纵然是有，想必也早早被……叫他也莫总打听。"

温婉妇人自是温和地答应了。

中年男子这才笑了笑，跟着像是想起了什么，从一旁拿来一个雕工精致的木匣子，放到了温婉妇人的面前："夫人，此物送你。"

温婉妇人的面上顿时露出惊喜之色，旋即颊上飞红，似乎颇是娇羞："建哥怎么突然……"

中年男子笑道："近来海珍坊的珠宝很是受人喜爱，我看你平日里穿得素了些，便买了一件回来，你戴上以后，定然好看。"说着他眼带一丝柔情，"你打开瞧瞧，喜不喜欢？"

温婉妇人唇边都是甜意，就将那木匣子打开，内中便有一支金钗，上方团团簇簇牡丹盛放，花蕊花瓣处都点缀许多细碎彩色宝石，衬得金钗格外华美。

中年男子亲手为温婉妇人插上，然后赞赏道："果然很美。"

温婉妇人喜笑颜开，用手轻轻摸了摸，才收走了装着甜汤的碗，有些羞涩地走了出去。待离开有段距离后，她脸上的笑意才慢慢淡了下来，而后她将碗交给跟在她身后的丫鬟，自己步子一顿，朝着另一个方向而去。

那处，正是国公府的祠堂。

祠堂里，英气逼人的青年身披甲胄，立在一块灵位前。

香炉里插着三炷香，已经燃了一半，而青年却还静静地看着那块灵位，也不知在思索着什么。

温婉妇人走进来，轻声说道："冲儿，这里阴凉，该回去了。"

青年点了点头，却没有动。

温婉妇人催促道："冲儿？"

青年缓缓地呼出一口气："再等等罢，香燃尽了孩儿就走。"

温婉妇人秀眉微蹙，但到底拿他没有办法，只好说道："谦儿泉下有知，也不会想看看到你这般情态……更何况，冲儿你该记得，他和你注定不能……"

青年闭了闭眼："孩儿知道，但他毕竟是我的兄长。若是他还活着，或许……可他已然过世了，孩儿忆及从前，总是不能放下。"

温婉妇人眼里闪过一丝不快，到底还是宽慰道："放不下亦要放下，冲儿是要做大事的人，不可沉溺于过去之中。冲儿，你该走出去了。"

此刻，那香渐渐地燃尽了。

甲胄青年终究还是转过了身，淡淡说道："孩儿知道了，母亲。"

温婉妇人这才满意地说道："这才是为娘的乖儿子，走吧，你也该去见一见你的父亲。冲儿，你要让你的父亲更喜爱你，知道吗？"

甲胄青年道："孩儿知道，这就去拜见父亲了。"

之后这甲胄青年去见了人，也不消如何讨好，已自有法子叫两人之间和乐融融，至于那早已过世之人，自是只掀了一道小小涟漪，便散去了……

皇城之内，乐成殿中。

影影绰绰的彩纱之后，有一张极大的床榻，榻上有一名穿着薄衣的中年男子，瞧着约四五十的年岁，一张脸虽说保养得尚可，身形却有些臃肿，肚腹有些肥大。

在他身侧，依偎着一名身材曼妙的女子，她一身雪肤滑腻无比，一头乌发犹若缎子般莹润柔顺，此刻她酥胸半敞，媚眼如丝，正是一名绝色佳人。

在两人前方，有一群舞姬伸腿摆臀，跳得热烈，举手投足之间俱是诱惑，而女子则伸出一根纤纤玉指，在中年男子敞开的胸怀间轻划，语气也是妖柔婉转，犹若莺语娇啼："陛下觉得，先前那舞跳得如何？"

中年男子满足地将脸埋在女子秀发中猛嗅，一脸贪婪："好好，好得很。"

女子眼里闪过一丝厌恶，声音却更娇媚了："她们都是臣妾精挑细选，只稍加调教，就有这般的风姿，若不是……大人们不允，臣妾早就做成酒池肉林，到时候陛下进去玩耍，比现在可有意思多了。唉，真是可惜，不过是个玩乐之地罢了，陛下富有天下，区区一座酒池算得了什么？那肉林也只是叫美人们入住其中，与陛下同乐，与那什么纣王什么暴君的肉林半点儿不同，只是陛下与美人之间的情趣罢了，哪里像他们所言那样胡闹了？陛下如此英明神武，平日里忙于朝政辛苦得很，偶尔放松一下，还引来那些话，臣妾真是为陛下不值啊……"

中年男子的脸上果然现出一丝怒色："那些老不死的，自己还同家中的小妾玩着呢，就知道挑朕的不是！"说到这里，他抱着怀里的美人亲了又亲，"还是爱妃你懂事，知道朕的心意。"

女子伸手将他推了推，别过头，长长的睫毛掩住恶心的神情："能为陛下做点儿事，是臣妾心甘情愿的，陛下高兴，臣妾就高兴了。"

中年男子把她搂得更紧，一双手忍不住地伸进她的衣服里揉搓："哈哈哈！来，爱妃跟朕共赴巫山……"

女子脸色一僵，然后扭动着身体，娇嗔着说道："陛下也要小心，那些大人们还记着太子……不，是记着平王呢，老是说陛下的不是。"

中年男子一边猴急地脱了衣服享用美人，一边满不在乎地说道："朕知道了，他们也就能说说，爱妃老提别的做什么？还是来好好服侍朕吧！"

女子满心的不甘，但她也知晓不能再说什么了，便伸长玉臂，搂住中年男子的脖颈，高高仰起了头。

她闭着眼眸，长长的指甲掐进了手心。

一定，她一定不会让他们好过的！

不甘心，真的不甘心。

次日，朝堂之上。

好不容易准时来上一次朝的今上下令督造酒池肉林，其中自有老臣进谏，言此事乃玩物丧志，不可妄为。然而却有另一群人言辞凿凿，极尽阿谀，要一力将此事促成。双方争执得激烈，便叫今上听得昏昏欲睡，最后久等没了结果，又有内侍时不时在他耳边嘀咕几句，便使他勃然大怒，开口喝道："朕不过要在朝事之余放松一二，便被你等如此阻止，莫非是想要让朕操劳太过而崩么！"

这话一说可是诛心了，当下朝堂上便跪了一地，纷纷说道：

"老臣不敢……"

"陛下恕罪！"

"臣一片丹心，督造酒池肉林实乃昏聩之事，陛下不可啊！"

"陛下——"

然而与他们作对之人，俱是冷嘲热讽：

"陛下素日辛苦劳累，竟连偶尔放松一番都被如此指责，莫非在你等倚老卖老之辈眼中，陛下还要听从你们的吩咐不成？"

"妄图左右陛下，其心可诛！"

"说什么劳民伤财，国库无钱，是户部无能！"

今上极不耐烦地一挥手："行了，朕不管你们用什么法子，酒池肉林一定要建，能想得出法子的便说，想不出的也不必啰嗦，朕不想听！"

话都说到这个份上，那些老臣见今上如此，心中十分沉痛，却也不再多言。

他们深知如今朝堂上已然是乌烟瘴气，便是他们"以死直谏"，也无丝毫用处，不过是白死罢了，反而给那些佞臣挪出位子来，如今……也只好偃旗息鼓。有他们在，尚且能遏制几分，若是他们不在了，怕是这朝堂上便是那佞臣的天下！

朝堂上，老臣那边气氛一片沉闷，而新晋的臣子之中，除却极少数也是眉头紧锁以外，更多的或是面露得意，或是眼带欣喜，都很是自满。

一时间，此消彼长，叫一些忠心耿耿之臣，心中难免生出一丝沮丧来。

此还未完。

因着老臣们不识抬举，今上便将督造酒池肉林之事交予新兴臣子，叫他们"便宜行事"，那些新兴臣子就趁机得了好些实权之位，又下令增加各地税收，尤其商税、田税，涨得厉害。

此时自有老臣再度进谏，然而依旧毫无用处，反而是将自己一系的位子，被迫再让出一些。

若说先前这些老臣只是沮丧，随着那税收越发多起来，且朝堂上诸多权位皆被一心阿谀今上、毫无作为的佞臣所替代时，那一丝沮丧，几乎便要变成绝望了。

随着权位失去得越多，他们在朝堂上发声越难，莫说是劝谏了，就算想多说两句，也总是会被另一方所打断，又被他们几句挑拨，惹得今上发怒……

渐渐地，今上自早朝迟来，到渐渐减少了上朝次数，再到数日十数日都不肯接受老臣求见，许多老臣上朝，打眼看去，皆是窃居高位、谗言奉承的无能之辈，越发地叫人心灰意冷了。

不过，朝堂上再如何争执，帝都中因着今上好享受，上行下效之下，下面的人也开始奢靡成风，追求享乐了。

前些时间，长乐街上开了一家海珍阁，店中有极珍贵的珠宝首饰、稀奇之物，踏入其中，满目华彩，不可尽数，恨不能将它们尽数搬回家中才好。

再有人听闻，但凡是这海珍阁里头的珍贵之物，其虽说昂贵了些，却都是独一无二，纵然是一副耳饰，也瞧不出一般无二的两对来，着实叫人满意。

一时间，无数贵妇、小姐在仆婢护卫们簇拥之下，纷纷进入其中选择，只见其中大块透明玻璃将珠宝掩于其后，虽不能用手碰触，但隔着这玻璃看去，却是一览无余，能瞧见其精美绝伦，令人喜爱至极。

如此不过短短数日光景，整个帝都便对这海珍阁中的首饰追捧不已，更莫说此处除却首饰以外，还有一些稀罕的摆件，譬如深海血珊瑚、大量纯净海珠等等，若是能将其弄到手，放在家中，那也是极有脸面之事。

而后，更有人秘密寻这海珍阁的掌柜，私底下买下了大量拇指大的浑圆粉色、金色、黑色珍珠，做成华美腰带，奉献今上，今上喜爱之下，便赐其爵位，叫那人喜出望外，只觉得这海珍阁乃是他的贵人了。

这事很快传开，顿时便有更多人要约见这掌柜，而其中一些肯出大价钱之人，也暗地里得到了一些更为贵重的宝物，或献于今上，或送给张贵妃，也同样得到了无数的好处，当真叫人羡慕不已……

有人打探这海珍阁后面之人是谁，更有些权贵之人，眼红于此，想要从中得到好处。然而待他们打听之后，那掌柜却是不漏口风，意欲以权相压，却也不能做到，渐渐便让人知道，这海珍阁也有不小的来头，轻易开罪不得。

自然也有人想要将这海珍阁谋夺下来，向顶头的张贵妃示好，然而还未等他们出手，就已然有大量珍贵之物被送到另一位佞臣手中，叫他不仅一脚把这人踩下去，还在张贵妃那处露了脸。

总而言之，这海珍阁很快在帝都立住了脚，其中珍物风靡整个帝都，财源滚滚，真是叫人羡慕不已。

南华府。

王谦正在书房里作画，倪苍在院中舞剑，原本正是惬意时。

突然间，白义英满脸怒意地走了进来，倪苍也很快收了剑，和他一起进入书房。

王谦手中的细笔一顿，抬起眼来："白兄，你这是有何处不顺心吗？"

白义英绷着面皮，一下坐在旁边的椅子上，吐出口气："加税了。"

王谦怔了怔："加税？"

白义英一脸的不痛快："商税、田税，另有一些杂税尽数涨了。商税也还罢了，田税原本便不低，而今再涨，再加上层层盘剥，百姓一年忙碌下来，怕是连糊口的米粮都捞不上了。"

王谦听懂了白义英的话，也很诧异："这——近两年总有些旱情，不免税也还罢了，为何还会上涨？"

白义英一声冷笑："因着咱们那位今上，听了那妖妃的蛊惑，要造什么酒池肉林！"

王谦当即愣住："酒池肉林？可是传言中，暴纣所为——"

白义英一点头："可不正是那物！听闻当今意欲以酒满池，宫中植林，叫后宫妃子舞姬在池中饮酒高歌，林中轻歌曼舞，来叫他在朝政之余，有休憩放松之所。但舞姬也还罢了，那后宫妃子俱是忠臣之女，如何能这般折辱？如此行径，与昏君何异！"

这些话语，白义英原本当同平王言说，但当今到底乃是平王亲父，他们这做人臣子的，如何能以下犯上，说出这等话来？但白义英心中着实气愤难当，又知晓王子逊同他心思相近，故而到此处来，与王子逊抱怨一通，长抒胸中愤懑之意。

王谦亦知白义英心中不痛快，可他听白义英如此说，也很是不适，且十分无奈。

虽说男子过错不该推脱于女子身上，然而今上原本虽也平庸，却的确不曾有太多荒淫妄为之举，在那张贵妃入宫之后，多番为今上举荐美人，且处处插手，也显然并不无辜。

这一回的酒池肉林，同样乃是张贵妃所荐，她似乎毫不在意自己的名声，只管拖着君王胡天胡地，也从不拈酸吃醋，更不惧其他美人拉下她的地位，更从不刻意为家中谋取利益……他左思右想也想不明白，这张贵妃到底是为何如此？

白义英同样并不明白那张贵妃心中所想，但他亦不愿揣测那妖妃心思如何，只是因再度加税，而对百姓不忍，也对那今上更生出几分怒气罢了。

在王谦处抱怨之后，他也知自己情绪太过，便不再多言，只是内心深处难免觉得，若是当初今上能够退位，将朝政交予有仁君之相的太子殿下，自己做那太上皇，再如何享受又有何妨？前面有太子殿下看着，总归不会如现今这般。偏今上受妖妃蛊惑，将太子殿下废除，贬到贫弱之处，随后果然朝政渐渐混乱，再这般下去，大赵岂不危险！

白义英忍不住一叹。

他虽在此义愤填膺，却也毫无法子。

朝中莫非没有忠臣？必不是如此。

只是今上只喜奸佞，不爱忠臣，又能何为？

亲贤臣而远小人，方为明君之相，可这一位今上只顾自己醉生梦死，从前还遮掩几分，现下连遮掩也渐渐懒了，再这般下去……恐怕朝上那些忠臣都要有难了！

白义英在王谦处喝了些酒，才带着醉意离去。

此刻天色已然渐晚，烛火之下，王谦的面目都有些模糊起来。

倪苍走到他的身后，轻轻按在他的肩上："子逊？"

王谦神色无奈："总觉得，日后怕是……"他不知道"怕是"什么，心里却仿佛有些预感一般。

倪苍见他如此，去倒了一碗热汤过来，送到他的手里："想那许多作甚？事到临头，尽力而为便是。"

此后之事，一如王谦预感。

南华府地处贫瘠之处，周遭几座府城虽是比早年的南华府强上一些，却也并非十分富庶之处。而南华府因有平王肃清吏治，为民谋利，使得府中百姓日渐脱贫，但其余府城却是不然，仍旧与从前一般。

之后几次轻旱之年，平王早早安排，倒也叫全府之人安然度过，可其余诸府却是未能如此，虽不至于饿殍遍野，却也饿死过人，亦叫百姓过得比往年困难几分。

这也还罢了。

百姓虽是困难，却并非活不下去，都只等着秋收有成，再换取钱粮，也混一个半饱。然而没料想还未等秋收，上面便下令加税，原本辛苦一年后，能入百姓之口的粮食便只是勉强糊口，现下还哪里能成？

秋收时，那恶吏只管将粮食拖走，平民百姓再如何哀号哭求，也不能留下一粒粮来。不过数日，就已然有百姓因抢粮而被打死，再几日，无粮之人饥渴交加，便有好些只能躺于炕上挣命，再一些日子，饿死的人渐渐多了。

——非极荒之年，却时常有人饿死，当真荒谬至极！

后来不得已，在这府城中过不下去，就有百姓收拾行装，去投靠其余府城的亲戚。有些亲戚稍微富足的，缴纳税粮之后，还能接济亲朋，但更多却是顾得自身便不容易，甚至亦有饿肚子的，也难以挤出一口米粮来。

最后，平民便成了难民。

这些难民聚集起来，拖儿带女，向那富庶的府城流浪而去……

第二十一回

流离失所

王谦将手中的书册放下，满面讶然："什么？"

倪苍抱剑立在他的身侧，也往来人面上看去。

白义英一脸苦笑："殿下召我们过去。"他重重叹了口气，"临江府不少难民拖家带口往南华府而来，早几日便过了府城的边界。当地卫所虽有阻拦，但因难民俱是百姓，且的确饥贫交加，自也不能大动干戈……"

若是寻常府城，遇上这难民只消几个大动作，自能将他们控制住，只是在这期间，那些难民却是要死伤不少。但平王赵元昭爱民如子，心性宽厚，早在养兵练兵时便叫他们不可欺压百姓，一时间，就让那些卫所兵士们，不敢对难民下重手。

而这些难民之中也有聪慧之人，眼见这些兵士手下留情，当下就怂恿众多难民大闹，所谓法不责众，竟也被他们涌入了南华府，短时间里，难以彻底控制。

现下难民不断聚集于众多县城之中，身上也带了不少疾病。早年平王为各县城安排大夫常年坐诊，也对众多县令约束，督促他们为民做主。而今眼见这些难民聚集不走，担忧其疾病转为疫病扩散，故而便吩咐诸多县城大夫，为其预防、诊治。

然而若长久下去，诸多县城也要被掏空，而南华府如今境况刚刚好转不久，也无力再这般承担下去……

王谦听得白义英所言，也是有些担忧："殿下有什么打算？"

白义英道："如今召集我等，想来便是要一同商议。"

王谦微微点头："既然如此，我与阿苍立时便去。"

随后，两人就与白义英一起，往平王居所而去。

其余幕僚，都有死卫报讯，已然陆续赶到，王谦是与白义英交好，才由白义英亲自前去邀请同来。

渐渐人到齐了，赵元昭坐在书桌之后，给众人看座，面上神情有些凝重。

有婢子送来香茶后离去，赵元昭叹一口气，说道："本王召集诸位前来所为何事，诸位想必已然知晓。"

众多幕僚俱是点头——可不是么？着实叫人担忧。

赵元昭便道："如今情势严峻，长此下去，恐怕不妥。然而百姓有难，纵然非是我南华府之人，却也是我大赵子民，弃之不顾，本王却也于心不忍……"他面上带着一丝悯色，

"诸位若有提议，尽可道来。"

在座之人都知道平王殿下最是怜悯百姓，平日里见百姓生存不易，便十分自责，而今眼见有许多百姓都活不下去了，心中自然更不好受。作为一名王爷，天生贵胄，衣食富足，却能有如此心肠，实在难得。他们当初情愿追随此人，可不正是看中了他这一份仁君之心么？只是现下，要想出一个妥当的法子来，却是并不容易。

一时间，众多幕僚也有些沉默起来。

终于，有一名幕僚说了话，语气却有些艰难："殿下，恐怕还是要先派兵士镇压，叫他们安分下来，否则……恐怕对府中百姓大为不利啊！"

这有了一人先说出来，其余人再来开口，就容易许多：

"其他府城的百姓可悯，但也不能叫他们任意妄为。"

"必须管制，哪怕雷霆手段也在所不惜！"

"若是不管，如今他们不过是请求接济度命，过得久了，在各县城官府无力更多时，想来就是百姓遭殃了……"

"总归还是要先顾着本府百姓，再照管其他。"

赵元昭听众多幕僚这般说，倒是并未气恼。

他自然也知晓其中必有许多难处，亦明白终究还是要先顾及本府，只不过其他诸府百姓之所以那般难熬，乃是他亲父的过错，他身为人子，纵然已然被贬，依旧不能视而不见。

听了许多后，赵元昭看向一言不发的王谦，心中微动，不由问道："子逊，你可有什么想法？"

王谦心中原在思忖，如今听赵元昭发问，便恭声说道："属下赞同诸位同僚之言，要先以雷霆手段，将难民看管起来。只不过在镇压之时，须小心行事，众兵士不可借此机会欺凌百姓。除此以外，也要防备百姓之中有故意寻衅滋事之人，但凡遇上出言挑拨之辈，都要立即捉拿。至于受难的百姓，可先行在各县城之外搭建草棚，为他们遮蔽风雨，而如何安顿……自也不能只全然接济，须得寻些可做之事，叫他们以劳作换取安身立命的口粮才是。"

听王谦此言，众幕僚倒是微微点头。

赵元昭面上也露出一丝缓色。

就有其余幕僚说道：

“王兄此言有些道理，若是只来接济，怕是反而容易被那心怀不轨之辈挑拨，而若是叫他们以劳作换取口粮，想来也叫他们更心安些。”

“只是这许多难民，要他们去何处劳作？”

“河中清淤、修建难民居处、使一些百姓照料另一些生病之人、使其中妇人为劳作之人做饭洗衣等，皆可行。”

“这法子确是不错……”

不多时，这些幕僚已拿出了许多法子。

王谦则是说了那一席话后，便默然不再出声。

赵元昭听得这些，面色越发温和，只等众人拿出一个章程，他再看过，便可以下达政令，叫诸县听命行事。

这一商议，从大处到小节，足足说了有数个时辰。待定下以后，方各自离去。

走出这殿门之后，王谦与倪苍并肩前行，在他二人身后，却有白义英匆匆追上来，口中还呼道：“子逊兄，等一等！”

王谦自然便等了。

待白义英走到近前来后，就与他们同行，直至到了王谦院门口，白义英方才面色一正，问道：“子逊兄，你先前可是有话不曾说完？”

王谦顿了顿。

白义英面色诚恳：“子逊兄请但说无妨。”

王谦轻叹，便低声说道：“难民之中虽多贫苦，但也有不少青壮，稍作调养后，可征其为兵。”

白义英眼瞳蓦地收缩，却也低声道：“主意不错，但府中兵士有限定，不可超出……”

王谦声音更轻：“明面上，只说请这些青壮开垦荒地罢了，白日间半日开垦，半日操练，日后若有所需……”

白义英了然。

他拱了拱手，不再同他深说，只道一句：“白某明白，子逊兄，告辞。”

王谦道：“白兄请。”

次日，平王府便下达指令到各县之地。

有平王指令，各县县令行事起来便有章程，不至于同先前那般轻不得重不得。府中各卫所也是调遣兵士，分别前往各县镇压，整顿各县难民聚集之事。

那些难民虽是簇拥而来，也不过是仗着人多，且初时这南华府诸县待他们还算客气之故。现下这些兵士齐来镇压，同早先那和善态度截然不同，自然只稍稍挣扎之后，就再不敢造次。

这些兵士已然受过不少操练，也有军纪，如今虽说不再同先前那般束手束脚，却也不至于欺压百姓，一时间，倒是让那些难民又宽心不少。而后很快政令再来，吩咐众多县城在城外搭建草棚，清理河道等，从青壮到老弱妇人，皆能以劳作换口粮，若是努力些，混个八成饱并不很难。

因着此事，那些难民很快安顿下来，后来听闻这政令乃是平王怜悯百姓而下达，便不由自心底生出对这平王殿下的无限感激来。

一时间，平王的贤名在南华府及附近府城之中传扬，而随着这传扬，渐渐更远之处，也有百姓得知了。

只是，南华府毕竟只有一个，能顾得上周遭几个府城的难民，却顾不上全天下的难民。天下间穷困的府城，也绝非原本的南华府一座。

在平王尚在安顿附近难民时，就有西北方向数座府城，去年因旱灾而减产，现下被带走了所有粮食，又无能为百姓做主的父母官，便饿死了不少人。那处的青壮素来彪悍，眼看着自己家人都没了活路，哪里还肯受那等磋磨，于是民怨滋生，就有不少青壮上山为匪，开始劫掠当地官吏富商。

若是识得几个字、明白事理的也还罢了，抢过之后将人放走，然而更多的却是目不识丁，哪里还管什么旁的？抢了就杀，杀了再抢，甚至将那官家富户家的小姐掠走糟蹋的也不在少数。

如此一来便捅了篓子，那处的官员忍不得这些劫匪，就派了卫所兵士前去剿匪，可劫匪之中多有悍匪，那卫所的兵士却大多无能，结果几番对战之后，反而死了许多兵士，叫那些悍匪洋洋自得，不仅对官兵的畏惧去了大半，更是自觉有本事，逐步生出了野心来……

除此以外，那愚民的邪教滋生，哄了无数遭难百姓入教洗脑，用仅剩的粮食供养邪教之人，又死了许多人……

邪教、悍匪、官兵在那处闹成了一锅粥，百姓更苦，却是无可奈何，便是那等有些见解的，慢慢也因此对朝廷生出仇恨，或是撑不住入了邪教，或是怨气冲天，也做了山匪。

早先的匪徒因出身百姓，对百姓还有几分怜悯，更出过几个“义匪”，劫富济贫，颇得了些名声。但劫掠多了，不说有些根本并非被逼，而是浑水摸鱼趁机作乱者，便说那些原本受过苦头无奈而为之人，性情也会偏移，最后竟是不仅劫掠富户官吏，就连那贫苦百姓也一并抢了。

没多久，就有那村庄被杀了一空，粮食全被抢光，其中女子全被带走，苦不堪言，故而又有另一些青壮不堪家人受辱，奋起反抗，弄得越发乱了起来。

世道愈乱，百姓愈苦。

为邪教所骗者苦，被山匪劫掠之人亦苦。

因朝廷不作为者，无辜可怜之人日渐增多，一时间，那西北之地许多府城内外，都犹若地狱一般。

消息传达到平王府时，赵元昭一时难以置信。

如今虽是旱了几年，灾情却并不如何严重，也算太平盛世，为何国内竟然有数个府城，因一次增税便沦落到如此地步？更莫说死卫们送来的情报，提及那几座府城里，单单是死去的百姓，在月余之间，就已有了数千之多！而越是往后死得越多，几乎每一日间，都有无数人死伤……

赵元昭深吸一口气：“父皇那处，有何反应？”

一名死卫叩首道：“今上……并无任何反应。”

赵元昭的神情陡然变得极其难看。

并无反应，并无反应！

饶是赵元昭秉性纯孝，如今也难免对今上生出了几分怨怪的心思。

身为一国之主，自身贪图享乐不说，西北之地遭逢如此之事，竟也不理，如何能行？如今正该派兵过去镇压匪徒，安抚百姓，再找个营生让他们能有其他法子活命才好，怎能就此放任？

虽说尚未十分确定，但是在赵元昭的内心深处，隐约却是觉得，如此下去，十分不妙，恐怕将有大事发生。

果不其然，朝廷放任，西北之地诸多府城上下官员便明哲保身，再无剿匪之意，只得过且过罢了。而匪徒逐渐做大，终于就有一处悍匪十分了得，以邪教自命为“天人”，收编周遭其他匪徒，扬起大旗，居然就此自立为王，要造反！

王谦听得此事，手中的细笔倏然落下，笔尖在那雪白的宣纸上染出一道墨痕。

他十分惊讶：“阿苍，你说什么？”

倪苍道：“西北之地反了。”

王谦深吸一口气。

反了？居然反了？！

他心里焦急，禁不住在屋中连转几圈，被倪苍一把拉住。

倪苍道：“仔细头晕。”

王谦苦笑：“哪还顾得上这个？只是不曾想到，在如今年月，也有被逼反的百姓……如此一来，怕是……”

倪苍安抚道：“南华府有平王殿下坐镇，并不会如此。”他顿了顿，又道：“西北之地虽是反了，但若是要反，也要有人，那处揭竿而起之人想必不会苛待百姓，反而要笼络人心。”

王谦微微摇头：“那揭竿而起之人再如何善待百姓，他自身亦只是出身微末，怕是不知如何行事。而尽管南华府有殿下照管，若是那处造反之事做大，殿下也未必能独善其身……而且，以殿下的性情，也定不会独善其身。”

倪苍略想一想，倒是认同。

王谦轻叹一声：“但愿这一次，朝廷能早早拿出个章程来。”

但王谦却不曾想到，朝廷确是拿出了章程，可所拿出的，却是那般章程。

今上下旨，着各府调遣卫所兵将前往西北之地剿灭反叛之人，凡有抵挡者，当场格杀勿论，一切反民，皆要斩首示众！

若是各卫所不得力，要罚；

若是各府剿匪不成，亦要罚；

若是匪患不能彻底解除，依旧是罚。

若仅是如此也还罢了，这毕竟乃是各卫所兵将分内之事，有罚无赏，只能说是稍微苛刻了些。

然而，更有一件极为荒唐之事发生。

有那距离西北之地较近的府城不得已出兵，却兵败如山倒，死伤无数。今上所罚，竟是叫这府城以金银粮食等物相抵，便再不提“罚”字，竟是“大事化小，小事化无”了。

王谦听闻此事，也只能长叹一声……对今上所作所为，越发失望。

（未完待续）